吕 新作品系列

晕黄的欢乐

吕 新/著

山西出版传媒集团 北岳文艺出版社
BEIYUE LITERATURE & ART PUBLISHING HOUSE
·太原·

图书在版编目(CIP)数据

晕黄的欢乐 / 吕新著. —太原 : 北岳文艺出版社，2018.1
(吕新作品系列)
ISBN 978-7-5378-5454-2

Ⅰ. ①晕… Ⅱ. ①吕… Ⅲ. ①中篇小说—中国—当代
Ⅳ. ①I247.7

中国版本图书馆CIP数据核字(2017)第296530号

书名:晕黄的欢乐
著者:吕　新

策　　划:续小强
责任编辑:谢　放

项目统筹:马　峻
装帧设计:张永文
印装监制:巩　璠

出版发行:山西出版传媒集团·北岳文艺出版社
地址:山西省太原市并州南路57号
邮编:030012
电话:0351-5628696(发行部)　0351-5628688(总编室)
传真:0351-5628680
网址:http://www.bywy.com　E-mail:bywycbs@163.com
经销商:新华书店　印刷装订:山西人民印刷有限责任公司

开本:890mm×1240mm　1/32　字数:190千字
印张:8.5　版次:2018年1月第1版　印次:2018年1月山西第1次印刷
书号:ISBN 978-7-5378-5454-2
定价:38.00元

目录

一个孩子的传说

都九岁了，那孩子还一直不会说话。

黑夜被一堵一堵的灰砖的墙隔开，成为无数个不规则的洞口，黑乎乎的，无边无际。街上众多的水泥电线杆呜呜地唱着歌，有的电线杆上吊着那种像不成器的小葫芦一样的灯泡，上面的灯罩像是地质队员或者越南人戴着的那种帽子，昏黄的灯光涂抹在附近青灰的墙上，更远的地方照不到，只能照着周围十来米远的地方。

墙上有一些下流的话，还有一些相应的类似的漫画。

小镇像一幢年久失修的旧房子，到处都发出一些吱吱呜呜的古怪的声音。

那天晚上，小银大约听到了六七种不同的声音。下午刚开始的时候，小银就被父亲赶到了耀眼的阳光下，家门在他的身后砰的一声关上了。这以后他就一直站在街口，始终没有动过，不断地有人从他的身边走过。

整整一个下午，小银一直眼巴巴地朝城东的方向望着。后来，他觉得眼睛里好像揉进了鲜红的辣椒面，忽然剧烈地疼痛起来，接着很快便有眼泪哗哗地涌了出来，从脸上流到了他的胸前。他觉得他的身体里空荡荡的，软得发轻。他就那么站着，一动不动，他知道一转身他准会马上倒下，倒下后他便会看见父亲黄色的大马牙吱吱地响。

小银是先后几次听到那六七种不一样的声音的，有一种声音从城东那边一大片白色的平原上传来，隐隐的，像是鼓声。

平原上有一些黄绿的树，颜色很嫩。

白日里，太阳很好的时候，小银常坐在高高的城墙上或者北边的山坡上，呆呆地看滑动在平原上的鸟的影子，漆黑的和雪白的鸟飞起飞落时，白色的平原上常会留下它们的迅疾而庞大的黑影，有时，鸟的影子还会像一些长长的黑布条一样挂在黄绿的树枝上。

那时，树林子里十分宁静，色彩柔和，不像有的时候那样七长八短，横冲直撞。

越过隐隐的鼓声，小银听到了另外的一种声音：他的左腿下面好像有打弹子的声音，还有一阵接一阵的嗨嗨的叹息声。

是谁在打弹子？

又是谁在嗨嗨地叹息？

他都不知道。

有一天，父亲忽然对全家人说，他们的一个很亲密的亲戚，要从一个很远的地方来山区里看望大家，亲戚们多年不见，也该是走动走动的时候了。那时候小银安静地坐在一旁，听见父亲手掌心的汗哗哗地穿过皮肤，涌现出来。父亲估计他们的这个亲戚很有可能从城东的方向过来。母亲插了一句话，问是大人来还是孩子来，或者是大人带着孩子来。父亲想了半天说，很有可能来的是一个孩子，因为以后他们之间的交往主要是下一代人之间的事了，主要是他们之间在交往。至于那孩子是坐车来还是徒步来，父亲却没有说明，小银也不想问，他一向对陌生的人不感兴趣。父亲说完以后，一只耳朵忽然奇怪地贴到了脸颊上，软软的像一张皮。

从那以后，小银就天天去东边等待。平原深处，不见了那些挑着担子摇着铃铛的货郎和赶着高大而疲惫的马匹的人，从有着杨树和柳树的村庄里吱吱哑哑地走出来的木轮车也不见了，太阳很亮很红的时候，小银看见有一种古老的东西在平原上徘徊。从黄绿的树枝间走出一个赶驴的山区男人，一看就知道还很年轻，尽管脸上有土。毛驴上坐着一个穿水红色衣衫的女子，有时低着头，有时又抬起头看着远处。小银看见他们不声不响地走着，很多时候没有声音，还不如驴的声音多，驴不时地会打喷嚏，有时甚至会嗷啊嗷啊地叫起来。白日里的天气很像一件穿旧了的白羊皮袄，很多地方都卷了边。

平原上一丝风也没有。

赶驴的年轻男人用手里的鞭子捅捅驴的腰，驴离开他们此前一直走着的那条小路，来到一条大路上，与从远处山上驶下来的上面载着老太太、女人和小孩的木板车走在一起，就像一条小溪流着流着，忽然加入到一条大河里。路上有厚厚的被太阳烤得发白的黄土，一脚踩下去，滚滚的黄土就像面粉一样湮没了脚面，有时会烫起燎泡。

远处的山是寂静的，一动不动，颜色青蓝青蓝，如同羊的眼睛。仔细地盯着看上半天，又会觉得那山上十分寒冷。

小银摇晃了一下，那些人忽然都不见了。

早饭是在哗哗的雨水声中结束的。

雨从半夜里开始下，一直没有停过。

那孩子半夜里被一阵翻箱倒柜的声响吵醒了，他躺在黑暗中，听见父亲在抱怨屋里有一种什么气味。父亲穿着一条灰颜色的短裤在地上走来走去，他觉得父亲不穿衣服的样子很不好看，就把头扭到一边。他听见一阵唰唰的声音，知道是母亲在仔细地扫地，母亲长长的头发披散下来，看不见她的脸，他趴在枕头上，只能看见她身上的某一个雪白的地方正随着运动的扫帚一下一下地扭动。

一只钟在黑暗中铮铮地走着，每走一下，都像是扎了一针。

忽然，父亲走过来，拧住他的一只耳朵，对他说，养你有什么用，就知道睡觉。父亲的声音很遥远，仿佛远在千里之外。他感到耳朵火烧火燎，便开始逃避那只手，但是那种剧烈的疼痛始终伴随着他。

后来他不再挣扎了，平平地躺着，望着苍茫的屋顶。

后来，他听见他们在吃东西，好像是鱼，还好像还有土豆的味道。可是吃着吃着，那条鱼好像突然跑了，他听见他们在尖声叫唤。

他翻过身，两手支着下巴，仔细地看他们吃东西，有一股汤流到母亲的腿上，他差一点笑出来。这以后，他就兴致勃勃地起来，蹲在母亲面前，一下一下地舔那股汤。他舔得很轻，很慢，母亲吃吃地笑着。后来，趁父亲不注意，他一转身从盘子里拿了一个土豆塞进嘴里，然后再继续舔母亲腿上的汤。那时，母亲显得很痴迷，很陶醉，她的手上全是亮晶晶的鱼鳞。

后来，父亲发现盘子里少了一个土豆，一下子坐到地上，大哭不止，过了许久以后还眼泪汪汪的。

后来，天亮了，他从镜子里看到自己的牙齿雪白而光亮，像一组细小干净的琴键，要是摁几下，说不定会摁出一阵好听的声音。

早饭吃得缓慢而宁静，碗里的米在他的眼前不住地滚动。他听见外面白茫茫的雨地里，有人高一声低一声地唱歌，有人急急地走路，路上稀软松滑的泥叽叽咕咕地叫着。眼前的路纷纷逼来，遇到一些阻挡它们的房子后，又都各自闪开了。雨里的风很有力，将一顶草绿色的帽子刮来刮去，他哈哈地笑着。又听见附近的一间小屋子里，有人正在喝酒，说这个时候，有一个干净空寂的地方，槐树的花一落一开，那里正在打仗，半边天都是红的。

那孩子经常站在一些又高又窄的房子上，瓦缝里蹿出根根直立的黄草，有风来时，就集体摇晃，风一走，又都站得笔直。每年秋天快要结束的时候，都有人在又高又窄的房子里很凄凉地拉着二胡，声音如游丝断线，听上去，瘦极了。其实不止是二胡的声音，还有很多的东西也都非常的瘦，风一吹，就什么都没有了。

九岁，那孩子的胳膊上生出细细的柔软的茸毛，黄而白的茸毛，像是太阳下透明的草丛，他有时能看见有人埋伏在他的那些草丛里。

从房子的附近传来一阵鸽子的叫声，父亲说很可能是鸽子的腿让墙壁给夹住了，他听了心里很难过。他发现他的牙齿在嘎嘎地打战，一遇到下雨天，牙齿就会这样嘎嘎地响个不停。大约一年多以前的一个陌生的春天，有一个高大而漂亮的女人说要活埋他，她把他埋进她柔软而丰饶的肉里，那里的山地很多，他数了很久都没有数过来，后来也就不再数了。高山的洼地里很温暖，开满了白色的花，有人说是罂粟，也有人说是茉莉。那些小红果，究竟是野草莓还是野枸杞，他至今也不知道，都已经记不起来了。他只记得快要黄昏的时候，外面走进来一个人，那人的身躯将整个门框都塞满了，头发上，耳朵上，叮叮咚咚地往下滴着白色的汁液。

那时，风在头顶上和屋顶上不住地咳嗽，说着一些要开花的事。

大约是要开一些紫色的花。他想。

那个年轻的男人赶着他的驴，在小银的视线里渐渐地消失了。

天快黑的时候，他们终于到家了。

院子四周的栅栏墙在风中吱吱嘎嘎地响着，窗户上糊着一层一层的厚厚的麻纸，都已经很黑了。冬天，风从很远的地方吹过来，顺着后面的山谷，越过一道又一道的黄土的院墙，进入飘满麦秸和树叶的院子里。年轻的男人看了一眼后面那些很高的很多时候只有鹰才能飞过去的山，心里有一种很重的东西涌动起来。山后面那些地方很凉，住在那里的人们多少年都种植着一些一模一样的东西。

年轻男人把驴牵到一盘石磨前，把缰绳从磨眼里穿过去，拴好了驴。然后，一手摇着井边的辘轳，吱吱呀呀地从井里弄上一桶水来，随手又从地上抓起一把有长有短的麦秸扔进桶里，把水桶咚的一声放到驴的嘴边。金黄的麦秸在水面上飘来飘去，慢慢地都游到桶的四周，把中间的一片清凌凌的水显露出来。驴在路上走了一天，这会儿把长长的嘴伸进桶里，看上去不像是在喝水，更像是在水面上照镜子。

喝了一阵以后，听见那个年轻的男人在院子里的一堆柴草前好像在鼓捣什么，驴便从水桶里抬起头，看着他。年轻的男人鼓捣完毕，扭头看见窗户上映出女人的身影，那种身影，一看就知道是女人的身影，只有女人才会有那样的一种身影。女人是前年端午前嫁过来的，刚来那时一直闹腾，给人感觉像是她一不小心掉进了一口井里，叫天天不应，叫地地不灵，天天哭，天天琢磨如何跑。后来，过了一些日子以后，就不再那样了，眉眼也开始变得舒展，每天高兴地干活儿，有说有笑，像个正常的女人了。这会儿，门每天都开着，甚至大敞着，很多时候家里就她一个人，按道理跑的机会多得是，可是她却再也不跑了。曾经有一天，这个年轻的男人提着一根木棒想把她打出去，就那样也没跑，倒是几天后的一个夜里，他本人被关在了门外，在草垛下面坐了一宿。

夜里，年轻的男人很晚才回来，头发根子里都灌满了呜呜咽咽的风声，两只耳朵也在吱吱地响。他抓起水瓢，咕咚咕咚地灌下一肚子凉水。女人觉得那很像是院墙外面的一种声音，正沿着一条长长的空空的走廊的深处走去。

后来他躺下，躺在她的身边。女人看见屋后的山在快速地转圈子，转着转着，就黑压压地来到了他们的窗户前。

黑压压的山，竟然有一张很小很尖的白脸，正在往他们的屋里看。

好像是狐狸。

女人说。

胡说甚么。

男人弓着腰，像是在地里。

女人躺着，隔一会儿看一下窗户。男人不相信，那是他的事，可是世上真的有一张很小很尖的白脸。

外面没有月亮，四下一片漆黑。

年轻的男人觉得，白麻纸的窗户，看得久了，有时候其实更像是一张年老的女人的脸，宽宽的，死死的，没有一点儿灵气。除此以外，还不太干净，上面还有一些乱七八糟的不知是什么的东西。

外面的柴草唰唰地响，似有一群人围在一起低声说话。

透过雾蒙蒙灰暗暗的灯光，女人看见一片辽阔而结实的土地。灯里的油不多了，男人忽然大声地咳嗽起来。

女人在恍惚中看见一片密集的灌木丛和黑树林，那里面有发青的月亮和酸牙的红果，轻轻地咬一口，从头酸到脚，从里酸到外。马车载着黄色的玉蜀黍和莜麦越过一道又一道的青色的短墙，天变得又圆又低了。

女人朝窗户上看一眼，又用被子的一角把脸遮住。

快熄灯的时候，男人忽然想起一件事。

男人说，差一点儿就给忘了，我舅舅的一个孩子说就这几天要来，你每天去村口那里搭照一下，估计是从西边的山岗上来。

女人问，你舅舅家住在哪？

男人说，就在西边。

女人说，你舅舅捎信来了？

女人说，没有。

女人说，那你咋知道有人要来？

男人说，哎呀，捎了，我忘了。

女人说，多大的一个孩子，一个人敢从那么远来？

男人说，谁知道呢，反正是个孩子。你每天搭照着点儿，不要误过了。男人说完后，很有些迟钝地看着女人。

女人对他说，趁那孩子要来，你这几天也不要出去了，正好在家歇歇。

歇歇？男人一听，顿时就像被一根针扎了一下。

院子里响起了风声，一些沙土被风刮起来，沙沙地扬到窗户上。女人看得清楚，先前黑压压的山走了，一同离去的还有那张很小很尖的白脸。

走了。女人想。

男人挥了一下手，把灯扇灭。

临睡前，男人对女人说，记住，一定要勤搭照着点儿，不敢让那孩子走没了。

他翻身睡去，丢下女人独自躺着。

外面一片寂静。

黑压压的天罩在头顶上，磨盘似的沉重。

临街的许多门都关着，窗户也都紧紧地闭着，电线杆上的灯光投下来，照见一些颜色暗红的斑斑驳驳的门和门前的一些青石。青石被岁月磨得十分光滑，上面很干净，有粉笔画下的棋盘，白日里，这棋盘边便围了很多的人。

那光滑的青石使小银的手掌发痒，小银便走近青石，用半截粉笔在那青石上写下一些字。写完后，小银仔细端详，吃惊地发现要比平时在作业本上写的好得多，他奇怪地盯着看了好半天，不知道那是怎么回事。后来，他满意地丢了粉笔就要走，寂静中看见一只很大的通体漆黑的猫突然出现在门前的灯光下，两只眼睛里流动着一种绿莹莹的东西。黑猫在青石上停了一阵，四下里看看，像来的时候那样，又悄悄地走了。无声地来，无声地去，只将一种阴森森的气息遗留在清冷的灯光下。小银觉得脖颈后面凉飕飕的，牙齿也有些乱动，他冷冷地打了一个激灵。

后街杂货铺里的说书又开始了，声音有时候像是在砍树，在那一起一落的回声里，小银听到故事快要进入秋天了，天地间一片金黄，无数只年幼的兔子排成整齐的队伍，一起嗨哟嗨哟地在撞击一座空房子的门。街两边满是丢散的庄稼，草和牛粪也都横在道上。远处石磨滚动的闷响传过来，有时候会被人误以为是秋日的闷雷，果然就有人抬起头愣愣地朝天上看着，观望着。一根高耸的木杆子上凌空挑起一面杏黄色的旗帜，杏黄色的风将人吹得十分懒散，眼神迷离，行动迟缓。除了说书之外，那店里还有许多很好吃的东西。小银知道，一旦书里的故事进入秋天，便离结束的日子不远了。以前，小银经常走进店里，站在高高的柜台下面，眼睛盯着玻璃罐子里的那些晶莹剔透的冰糖块。卖冰糖的人据说才五十多岁，但是看上去至少也有八十岁了。

大约再过六七天以后，那故事就要结束了，因为小银已经听到了那种唰唰的脚步声，那孩子正日夜兼程地从很远的地方赶来。

每一个故事的末尾，都要出现一个甚至几个从来没有过的人，这也真是一件奇怪的让人很难想明白的事。小银知道这一回要出现的就是那个孩子了。小银似乎看见亲戚家的那个孩子正浑身湿淋淋地出现在破旧的城门下，一些滑腻腻的苍绿的青苔从那孩子的鞋帮上和腋下生长出来，他的头发上也落满了叽叽喳喳的鸟鸣声。

这以后，小银就朝着那破旧的城门下走去，说不定碰巧了能遇上那个孩子呢。沿街一带有许多又高又窄的木头房子，颜色大都黑黄而泛青。每年的春天，沿街的木房子上都会升起各种各样的颜色杂乱的风筝，风筝的尾巴和死人出殡时孝子肩上扛着的引魂幡一样，让人在梦里不断地出汗，躲闪。那些东西也真是可怕啊，无论任何时候，小银只要一看见它们，身上就会从里到外地感到恐惧，夜里也一准会有比白天还要可怕的噩梦来光顾。前年，城里最会做风筝的那个老头死了，那天，村里所有的街道和房子的上空都飘着风筝，风筝拥挤得都飞不动了，有的互相死死地缠在一起，难解难分，即使是手艺再好的人也休想再把它们分开。太阳也不见了，天空被各种各样的纸鸟占满，有的人甚至忘记了天的颜色，不再记得那蔚蓝的本来面目。在长龙般的送殡的人流中，小银看见老头的儿媳妇正在低着头偷笑，美丽的笑容证明她是在参加一次正式的有模有样的足够严肃的演出。当汹涌的哭声从人群的前面传来的时候，小银不小心用铅笔刀把一根手指割破了，鲜花般的血，颜色如同老头的巨大的棺材。尽管风筝把天空遮掩得密不透风，看不见太阳在哪里，但是小银按照自己的判断，还是朝着一片最亮的他认为应该是太阳的方向，把鲜红的手指举起来。那时候，他看见一张鲜艳动人的嘴湿漉漉地张开着，还有一道漫长的看不到尽头的白色长廊，里面什么东西也没有，干净得连一丝声音都进不去。小银想了许久，终于还是又把伸出去的一只脚缩回去了，因为他知道他的鞋上有土，身上应该更有灰尘。后来，满街的风筝都飘没了，只有很少的一些留了下来，像是窝囊的俘虏或者一些没出息的人一样，不能够远走高飞，只能绕到人家的烟囱上和电线杆子上。再后来，下雨了，浑浊的雨水在街上哗哗地流着，小银跑到一棵树下去避雨，却不料一个穿着灰色风衣的胖子，无意中一转身，又把他顶了出去，顶到了街上的雨里。那时，他忽然看见在一些墙角里坠落着很多的泥乎乎湿漉漉的风筝，都飞不动了，都再也飞不起来了，真的就像是一堆一堆的死鸟。

第二天，太阳又出来了，小银一个人爬上青砖的城墙，看到郊外的农民正在路上赶着牛车说话。那些星星点点地散落在天空下的人，像一只又一只的不灭的眼睛。

天空里一只风筝也看不见了，太阳的光芒把远处的烽火台映得血红。

北边青蓝的山坡上有一些马，静静地站着，像是谁画上去的，小银想起了那些画在庙里墙上的传说。一般来说，站在风里或者山坡上的马要比墙上的那些马更瘦一些，更高一些，墙上的那些马，有着很肥圆的肚子和腿，一看平时就不怎么干活儿。

也许从来就不干活儿，也许从来就什么活儿也没干过。

远远的一条黄白的路上，有人过来了。

末尾处有人走来，说明故事已经结束了，后街的杂货铺里一片寂静，漆黑，街上也不再有人声和人影。

远山在落雪。

这个冬天和所有的冬天一样，山区里最后一排大雁飞走的时候，天气其实还并不算很冷，夜里还有人穿着短裤坐在门口。不过，仅仅几天以后，就又不一样了，秋风起，秋草黄。又是某一天夜里，忽然下了雪。

早上一起来，父亲便飞快地走过来，用两只蓝莹莹的手，恶狠狠地撕扯孩子的头发，孩子的黄而软的稀疏的头发捏在父亲的手里，像一只瘦弱的奄奄一息的麻雀。

父亲看着孩子的黄色的头发，说，这他妈的像了谁了，我哪是这种头发？稀稀拉拉的不说，还他妈的挺黄！

又转身问母亲，你能不能跟我说句实话，这家伙——他到底是谁的孩子？

母亲说，明明就是你的，你非不承认，我又有什么办法？

父亲说，不可能的事！你再好好看看，咱们先不说别的，先就说头发，我哪是这种头发？

早上刚一起来，父亲就在雪里摔了一跤，先是仰面朝天，后来不知怎么又脸朝下趴着，这可能是导致他后来不高兴的原因之一。

后来，父亲又说起别的事。对他说，我每天黑夜都能听见狐狸走动的声音，如果不是你和它们之间有什么见不得人的勾当，它们怎么会天天来？小心着点，我们会像捕狐狸一样也把你生擒活拿，捕获到手。

那时候，母亲正在四处察看窗户和门前门后，甚至门框。她焦急万分地说，那些狐狸的毛都那样火红，总有一天会把这房子烧得精光。

冬天了，雪地上闪着蓝色的光，那孩子一个人在雪地里走着，眼睛里亮晶晶的，明显有泪，可是并没有流在脸上，只是在眼眶里打转。

每年的这个时候，都会有很多的狐狸从后面的山上下来，冬天里下了雪，山上路滑，它们就都回不去了，要一直在平原上等到第二年的春天，才能再回去。平原上不仅有树林，还有许多足够密集的灌木丛，那里面常有野兔和沙鸡，还有头上插着长长的彩色花翎的野鸡，它们飞起或者奔跑时，往往会将宁静的树林和平原划出一道又一道的白森森的伤口，同时又把它们的浅黑的身影投射在地上。

有人常常自作聪明地去捕捉地上的那些浅黑的身影，结果可想而知。

房子的外面披满了厚厚的白雪，雪还在哗哗地往下落，像是撕碎了的云彩。那么多的云彩都被撕碎了，这才导致了后来那白茫茫的天气，落了一天一夜还没有落完。他想把这样的发现或者说思考告诉别人，可是茫茫的雪地里竟看不到一个人。

终于出来一个人，却是他最不想看见的父亲，父亲弯着腰，下巴和鼻子哆嗦着，他的本意是想趁着天上下雪，出来占点儿便宜，打个野鸡野兔什么的。有人对父亲说，瞧你那德行，自己走路还打晃呢，还想打别人。

他跑到一堵墙的后面，一个人偷偷地笑了半天。

往年，尤其是夏天的时候，湿淋淋的雨水时常落到他的心里，在他的身体里面形成一汪一汪的积水，水面上有时清澈如镜，有时却又盖满了东西，除了滑腻腻的苔藓和落叶，还会有很多他不认识的从来都没有见过的东西，他不知道那是什么，更不知道它们是从哪里来的。但是，它们就来了，来了你也没办法，只能眼睁睁地看着，不要说能有什么良策，即使是一个最笨最无可奈何的笨办法也没有。中午在他的一贯的印象中，大都是十分火热的，从来没有凉爽过，也从未安静过，又热又乱，可以说要多烘热就有多烘热，要多乱就有多乱。他只有在望着雨水和下雪的时候，才不会感觉到中午的渐渐临近。那时候，他常听到身体里面的那些大大小小的水洼里咕咚咕咚地冒着水泡，期间还有叽叽咕咕的赤脚踩水的声音。

这时，他有些吃惊，忽然意识到了一种什么，一种紫乌乌的垂死的味道。下午已经过去一大半了，他才想起他还未吃午饭。

对于中午的刻意的漠视和逃避，才最终导致了这样的结果。他不敢面对时间，时间当然也就不等他，循序渐进，按部就班，到了哪一步就是哪一步。你害怕中午临近、到来，中午一定会按时临近、到来，但是时间也并不想成心和你作对，等到中午一过，完全不需要请示谁，也不需要特别告诉谁，通知谁，它很快又按照自己一贯的速度，径直驶往午后。

下一站：黄昏。

再下一站：夜晚。

你愿意把午后看作是早晨甚至黎明，那是你的事，与时光无关。

不是么？你不是喜欢怀旧么，你完全可以把你经过的这一年看作是北宋末年，或者永嘉元年，没有人会不同意。

这以后，他像一只饥饿的狗一样，嗅遍厨房里每一个角落和所有的炊事器具，但没有感觉到一粒米或者一片菜叶，连最浓烈的油的味道也完全没有。他苍白的手指滑过冰冷的案板，触到了一件十分棘手的东西，他隐约记得，那好像是盛饭用的一把勺子，上面布满了坚硬的小刺，此刻刺猬一样可望而不可即。几乎就在那同时，他看见抽屉里的十几根筷子全部裂成火柴棍那样粗细。旁边的一个盘子里盛放着一种黑乎乎的类似牙膏或者鞋油的东西，仔细闻过后，竟没有任何味道。他试着用一根手指在那盘子里蘸了一下，然后小心地送进嘴里。这时，他听到几只铁锅的后面传来一阵吱吱的尖叫声，他的身上顿时一阵发紧。他想，不会是别人，一定又是那几只老鼠。他的软而黄的饱受父亲诟病的头发稀疏地竖了起来，他慢慢挪开一只锅，看见十几个完整而鲜艳的西红柿静静地拥挤在一起，一副紧张而又害怕的样子。他对它们说，不要怕，没有人会伤害你们。他刚用手拿起一个，那西红柿就由于过度的羞涩和害怕而瞬间成为一张又薄又空的皮。他明白那些鲜红的汁液都已经从下面悄悄地流走了，消失得干干净净，空空荡荡，只剩下一个完整的表皮。他在心里冷笑了一下，动手将那些空荡荡的红色的皮全部扔到墙上，乱涂一气。

清除掉西红柿以后的那片空地上，几十只看上去十分油滑十分腻手的白色的虫子正在争食一只浑身长满绿色斑点的青蛙。

他尖声叫了起来。在他的叫声里，他看见房子里所有的门帘都噗噗地落在了地上，有的落地后又站起来，但很快又倒下了。

这以后，他大步流星地走进父母的房子里，他对他们说他饿了，他要吃饭，他至今还没有吃午饭。

说完这些以后，他忽然想起，何止是午饭，甚至早饭他也没有吃过。

他正想把早饭也一起补充进去，一起说给他们，但是想了一下后，觉得不能太计较，已经过去的事了，现在再说出来还有什么意思，就什么也没再说。

尽管他做出了让步，可是效果却似乎并不很好。他看见父亲的脑袋正在从一堆白纸里抬起来，醉醺醺地望着他，又有些轻蔑地笑笑，显出一副不以为然的样子。其时，母亲正在整理一些陌生的衣服，他不认识那些衣服，不知道是谁的。看母亲的神情，她好像也不大认识。几片黄白的纸忽然从一本字典里滑落出来。

父亲对他说，我和你妈，我们商量了很久，也考虑了很久。

他说，考虑什么？

父亲说，也没什么大事，只是一些与国家政权有关的事，还有一些是关于世界和平与稳定的。

他说，这还小？这还不叫大事？

父亲说，这叫什么大事。

他说，那你们认为的大事到底是什么？

父亲说，你现在还小，等到你长大了再告诉你也不迟。

父亲的脸色凉了下来，不需要用手去摸，只要一看便能感觉得到。

他扑到母亲的怀里，由于心情急切，还有可能是由于用力过猛，把一颗牙齿磕掉了。在母亲的钢铁般的胸前摸索了一阵后，他终于哆哆嗦嗦地缩成一团出去了。出门的时候，他忽略了门口的青苔。

他坐在门口的青苔上，就像坐上了一辆正要远去的滑轮车。

夜里，他看见一条陌生的大江。他坐在潮湿的船尾，许多的大货轮和小驳船从他的身边无声地驶过，没有人告诉他那些船要去哪里，也没有人告诉他，他要去哪里。在那些星星点点的渔火中，他听见阵阵丝竹之声。

又看见一些没有脖子没有脚的朱衣锦带在岸上走来走去。

满江灯火，有人怀抱着琵琶正在弹奏，从他这个位置和方向望过去，感觉抱着的并不是一只琵琶，更像是一条才洗干净不久的火腿。

天一亮，女人就起来了。

把门打开，把在外面哭闹了一整夜的风放进去，女人听见它们都呼呼地进去了，她自己则走进了屋后的菜园子里。

园子里的那些西红柿都破了，鲜红的汁液流了满地。女人心疼而又吃惊地看着，她实在弄不清是太阳晒破的，还是夜里冻破的。看了一阵，感到无法收拾，女人又返回屋里，拿了一个碗出来，盛了一些汁液在里面，剩下的盛不起来的便都埋了，不埋只能招苍蝇。

驴站在草垛边，长长地叫了一声。

敞开着的门像一张嘴，张开在这个早晨，嘭的一声，年轻的男人像一个硬硬的东西，从那张嘴里被吐了出来。

直接被吐到了已有朝阳映照的院子里。

听到女人在屋里哗哗地舀水，男人走出了大门，愣愣地向村外望着。西边灰蒙蒙的山梁上一片寂静，有好多条路，但每一条路上都没有人。

又看了一会儿，路上还是没有人，年轻的男人便有些不耐烦，抬起脚把一块小石头踢出去老远。他在做这些的时候，完全不记得就在不久前，他本人也是刚刚被不耐烦地用力吐出来的一个东西。

返身回去，对女人说，这都几天了，还没来。

女人说，他不来，我有啥办法？

男人说，我倒不是盼他来，我只是怕他走丢了。他来了，对你我，对咱们有啥好处？一点儿好处也没有。吃饭多一个人，睡觉也多一个人。

女人说，你见过这个孩子么？

男人说，没见过。

女人说，连你都没见过，我更没见过。就算有一天他来了，那又咋能确定就是他？

男人说，啊呀，这倒是个问题。

女人说，那我每天到村口去搭照还有啥意义？就算他咚的一声站在我的面前，我也不知道他是谁。每天都有那么多不认识的人，我总不能看见一个就上去问吧？

听见女人这样说，男人就更有些急躁。

他说，啊呀，这倒真是个问题。

女人说，你啊呀个啥！说正事吧，我还用不用每天再出去了？

男人说，去了吧没有意义，和没去一样。可是要是真的不去吧，又好像不行，到底哪儿不行，我也一下说不上来。我看，你还是每天去转一转吧，你们女人们不是就喜欢到处乱窜么，像二八月的狗，正好有这么个名正言顺的机会。

谁就喜欢到处乱窜？我不是。女人说。

忽然发现有一个人在外面探头探脑，出去一看，是住在他们后面的一个人，来借一个烙饼用的鏊子。

来人拿着鏊子走了以后，男人对女人说，又不过八月十五，他们怎么会想起要打月饼？你不觉得这事有点儿奇怪么？

女人说，谁说是要打月饼？他跟你说了么？

男人说，那倒没有。

女人说，那你怎么会觉得人家是要打月饼？

听见女人这样说，男人愣愣地站在那里，一时间觉得脑子里有些乱。他想，也真够奇怪的，我怎么会觉得他们借鏊子是要打月饼呢？

是谁告诉我的这件事？他又想。

原载于《收获》一九八九年第二期

那是个幽幽的湖

就是那个湖——
幽幽的。
是秋天。

记不清太阳已经滚了多久了。风，收拢起最后一缕羽毛，缩起瘦瘦的脖颈，悄悄的隐藏在一片树林子里，惶惑惶惑的，追想着白日里失去的影子。许多的日子都静悄悄的，又都纷纷地落着许多无声的鳞片。天完全黑下来的时候，我醒来了。

“我已经十年没见过太阳了。白天是黑夜，黑夜是白天，都背朝着我走了。”八十八岁的瞎眼祖母盘坐在屋角，两片干瘪松弛的嘴唇像是湖边那些死蛤蟆的泛白的肚皮，却又极古怪地抹着一层淡淡的红色。这淡红色的嘴唇与她那一头油光的白发却是极有来历的，那是我小的时候与她睡在一起时，突然从她的梦话中听到的。这些年来，我一直瞒着所有的人，原因不仅仅是因为她那两只深陷的瞎眼一直使我的脊背冰冷发麻，即使是再炎热不过的六月，也不断地总有白茫茫的风声在低啸、合唱。更要紧的是她那满头油光的白发，那味道，我只有在古代史的一些图片上才能隐隐地闻到一点，但那已经是从很远的地方飘过来的了，早已经过了长途的跋涉和稀释。哼哼。她愤愤地诅咒着，两只眼睛不时地翻动，翻出一片皮，又翻出一片，都是灰白的颜色，像屋后的一片云。我忽然感到害怕，忙垂下眼，却看到了一截长长的属于过去的黑带。我用力呼吸一口，一股陈年的霉味从记忆里溅起。那时方才记起，那是一截没有明显标记的年份。无论谁看见，无论谁身在其中，得到的也只能是一笔又一笔的糊涂账。除此以外，她的深色的暗紫花的大褂却一直都是洗了又洗，差不多每天都是湿淋淋的，到天黑的时候，却又干了，那些紫色的花整天在房子里飘来荡去，这使得所有的人都经常失眠，睡着的时候像醒着，而醒着的时候又像是睡着一样，脸色灰暗，牙根吱吱地响。

父亲和母亲在门口悄悄地说话，看他们的那种样子，好像是正要展开细说，但不知为什么，互相看了看，很快又都窸窸窣窣地出去了。这两个人，我其实一直也不知道他们究竟在干什么，要到哪里去，真正最想干的又是什么。“哼哼！我当然知道他们，想要我的命。可是他们想错了，我是不会死的。”这薄薄的尖利从那一堆垂死的松弛中挣脱出来，直射到墙上，令人不可思议地绕着房子跑了两周，直到他们彻底害怕了才最终停了下来。屋顶上哗啦哗啦地掉下一些陈年往事，我走过去捡起一块用手一捏，那时，满天的星星已经全部出齐了。

我猛地一惊。

而且在白日里，还有白花花的太阳，黑幽幽的影子，许多有着火焰和白纸的日子都一一地掀起来，又迅速地翻过去，有的甚至连看一眼都来不及。你刚把脸伸过去，所谓的一个时代便已经被翻过去，无情无义地走远了。你呼唤，挽留，珍惜，哭喊，甚至真心实意地认错，致歉，甚至认真地去寻死，但是都没有用，那早已走远了的一切都永远不再回来。也就在这样的时节里，你连续多日都没有信来，害得我日日都到屋后的山上去探望马兰花的花期。每次去，却又总是错过。

想看的总是看不到，不想看的却常常遇到。也就在那时候，在屋后的山上认识了一个人，模样像是山间的一棵死树。

“姜子牙？认得，太认得了，他卖面的那些年，哪一天不打四五个照面。灰头土脸的，身上、脸上，全是面。”

一群拖着鼻涕的小孩簇拥着四十多岁的雷疯子一路发着喊，一路精神抖擞地走过去。无论大人还是孩子，每个人都在摇晃，太阳也在摇晃。雷疯子从来只跟那些不懂事的小孩子玩，谁长大了，他便不再看他，不再理他。比如我，虽然也还是个孩子，可是已经超出了他认定的那个范围，所以他已好几年没有和我说过话了。路上遇到，从来就看不见，我能看见他，他却看不见我。

我趴在后窗上的一个小洞前，偷偷地向外面观看，看见雷疯子走过来，一个人又到湖边去了，一些白色的羽毛在他的身边无声地飞舞。

又是湖。

从出生到现在，我只看过那湖一回。满树的杏花全开了，来了成群结队的蜜蜂和蝴蝶，满地吐出无数尖尖的小齿似的嫩芽。松软的土，柔绵的云，松软的土常常把马车陷进去，人仰马翻，大树像醉汉一样不断地跌倒，没有人扶，过了不久又慢慢地站起来，变得像以前一样，像没跌倒的那时候一样。柔软的云下，常有人翻着跟头，降落到田野里，有时候轻飘飘的像羽毛一样落下来，有时候则像麻袋一样摔得很惨，红花满地，白花花的牙齿籽实一样撒得到处都是。祖母盘坐在屋角，很久都不动一下，很久都不发出一点点声音。有人说她已经死了，有人以为她已经死了，只有我们知道她还活着，还知道不少人的身体状况确实并不如她。而她本人，只是不喜欢张扬，不喜欢炫耀罢了。闷声发大财，她其实就是那么一个人。而其他所有的人，都轻贱无比地手拉着手，走路像鸡一样，一跳一跳的，或单独或成群结队地到湖边去了，据说是去看那蓝幽幽的水。水有什么好看的。我看了祖母一眼，我觉得她正在心里这么说。到晚上的时候，有人被从水里打捞上来了，泡得虚浮白胖，用力一按，一股一股的清水从嘴里射出来，一股一股的黄水从眼睛和鼻孔里咕咚咕咚地冒出来。

蛤蟆在湖边嘎嘎地叫着。

风来了，大把大把地从怀里往外掏着厚厚的乌云，不一会儿工夫就掏出几座山，全是灰黑色的山。蛤蟆的叫声更响了，就在那同时，天地之间像是通了电，天上不时地亮一下，露出贼亮的缝隙，有的像一条年幼的蛇，摇摇晃晃、弯弯曲曲；有的则像是人家屋后山墙上的长长的裂缝，从屋脊一直通到地上。

猴子从雾蒙蒙的山上下来，偷吃杏子。吃完杏子后，又腾出一只手把鸡摁住，拔光它们身上的毛。

雷疯子拿着扁担和绳子，追赶猴子去了，有人在半山腰看见过他，山间的云雾又厚又大，他每走一步都极为辛苦，不得不用手把眼前的云雾拨开。

我打了一个冷战。雷疯子的笑声原来就是祖母古怪的眼睛，这么多年竟从未听人说起。我关上屋后的小窗，不再朝那个湖边张望。我是这么想的，也是这么认为的，不管它如何变幻，不管水面上平静也好，不平静也好，我始终相信它并不是一个湖，而是一只实实在在的眼睛，一只黑幽幽的眼睛。

时时刻刻都在注视着你。

为这事，我和家里人吵了几乎好几年。下雪的时候，父亲气狠狠地把门一摔，在屋后的空地上留下两行清晰的决绝而又不无痛苦的脚印，一个人走了。直到年底才又回来，没有人知道他那一段日子是在哪里度过的。

回来没多久，竟谋划着又要走，时间好像就定在腊月二十九。不过，二十九的那一天，他好像喝醉了，醉倒在外面高大的山墙下。

我记起你唱过的一首歌，又忘了是在什么时候。我曾经对你说起过，有几年了，经常总是这样，咕咚，有什么东西倒下了，过了不久，又是一阵咕咚咕咚的，莫名其妙。有人从屋后跑远了，隐隐的还听得见喘气的声音。听见外面门响，有人走进来，手里拿着带花的布料，请求祖母帮忙做几件嫁妆。祖母哼呀哈呀地拒绝着，叫唤着，说眼睛已经一点点也看不见，手更是抖得厉害，根本没准，一剪子下去，好几里地就已经跑出去了。来人听得难过，又忽然觉得手里的布料出奇地烫手。

谁也没有想到，打发走别人，她自己却窸窸窣窣地摸出剪刀，为自己裁剪起来，尽管一上午只画了一条线，却并不灰心。

父亲不时整理一下自己的挎包。

祖母对他说，想走你就走吧。

父亲那年年底从外面回来以后，天气正冷得吃紧，他的头发全冻白了，无论走到哪里，都会把寒气带到哪里，还有白茫茫的风声。坐在他的身边，常听见白毛风刮个不停，滴水成冰，不一会儿就把你冻得牙齿打战，从心里冷到身外。这还不算，还不包括通红的耳朵和鼻子。他希望祖母能为他缝制一件衣服，祖母几经推脱，后来又嫌他站得离她太近，寒气袭人，使她喷嚏连天，冷得完全伸不出手。

祖母后来悄悄地告诉父亲，雷疯子有一件衣服，是四个兜的干部服，里面的棉花却还是好的，货真价实的。祖母的意思是，如果能想办法把雷疯子的那件衣服搞到手，那过冬的问题就基本解决了。

父亲说，用什么办法才能搞到手呢?

祖母说，不择手段，只要能搞到手，什么办法都行。

父亲说，也包括杀了他?

祖母说，事在人为，你看着办。

又说，这么大个人，还能让尿憋死。

又说，为一件衣服就去杀个人，你也真是笨死了。

那天，我在门前看见雷疯子，这家伙几年来头一次认真地看了我一眼。后来竟又和我说话，脸上的笑容堆得太多，有的因为挂不住，已经啪嗒啪嗒地掉下来了。他提到了他的所谓的祖先，又说到我们现在这个房子。后来就说到了事情的关键处，也是他这次造访最想说的，说他家的先人在我们房子的下面埋了很多财宝。那时候，里面传来阵阵独自走夜路的声音，凄凉，恐惧，忽然又听得云开日出，敲锣打鼓，似有无数的人正在聚集。接着是祖母的声音，她用一番混合着书面语和家常话的话语让站在外面的雷疯子顿时矮下去一截，这样一来，原先被他的上半身遮挡着的一缕阳光顿时也就越过他的头顶照射了进来。

“那家谱，或者族谱，总还是有的吧？”

隔着一层白纱门帘，疯子像是说着人话。

“噢，这我倒是知道，和我们的在一起呢。你一直往湖里走，到了最深处，就看见了。一块青石板下压着，周围全是草。那年，我还见过一回呢。胡子都老长了，能挽起来荡秋千了，也没人给刮一下。”

又起风了。

满世界呜呜地响着奇怪的无关紧要，许多人影在荒凉又繁闹的风声里现来隐去。咕噜，咕噜。星星睡着了。屋里有一只幽幽的眼睛一直醒着，一直都在死死地盘算着什么。什么叫不死，那就是。远处的坟地里正断断续续地有一带白烟路过，有花红柳绿的影子在出来进去，像是正在忙着办什么喜事。点着红点的馒头，金黄的谷穗，一棵禾苗上并不是只有一个头，而是有着三个头，甚至五六个头。我蒙紧被子，用力呼吸着纷乱的往事，还有那些奇奇怪怪的东西。后来想起你曾经说过的一句话，昏昏地睡着了。世界仿佛泡在昨日的茶里，还没有正经地登场，发酵，便已枯黄，紧接着又墨如暗夜。饮茶的人也是一样，来不及分辩一声，便已纷纷都做了古人。

日里闲着无事的时候，我便围着房前屋后转悠，一边做些丈量，一边一个人慢慢地研究。又经过仔细的观察，我发现了一个被很多人忽视了很久的老问题。但是，我又不想说它是什么，因为没有人关心，更没有人重视。还有一个人，手里提着绳子，经常在我们的房子的周围来回走动。

谁都不认识这个陌生的人，更何况他的面孔老是看不清，无论何时何地，只要看见他，就准是那么一个背影，窄窄的，瘦瘦的。说是某一位多年没有见过面的亲戚吧，也不太像。说是一个仇人吧，猛然一下又想不起是谁，是我们的哪个仇人。

仇人太多了也十分的麻烦呢，一旦出了事，都不知道是谁干的。一天一天地排查下来，一年过去了也未必会也结果。

母亲以前老是提起，但人们都不当成是一回事。后来听见她再三唠叨，才终于发现家里的绳子确实老是不够用。

一个冬天的午后，天阴沉得厉害，我一个人悄悄地出了门，来到屋后的山上。好些日子没来，这里竟是一派荒芜萧瑟的景象，树木和云彩缠绕在一起，野花像纸一样唰啦唰啦地响着。表面看上去地老天荒，问题是并不是真正的地老天荒，到处都有被人动过手脚的痕迹，并不是想象中的那么安静安宁。我把头浸在冷风里，琢磨了半天。也果然就在那时候，许多杂乱的声音排成整齐的队列，呼啸着从耳畔穿过。我顺手把最后一个黑影的一条手臂紧紧地抓住，扭住，倒是也听到了一声惨叫，但是后来的结果却是将一株早已枯死的蒿草连根拔了起来。

整整一个下午，我一个人在山上转来转去。有一段时间，我初步怀疑是雷疯子在偷我们的绳子，或者是父亲，因为父亲需要那种东西。但是怀疑也仅仅只是怀疑，始终也没搞明白。实际的情况是，家里的绳子仍是像往常那样不翼而飞。晚上，我回到家里后，趁灯还没有亮，我死死地瞄准那个正在黑暗中慢慢蠕动的手臂，狠狠地用脚踩去，竟从外面的高高的屋脊上传来一声尖叫。不久，又看见祖母一只手揉着另一只手，灰白的云翻得飞快。

父亲找出半瓶紫药水，给了祖母，然后就兴高采烈地出了门。

他的脸上好像第一次变得这么晴朗，掀起门帘，从里面走了出来，脸上的笑容像是旷野里的乱坟滩，一堆挨着一堆。就因为他高兴，每个人还都分到了一点酒喝，几粒豆子。后来他们互相使眼色，还夹杂着一些含义不明的手势。他伸出两根手指，一根焦黄，一根通红。母亲掏出钥匙打开了一个又大又沉的紫黑色的柏木柜子，倒出了满柜子的书。成捆成捆的书浇上油，父亲划了一根火柴点着了，火焰徐徐升腾，油香味即刻弥漫开来，溢满了屋子。从墙角那边忽然扔来一个坚硬的不满。

“做什么好吃的？又想瞒我？”

透过升腾的火焰，我坐在门槛上望着父亲，父亲的一只眼哭一只眼笑，这本领不是谁都能掌握的。他的那顶跟着他曾经到处游荡的帽子，一会儿从他的头上飞走了，一会儿又飞回来了，像是一只喂熟了的鸽子，似乎无论飞出去多远，到时候都能够按时回来。光秃秃的原野上，有人正在急急地赶路，身上的包袱赘肉般的一路晃荡着。

父亲突然捂住脸，蹲下身，惨叫了一声，他说有人像瞎子一样，走路不看路，一直走到他的眼睛里去了。

我们问他是谁，他说不知道。明明看着那个人一路走来，他竟然说不知道。他说他也阻止来，可是没有阻止住，等到他想追赶进去的时候，已经迟了，最里面的两扇门已经慢慢地关上了。以后，他时常守候在那个门口，可是那两扇门却再也没有开过。

我当然不会把在路上看到和听到的事情告诉他，因为告诉他没有任何好处。除了这个原因，还因为他的耳朵里早已被各种东西塞得满满的了，再也装不下什么。这种情况下，你还要告诉他事情，只能是害他，对他来说，有百害而无一益。

曾经有一次，好像是前年的夏天，我们清扫屋子的时候，有一只老鼠与我们反复周旋。那家伙长得不可谓不精明，酷似四小队的队长雷凤龄。事实也正是如此，这个酷似雷凤龄的家伙把我们戏耍了整整一天，直到后来太阳快要落山的时候才好不容易把它制服。如果那时候还制服不了，那就再别想制服了。黑暗一到，谁来了也没办法，它即使不逃跑，我们也不能拿它怎么样。不过，有一点也是我们万万没想到的，那就是真要是到了死的时候，无论多狡诈多聪明也是没用的，不管他是谁。就说那只老鼠吧，它很快就在我们的面前断了气。我也大为惊讶，死原来是一件这么容易的事。父亲说，也不容易。不过要是和生比起来，那就容易得多了。说这话的时候，他老是神情不安地朝湖那边张望。我不明白，但是我知道，他常去那边，而且还是一个人偷着去。

这些，我都从来没有当着别人的面揭穿过他。

每天夜里，我都能看到一排整齐雪亮的牙齿，像父亲和雷疯子的，却又不像他们的，弄得我翻来覆去地一直徘徊了十几年，错失了许多的机会。马兰花也总是开得鬼鬼祟祟的，反正无论何时何地，只要是我一去了，本来它们正开得好好的，马上就不再开了。可是只要等我转身一离去，它们马上就又开了，开得嗞嗞的，不仅盛开，而且常常还要怒放。有人正在弯着腰朝远处跑去，一看就知道是刚刚从我们家鼓捣完以后才出来的。看着那个仓皇的背影，我也不想说什么，更不想把他喊住，我其实知道他是谁。除此以外，还有那只今天黑幽幽明天又蓝幽幽的眼，无论说它是一片湖，还是一口枯井都行，都没有问题，而且都能够成立。在有些事情上，我听了你的话，都没有太把他们当真，常常把他们看作是一阵风、一个表情，更有的时候甚至什么也不是。

屋里传来一阵滑腻腻的笑声。

一不留神，我被那笑声滑倒在地上，挣扎了好半天才终于爬起来。这要是换作以前，我准会随手操起一个家伙，打他个稀巴烂。可是现在，我再也不会了。我坐在潮湿的地上，心里想着万里晴空中的一行大雁。祖母看似稳如磐石，常常一动不动，实际心里也是相当的毛糙。至于父亲，就从来没有没毛糙过的时候，无论何时何地，无论走着坐着，无论睡着还是醒着，毛糙是他唯一的特征。具体的表现就是经常蝎蝎螯螯，动不动就一惊一乍。听见有人在外面鼓捣，他出去追赶，那个人跑了，他就免不了咬牙切齿，发誓下一次一定要亲手逮住，新账老账一起算。又说，看见那些家伙们在外面抽烟，把好好的一堵山墙熏得像山一样黑。我正要告诉他一件事，却忽然听见祖母被一口痰堵截在半路上，上不着天下不着地，灰白的云烟笼罩在她的头顶上方，弥漫在她的周围，形成一个典型的作茧自缚的现场。

到了后半夜的时候，祖母度过了她的一段艰难时期，呼吸平稳，身强体壮，甚至越来越显露出一种勃勃的生机，甚至更像是一片初春的原野。她说，我每天都会梦见小三，你去湖边的时候，没见过他吗？他就在那一带，哪儿也不去。

包括什么小三在内，她说的那些人我一个也没有见过，全都不认识。我倒是一直怀疑父亲是不是祖母所生。祖母的牙齿那么硬，又那么尖利，父亲的手臂有一次就是被那尖利的牙齿咬破的，那次，好像是为了一件什么事。祖母事后说，女人们都喜欢咬人，要是眼前没有人可咬，瓜子也得嗑一把。总之，嘴里不能空着，无论如何都得有个东西。

我还是听了你的话。那次，父亲笑嘻嘻地看着我，很古怪，我不知道最近发生了什么。想到我们之间的物理距离那么遥远，不禁无限凄凉，又悲伤不已。看见我饭也没有吃，只是一直在抖个不停，他们就觉得事情好像有些不妙。父亲有一句没一句地问了我一些话，最终也没得到一个什么结果。他的一些动作我也不能很好地理解，两只手有时候忽然抬起来，说不定什么时候又会神经质地垂下去。不过我倒是注意到了，他在说那些话的时候，也仍然忘不了一有机会就朝湖那边不安地望一眼。

母亲困惑地在屋里屋外走来走去，一会儿叹息一声，眼圈青乌，凡是认识她的人，看见她都会大吃一惊。

这屋里屋外，前前后后，甚至周围一带，一定存在着某些让他们害怕的东西，无论任何时候，只要一想起来就会让他们吃不香睡不着，有时候这直接导致家里的一切都是纷乱的。人人都像没头的苍蝇，正经该管事的人不管，不该管的人却想入非非，胡乱掺和，到处都要插一手，馊主意一个接着一个。事情也是一样，最紧急的事情永远不去做，却都在拼命做一些无关紧要的事。比如，父亲就让母亲把他们当年的结婚证拿出来，看见上面很皱，很不平整，两个人就都很难过，就决定想办法把它弄平整。用水试过了也不行。后来父亲就整天躺在那上面，目的就是想让自己的身体把它压平。一连睡了三四个月，可以说什么效果也没有，上面甚至多出了新的褶皱，甚至还不如最初拿出来的那时候平整。这事就又让他们困惑了差不多有半年。有一天他们突发奇想，也可以说是灵机一动，决定用烙铁来试一试。一试，挺好，一开始效果确实很好，烙一点，平一点。但是他们还嫌不满足，还想要精益求精，追求更好，结果呢，火大了一点，有一半被烙糊了，变成了半张黑乎乎的谁也不能碰的东西，因为轻轻一挨，就会往下掉渣。

母亲对父亲说，都是你，好好的，非要用烙铁烙。父亲万分委屈地说，我是为了什么，还不是为了让它变得更好看么？我难道是为了我自己？

冰冻三尺，非一日之寒，他们把最要紧的事情忘得一干二净，或者视而不见。那天临近中午的时候，他看见雷疯子从家里拿了一本书出来后，瞅瞅四周没有人，便伸手抓住了一个小孩子。雷疯子一边将那书撕碎，一边又把那些碎纸片拼命地往那小孩子的嘴里塞，一边还小声地说，吃吧，吃下去就了得了。那小孩子直直地站着，也很像是见过什么世面似的一个小英雄，既不吃，也不哭。父亲回来后很是唏嘘了一番，但不知道他真正唏嘘的是什么。后来又说，倒是可惜了我们那满满一柜子的书了。他在地上来回走动，他觉得许多事情都呈圆形，走着走着，就又转回到了原点。

咕噜，咕噜。黑暗的屋里不住地泛着陈年旧事。

一只蜗牛在墙角里伸出细细的脖子，困惑无比地打量着这所谓的人间。

你没有看见，因为他们对人有一种天然的防范，我曾经向他们简略地说起过你，当然，那已经是到了年关了。父亲说，那一定是朋友了？朋友多了路好走。他就是这么一个人，常常用歌词代替自己说话，这就让他的话常常听上去更像是无用的废话，这样的话谁不会说。说这些的时候，他的头发像是一腿高的白艾，又没有刮风，却齐刷刷地向一边倒去。

在这样的情况下，原先多年不见的亲戚们也开始慢慢地走动。因为去朝拜我们先前的老屋和如何合理地分配老屋前的几棵石榴树，大家发生了一点小小的争执。舅父不要树，打发众人离去后，他便指挥几个儿子在老屋的地下一阵猛挖，险些把几堵墙都倒下。你那次看见舅母手臂上的绿玉镯了吧。

另一位舅父当天晚上就治酒，呼朋唤友。他高兴地说，好，好得很，戴得好！不怕他们戴，就怕他们不戴，只要敢戴出来就是好的。

又说，原来敌人在暗处，我们在明处，致使很多事情都不好办，可以说困难重重。现在好了，敌人也到了明处，剩下的就看各自的命了。

我曾几次向父亲提及你，也把你的一些意思讲给他听，他倒是很愿意听，也很愿意接受，这倒也真是一件怪事，以他那一贯的秉性和多疑的性格，我也是常常想不明白。就说每天在山那边汲水吧，路那么远，又那么不好走，而且人又极多，就算去了也常常不一定能轮上。再加上你要是再稍微客气一下，其结果只能是注定永远落在最后，看家人晕厥，看房子冒烟。后来，他听了你的话，每天半夜到山那边去，水流得飞快，人跑得飞快，结果不用我多说，你也能猜得出来。

从舅父们的那边不断地传来各种各样的消息。绿玉镯被从手上退下来了，放在一张谁都能看得见的桌子上。

绿玉镯又被吊起来了，吊在艳阳天下。

又过了一段时间以后，听说已被彻底打碎了。

你以为东西打碎了就没事了？根本不是，还有人进去了，还有的虽然没有进去，却被监督了起来。

令人吃惊的消息一个接着一个地传来。祖母把灰白的云雾重新翻出来，又在灯下翻拣着满满一箩筐的话。

没有人回答她，一任她把往昔咕咚咕咚地翻起，搅动。剪刀，针线，火罐。有一天她翻出一个有着浓烈烟火气的铜碗，一个人看了很久，直到后半夜，还披着衣服坐着。那时候，鸡已经叫过两遍了。

我又突然想起雷疯子那天在我家门口说过的那番话，很蹊跷，也很有嚼头。问祖母，她也不肯说。父亲天天围着房子转悠，似乎作难得很。那天，虞世明家翻修房子，水桶不够用，来借水桶，他竟然递给人家一顶草帽。

而且，有时候雷疯子还会从那道短墙后面探头探脑地向我们这边张望，打量。有时候你完全看不见人，只是看见墙那边有一堆乱草，那就一定是他。你在墙这边用力一跺脚，那边就会传来一声惨叫。

下雨的时候，雷疯子便会召集起一群小孩子，给每个人发两颗冰糖。小孩们嘴里含了冰糖，便让干什么就干什么，在雷疯子的指挥下，在我们房前屋后的空地上仔细地瞄，来回地翻。雷疯子本人有时还把身体贴到地上，耳朵朝下，悄悄地听一阵。我很怀疑那些冰糖的成色，因为在我还很小的时候，就吃过他家的这种冰糖，冰糖放在一个半大是瓷坛里。这么多年过去了，它们还好么？

然而雷疯子最终还是什么也没有得到，那么多的冰糖全都打了水漂。

这样，一直到了第二年的暮春时节，有一天，天快黑的时候，有一个人来了。原来是舅父托他来的，不，也不能叫托，只能说是顺路。来人告诉我们说，那只绿玉镯可把舅父一家人害苦了，舅父的腰再也直不起来了。家里其他的人，死的死，亡的亡，舅父每天趴着，低下头只能看到自己的鞋，算是最好的结果，别的人还不如他呢。

不怕他们戴，就怕他们不戴。

屋里忽然扔过来一个热辣辣的东西，咚的一声，又哗啦一声，带着无尽的艾怨和责备，把所有的人都吓了一跳。

至此，父亲每天起来和睡前，都要面对着屋后的大山，长时间地看着，头发里的狼烟已许久不再升起。

母亲也日渐消瘦下去了。

有一天夜里，我忽然从梦中醒来，满身冷汗。我忽然记起那只幽幽的眼睛与舅父是不无关系的。舅父从我们家走的那天，老是不安地回过头来看，原以为他是丢了什么东西，问他时，却又说什么也没丢。直到已经走得很远了，他仍然不住地回头看。原来，那只幽幽的眼睛一直都在暗中跟着他。天明的时候，我怀疑那只眼睛一定是跟着舅父一起回去了，这样才有了后来那些事，这样才能理解并想明白后来发生的那些事。

当然，还有雷疯子那奇怪的笑声。

可是他们是一群人，每天夜里在路边休息，制定政策，又商量对策，在那种时候，没有一个人能走近他们。

关于多年以前的那个落进小巷深处的传说，我和父亲一直躬身找了好多年。老屋前的石榴树开花了的时候，我们集体急转弯，直接从原来听故事的人摇身一变为故事里的人，这突然的转变令人头晕目眩，无力承受，不少人就此永远倒下，永不再回来。

我们累了，一起坐着，不想起来。看云彩飘荡，飘走又飘来。走了又回来，是忘了什么了么?

夜里，满天的星星都出齐了，月亮也升高了，白茫茫的人间，一切都静止不动。

我从屋后的小窗上向外面看去，月光下，雷疯子又往湖边去了，走得飞快。父亲也正在急急地往家里走。借着屋前的月光，我看见他满头大汗，大张着平日里抿得很紧的嘴，眼神慌乱地掀起了门帘。

我坐在门后，避开了他们的后半生。之后，趁着月光飞跑着到了湖边。白茫茫的夜色笼罩在湖上，看不见了往年那幽幽的一湖蓝色。

原载于《山西文学》一九八六年第二期

墙上的月亮

傍晚，那女人匆匆地从一些破旧的窑洞前走过，窑洞前开着花，两边的栅栏在她行走的过程中似乎变得越来越低了。

她回头看了一眼那些已变成黑色的花，像是受到了某种惊吓，以后，走一会儿，就回头看一下。又看到身后有一种水蒙蒙的亮色正在轻轻地涌动，而她的前面，却一直都是黑的。她本想叫一声，却又发现四周没有人，整条路上只有她一个人在走。要是有一半个人，她或许就叫出来了。可是这会儿，四周一个人也没有，叫死也没有用呢，叫得再尖声也没用，只能是叫给自己听，自己吓自己。

她走着，心里想着那些黑色的花。

花怎么能是黑的呢?

后来，又走了一会儿，月亮就上来了，山区里顿时就像洒满了银子。走在空荡荡的山区，走在银色的世界里，她看见一些熟悉的房屋和树木，水渠、田地，看见那些东西以后，她的胸渐渐地挺了起来，又听见一些东西溅起了回音。

是七月里的一天，那只手困难地笑了一下，发出一种鸟的叫声。

四周长满了暗红的树，还有的雪白，还有些黑黄，像是被烟熏过。一些直挺挺的目光从山崖上跌下来，断成几截，没有人帮助，很快又自行接起来，恢复得和原来一样，不久又晾晒在门口，出没在有人经过的一些巷子里。

平静的房顶上晾晒着黄色的粮食，也有一部分红色的甚至黑色的。有女人坐在粮食旁边，一边守着粮食，一边撩起衣襟给怀里的孩子喂奶。孩子像一个假孩子一样，只看见一个小小的脑袋在悄悄地不易觉察地拱动。前半晌的时候，他突然尿湿了离他最近的一小片粮食，女人担心尿会顺着房檐一直流下去，雨一样流到院子里，不过她的担心完全是多余的，因为并没有发生那样的事，只不过是很少的一点儿，早就透过粮食，渗到房顶里去了。

有嘤嘤的哭声鸡毛一样软软地飘起来，却一时又判断不出那哭声来自哪个院子里。大同小异的院落，差不多的情形，又几乎一模一样的光景，无论来自哪个院子里，都是正常的，都没有人会感到惊奇和特别。烟头红红的，粗重或轻巧的叹息如流星一般远远地滑去。

不时地有零星的响声从北边的荞麦地里传来。房顶上的男人把身体放平，头探到屋檐下，看看下面的梯子是否还在。有一年他们逃到房顶上以后，又托人把梯子藏起来，有一种过河拆桥的意思，似乎永远也不打算再下来了。

那时，他们都在路边的荞麦地里，胡乱坐着，走着，摘两个酸果子尝尝，野兽一样叫几声。旁边的树上安置着鸟雀们的家，有寒酸的临时小巢，也有户型复杂的精美建构。喜鹊的家像是黑压压的大户人家，侯门一入深似海。有人抬起头朝树上看着，天空像一顶纸糊的帽子，高高地扣在他们的上面，花朵一样的云彩，山峦一样的云彩，飘浮穿行在四周。

也飘浮穿行在他们的心里。

那时，山区里丰饶的花瓣以寄人篱下的方式租住在女人们的嘴唇上，一有空闲就徐徐地展开。太阳车轮一样在上面慢慢转动的时候，他们从那滚烫的圆盘里看到一个模样像三色草一样的人坐在河边穿衣服，有人说他已经死了，大家不必再等了，可大家全想不起他是谁，似乎在以前的一个烟囱后面见过。那时候北风刮得正紧，天空的颜色就像那些刮过不久的头皮。

红色的花儿远远地开在年轻的那时。

长官，我的一条腿不见了，还有一个大拇指。

写状子了没有？滚回去写完状子再来。

长官的腊肠般的手恋恋不舍地从她的胸前离开，抓起身边的一只土豆朝墙头扔去。那时节，地里大部分的庄稼都已经收割完了，只剩下那些发育缓慢的高粱还在秋风里愣头愣脑地站着，一看见有人过来，脸就红了。

长官听说他曾经扔出去的那只土豆并没有砸到任何人，也没有起到任何一点点作用，反而被墙吃了，就决定重新再来，于是又抓起一只扔了出去。血红的土豆呼啸着越过山区大片的荒地和丘陵，大家在房顶上清清楚楚地看到它咚的一声砸到了一个从口外过来的货郎的头上，货郎头上隆起的血包像是大青山下的那些血红的山丘。

这回打中了，百步穿杨呢。

鼓掌！热烈鼓掌！

货郎看见他的父母和他的女人，正在山南那些荒芜的土地里弯着腰，弓起的脊梁正对着太阳撒下的一大把金针。那么多的金针插在身上，像是老中医在破除积习，兴利除弊，大胆施针，这一回，多年腰疼的毛病该好了吧？地里的人像一个个被火烧过的树桩，好半天也不移动一下，以至于他又觉得也许不是他们。四周一个人也没有，货郎抬起泥污污的袖子抹了一把泪。太阳又白又涩，货郎感到自己的嘴里像是嚼了一截辣椒。远处地里的高粱看上去密集得厉害，齐刷刷地站着，每当想摇晃一下的时候都显得异常的困难，似乎连风也插不进去。

货郎慢慢地朝它们走过去。

崖头上的夕阳又黄又浓，又稠得流不动了。

黄泥土炕上，一个女人夸张地做着一种独门的游戏，一遍一遍地把自己卖出去，然后又赎回来。屋檐下吊着的玉茭棒子叮叮当当地响在风中，金光四溅。红色的响雷在她的叫声里滑来滑去。看看二十多年前的那个秋天，一个红彤彤的胎儿流星般地从山地向平原深处滑去。你的大拇指呢？你的大拇指哪去了？大家徘徊在平原深处的那些金黄色的土墙下，久久地打听着那个大拇指的下落。狗从树林子里出来，生出生疏的目光打量着石磨旁边的那些横七竖八的腿。

天空像一只锅盖。

天空如果是一只锅盖，那我们是什么？

把他抓起来！

已经派人看管起来了。

噢，押到哪儿了？

就在这些年前后吊死过好几个人的那间库房里。

审过了么？

我看就不用审他，那个地方，吓也把他吓死了。

货郎懒懒地用手扒开一片高粱秆后，忽然浑身激灵了一下，忽然看见了那个小村子，就躲藏在高粱地下面的一个山洼里。小小的一个山洼，像极了一道山中的褶皱，能把自己藏在一道褶皱里，可见那个村子有多小了。那时，货郎忽然就不再懒懒的了，听见自己的心跳声如同傍晚或者黎明时分的马蹄声，两个眼珠子也都急切得差一点掉到高粱地里。又听见真的有马蹄声正跑在清水河的两边，从黛青色的山上下来，跑在这片既寒冷又炎热的土地上。

一些高粱与他擦肩而过，像是那种一生只有一次的缘分。他看着它们脸上和身上的红红的血迹，不知道它们还要在风里站多久。

货郎那天觉出半个身体传来一阵难忍的疼痛，一种黏稠的紫色的汁液雨点一样纷纷泼溅到村中那些矮小阴暗的窗户上。村里的人不多，这是他预料中的，一些人靠在黄色的土墙下半睁着眼，黄浓黄浓的阳光均匀地涂在他们的身上。

家里有人么？

隔着麻纸糊的窗户，货郎在外面问道。

进来哇。

里面传出一个瓮声瓮气的声音。

除了这一家的，货郎那天晚上一共看见了十几个女孩，年龄都相差不多，一个个都像在安心等待，却又都模模糊糊，不知在等待什么。念书大都是念完小学以后就不再念了，只有两三个念完了初中。有一个脑子灵得骇人，村子里的人听说后都缩起了瘦瘦的脖子。她爹脸上的胡子很多，很乱，忧虑和无奈就在那中间穿越、滚动。兄弟，好兄弟，一辈子都没见过这么好的人哪。村中的人点起牛粪和柴火为他煮饭，用嘴一吹，火星红红的，呼呼地响，白烟滚滚。货郎盘腿坐在土炕上，听见马蹄声嘚嘚嗒嗒地响在得胜关内外，马蹄越过无数的酸刺丛，将晋北山区丛林里的野鸡纷纷惊起，彩色的羽毛四散飘零。闺女跟我走吧，嫁到外面，嫁到我们那边去，那儿有黑森森的炭，也有遍地的莜麦和玉米。秋天里，辣椒红得漫山遍野。什么，不吃辣椒？没关系，那就把它当作一种纯粹的景色。

她爹也说，去哇，爹有空就去看你。

另外好几个爹也都对他们的女儿这样说。

她们站在一起，有的用力拧着可怜的围巾，半天不说一句话。有的叉着腿，胸前的山包像是一个呼之欲出的汁液饱满的故事。

货郎想起了他的几个已到成亲年龄的表弟、侄子，他们像一些一出生就遭到雷劈的树一样，黑乎乎地混迹在贫穷的春寒料峭的山区，在天气最炎热的时候大汗淋漓地做梦，在最寒冷的季节里梳理羽毛一样地梳理那些曾经多次造访过的梦，而他们本人的头发倒从未认真地梳理过一次，能粗枝大叶地用手犁一犁便算是好的。手指插进生锈的头发里，惊动了住在里面的鸟雀们，听见它们在惊叫，扑棱棱地振动翅膀，开始暂时的远走高飞。剩下还没有长毛的，就只能忍痛别离，任凭它们张着黄黄的嘴从天亮叫到天黑。

就这样，深秋时节，一辆山榆木做成的花轱辘马车载着她离开了那道偏远而幽闭的褶皱，向着山南的方向渐渐地移动。马车披星戴月地走着，一路上丁零咣当地响着。越往他们这边走，石头也就越多，只是颜色更杂了，黑白红紫，还有一些则说不上是什么颜色。鸟雀们的翅膀、马的鬃毛，掠过那些古老门楼上的红灯笼，掠过硬铮铮的雪地，没有再去往任何地方就不见了。高高的戏台子迎着凄厉的北风，本身就在瑟瑟发抖，比在它上面飘来荡去的大红大绿的戏服看上去更加寒冷，更加缺少生动和感染。山区的打谷场静悄悄的，圆圆的草垛上披着厚厚的雪。

去，看看狗日的们在干啥。

大队干部披着衣服，捏着一根火柴棍一下一下地剔着牙。麻油青灯悄悄地亮了几日，昏昏的、冷冷的、静静的，夜夜都有北风伸出舌头。老迈的斜眼大叔坐在外面拉了一夜的二胡，胡须唰唰地划动着衣领。门外的雪地上站满了人，红灯笼幽暗而无边。舅舅，你老不来，我都快认不出你了。

舅舅忙，舅舅忙得恨不得四条腿走路，舅舅还会再来的。

舅舅下回来，把我从前的那个小圆镜子捎来吧。

这不是有镜子么。

不一样。那个是我的。

这……这难道不是你的?

这也是我的。我不是说过了么，不一样。

好，知道了。

舅舅要走了，舅舅把空空的粗布口袋搭在肩上，一手扯过驴的缰绳。舅舅嘱咐她在公婆面前要尽量勤快，在村里人面前要尽量忍让，没有什么过不去的。舅舅临出门看见她家门口扔了一些破旧的烂砖头，便弯下腰把砖头挪开，齐齐地码在门的一边。

不要送了，外面冷。

舅舅走了，瘦小的驴蹄印在雪地上留下深深浅浅的坑洼。

公鸡在院子里站成石鸡。住在山坡上的人家看见村外的狐狸在秘密地接头，狼在集训，主持者慷慨陈词，发言者积极踊跃。雪地上还有一片片厮打过的痕迹，红色的印痕一路滴答。

报告刘书记，他们甚也没干，炕东一个，炕西一个，都穿着衣裳就睡着了。

怎么会这样？再去看看，要弄清楚为什么不脱衣裳？

书记的脸上很肃穆，像报纸上的黑体标题。

又听见对面沟里的流水声了。

窑洞里弥漫着一种潮气。满脸络腮胡须的斜眼大叔，他说他曾经和树摔过跤，一口气放倒十几棵大树。二胡拉得也真动人，有时让人难过，有时却又让人听了以后高兴得很想马上就去干点儿什么。那么大的一个块头，怀里抱着那么小的一个东西，不管怎么说，看上去都有那么一点好像不那么相称。不过，那又有什么呢，什么也没有。拉吧，使劲地拉吧，想让他们听的时候就把门大大地敞开，不想让他们听的时候就把门关上。有些时候，自家的曲调确也不能让外人听了去，有外面那些鲜艳的红灯笼照着他们就足够让他们高兴一阵子的了，还要怎么样呢。粗壮有力的斜眼大叔，大腿有一个树桩那么粗，轻而易举地就能把一扇门卸下来，不费一点力气。你还年轻，凡事要向大叔学习。什么，大叔没有面对女人的经验？嘿嘿，这你可又说错了，你懂得什么！窗户发白，要起来下地时却发现已不像往日那般灵巧。大叔他可真厉害，只一下就把一个活生生的人抛到了半空中。如果仅仅只是能抛起来，如果光是这一点，那也就不能叫作特别了，那也就还是一个平常人。而他的关键之处就在于无论把你抛得多高，到时候还能把你稳稳地接住，这才是最重要的，也是最有别于其他人的。舅舅你回去时不要走那条人少石头多的路，宁可绕远一些，也要从平川里走。舅舅我知道你这一回出来又白跑了一趟，等我找到那条腿和那个大拇指时，舅舅你要把它们带回家去，交给他们。大叔啊，你的胡琴拉得真动人，你再多拉几遍，它们听见了就都出来了。

长官，胡琴声没了。

再探。

门开了，外面的亮光突然扑进来，晃得她霎时瘫软在地上，一直到后来也不知道是太阳的光芒还是雪地上的反光。

晚上，比黄豆略长一点的灯头亮起来，身上还洋溢着青春气息的树木被伐倒在晋北山区里。日子慢悠悠地晃着，空荡荡的，苍苍茫茫。

她看见婆婆身上的衣裳脏得不像样子了，她想等有一天太阳很好的时候，她要好好地洗一洗，洗得干干净净、清清爽爽，然后一件一件仔细抖开了，展展地晾晒在院子里的铁丝上。在做那些的时候，麻雀们站在屋檐上看着她。

她看见远处的山倒映在水盆里，像一张儿童的图片，那么大那么长的山，半盆水就把它们全装下了，这事让她越想越复杂，复杂到后来她不愿意再去多想。衣服搭在铁丝上，院子里一下子就像多了一道屏障，后半部分变得隐秘而宁静。

那太阳真好啊，一点儿也不比小时候见过的差。

冬天里她早早地起来生火。雪已经下了很久了，却还在不住地往下落，天地间白茫茫的，像冰冷的额头。她打开门，在吱吱呀呀的叫声里，惊讶地看到门外的雪地上有两行深深的车辙印，一看就是往老家那边去的，应该是在她还在睡梦中的那个时候过去的。有可能是她认识的人么，完全有可能，说不定就是那个多少年一直住在她们后面的宋丑子。村子里静悄悄的，烟从白色的屋顶上升起，轻轻地一直往上而去。她站在门口呆呆地看着那即将又要被雪覆盖住的车印，心里紧缩了一下，鼻子竟有点儿酸酸的。雪正在慢慢地在那两道远去了的辙印里重新堆积，像是把一些人和事重新又埋了一遍。

大家都回去吧，回到各自的房子里去睡，老睡在房顶上像什么样子，看样子近一段时间他们不会再来了。门楼上的那些圆圆的红灯笼也都被摘了下来，要等到过年的时候再挂。现在挂着，年不年节不节的，除了费油，只能招贼，土匪们远远地就能看到。但是，有相当一部分人却异口同声地说道，我们不回去，我们能回去么？我们一回去，他们就又来了，我们的包括女人在内的好多东西就又保不住了。

就没有全下来，回去了一些，还有一些仍然住在房顶上。

她返回屋里，对着镜子理了理鬓发，从一个红色的柜子里找出一件贴身的棉袄穿在身上，又很快地出了院子，关上街门。

长官，俺又来了。

长官那时正坐在八仙桌的后面，一时竟看不出他在干什么，像是在手里捧着他的那个东西在反反复复地观看，又像是在处理一个长在身上什么地方的类似于瘊子或者痦子的东西，谁也不知道他那天到底是怎么想的，又到底在想些什么。啊，原来是你？来，到跟前来。长官醉眼蒙眬又迷迷糊糊地往前探了一下脸，声音里有一种黏糊糊的东西。像什么呢？一片泡在水里的绿依依的水草？不，应该是一条滑腻腻的毛巾。

她伸出很白很好看的牙咬了一下嘴唇，然后飞快地沿着那两道车辙的方向跑去。听见有人在后面喊叫，听见下雪的声音像是两个人在低声说话。

一些黑色的矮小的东西在僻静的雪地里秘密地交谈。风卷起一片薄雪，恰好是一扇门的样子。你们快起来呀，土匪来了。一团一团的白气赤身裸体地从她的嘴里喷出来，随后又迅速地融化在清冽的白色旷野里。她不时地回头朝后看，有那么一个人，始终跑在她的后面，路上的雪被他踩得嘤嘤地哭个不停。她也始终无法看清前面赶车的是个什么人，树枝上的雪总是从她的脸前一闪而逝，裤裆里传来风声。舅舅，我十二个月都在忙，一年到头都没有消闲的时候。边墙下的人忽然像蚂蚁一样，黑乎乎的越来越多。那些旧日城墙上下的土都被流水般的血泡软了，泡酥了。四周空荡荡静悄悄的，一瞬间又一个人也不见了。她放慢脚步，猛然间又听到一阵门响，声音在雪地上显得尤为清晰明亮。

可是，完全看不清是谁家的门响，并没有看见有人出来，也没有一张脸从门里探出来。四周依然是静悄悄的，只有雪。

白晃晃的面粉一样的雪。

大叔，我的大叔，一听见门响，就知道是你的胡琴的声音。拉得真好，引人入胜，就连他也常常在我的梦里说起。有一阵子我听见它们藏在浓密的酸刺丛里好久不出来，我还怀疑是我得罪了它们。灰白的蛇皮，血红的眼睛，粗大的手，旁边还有淡淡的酒气，青白的雪线和蓝色的光芒。今年，赶在过年之前，要是能把那条腿找回来，那就已经很了不起，很让人意外了，不要再想别的，贪多嚼不烂。你们难道没听说么，他们要把咱们裤裆里的东西拿走，装入他们的口袋里，以后就要背着那些口袋去穿过土默川，再翻越黛螺山。听听这话说得，明明是咱们的东西，让他们这么一说，倒好像成了他们的。啊，是黛螺山呀，我想起来了，那儿有他们的祖坟，我们当然不能去。不过，还有一个麻烦事，姥姥家的那个青青的菜园子也在那里呢，这就叫人作难了。去不行，不去还不行，真正让人难死了。大叔啊，再拉一段吧，管他天塌地陷，先把眼前这些坎迈过去才是最要紧的，不是么？那个人说后半晌的时候他还要来。我想，来就来吧，大不了破上一斤面。

黑夜在她的印象中越来越多了。

无边无际的黑暗浸泡着所有的日子。

其实那些牙根本都算不上白，但是在暗夜里，在那漫无边际的黑暗的映衬下，全都变得亮闪闪的。无论是谁，只要一张开嘴说话，就准会有一道白光出现在众人的眼前。后来她总算是看明白了，这种事，和很多别的事情一样，也是一种完完全全的假象，其中有着太多的似是而非的东西，可是却没有一个人觉得有问题。

她知道这些有什么用？什么用也没有，知道得再多也没用。一脱衣裳，就看见满山岗的黑黑的矮树丛，要是在那黑乎乎的印象里再瞥见一道白光，或者直射，或者弯弯曲曲地绕着，不用问，一定是有一个人正在开口说话，说他看见过的，甚至根本没见过的，说已经被他证实了的，被他弄明白了的。山谷里有东西正在出来，人们站在房顶上看着。大雪一到，那头瘦猪就要挨刀了，不管它肥瘦。

有一个背影朝山谷里飘去。

那是谁？是他把那条腿和那个大拇指藏起来了么？在那些平静的日子里，常有圆圆的青石水泡一样咕咚咕咚地泛上来，嘎嘎地叫着，圆形的背浮出水面。

报告刘书记，有人落水了。

是谁?

一个不认识的人。

捞上来了么?

没有，好像已经漂走了。

混蛋！为什么不把他拦住?

拦不住呀，刘书记。

漂到哪里去了?

听说已经出了咱们管辖的地界，已经到了长流水一带了。

那就好了，只要离开咱们的地界，就不要再管他了，就和咱们没关系了。

我也是这么想的，就让长流水那里的人们捞他去吧。

电话线虽然名义上说是已经通进了深山里，但也仅仅就只是几根外表包着黑皮的线而已，该说的话，需要说的话照样还是说不上。亲戚们之间不知道彼此在干什么，传递消息要靠那些到处走动的人，要是周围没有那样的一个人，有的亲戚一直到死也不知道别的亲人活成了什么样，甚至在不在人世都模棱两可，完全不清楚。她的一个姐妹，前一个男人死了以后，又跟了一个打牲的。那是一间坐落在红色山谷里的小草屋，孤零零地立在风中。每天清晨一起来，看见房子里挂满了露珠。墙上有各种皮毛，还有野鸡的颜色缤纷的羽毛。最里面的墙上挂着一支黑褐色的火枪，一个圆形的小药葫芦，还有装铁砂的红色猪皮袋子。火枪更多的时候并不在墙上，经常晃动在打牲人的肩上，每天早早地进山。不过自从有了这个女人以后，进山就晚了，起得也更迟了。尽管长了一双够得上阴鸷的眼睛，不过每当看到女人的时候，却又像羊毛般柔和。

打牲的每天扛着枪进山以后，整个山谷里就剩下女人一个人，她的身体还很有力气，就在房前屋后种了一些东西，锄锄草，浇浇水。太阳在门前暖融融地照着，屋后不远处的沟里的背阴处还有厚厚的白森森的积雪。她在雪里挖了很多的小洞，小洞里再放上一块块的干干净净的青石板，男人从山里打回来的东西就都放进那些雪里。平日里那山谷里静极了，只有乌鸦或者喜鹊飞来的时候才会有几声嘹亮的叫声。男人常担心她一个人瞎走，或者挖回一些什么有毒的东西，有空的时候就告诉她什么有毒，什么样的又没毒。“鬼辣椒”有毒，长得再好看也没用。白贵人像从天上来到人间洗澡的仙女，一听见有脚步声传来，立即就被惊走了，转眼就消失得无影无踪。蒲公英可以捣碎了敷在伤痛处，也可以煎水喝。野鸡从灌木丛里探出头来，看见有人，马上又缩了回去。

有一天，山风哀号着把打牲的人血糊糊地送了回来，那些血红的东西嗖嗖地在前面为他开着路。天黑下来以后，在微蓝的雪地上，她惊骇地看见他从山里回来的那条痕迹竟然形成了一道深深的峡谷，暗红的风就在那深深的峡谷里一遍又一遍地呼号着，像是有许多人齐刷刷地跪在一起哭泣。

前一个男人死的时候，她不在家里，也没有哭出来，不过白棺材晃得她两眼疼痛不止，生疼的泪水不请自来。之后涂了油漆的红棺材又熏得她头晕目眩，又一次被呛出泉水般的眼泪。山里的一位独眼的大仙曾给她算过一次，他们之间还应该有一些时日，可是现在，没有应该了，要轮到她自己一个人去面对以后的每一个白天和夜晚了。想到这些，心里忽然空空的，眼里开始湿润。

……

这些，她原来都不知道，要不是那些到处走动的人一年一年地替人们传递着各种各样的消息，她纵使再活上一万年，也别想知道这些。不是么，谁也无法猜想别人的日子，猜想也是瞎猜想。

那时，人们坐在一贫如洗的房顶上，遥望着从前常有土匪出没的那些荒草萋萋的旧路。有血红的东西到处飞来飞去。

出来很多年了，她几乎把原先的那个村子和那边的大部分人都忘光了。有一天，她忽然梦见父亲佝偻着身子躺在一堵斑斑驳驳的土墙下，家里的门和窗户都敞开着，村子里却听不到半点儿声音。她想，那么多的人，都哪去了？

她想伸出手去扶他一把，却怎么也够不着。

爹忽然用一种喜鹊的声音和她说话，边说边又低下头去，似乎是在察看翅膀下面的血迹。还有瘀血么，还有脓么？爹告诉她说很多人都死了，白茫茫的一片，盖住了山地和平原，连树都白了。一起变白了的还有家家户户的山墙和屋顶……她说，啊呀！阳光久久地叮在爹的身上，有的如蚂蟥一般，拼命地往里钻。她远远地注视着，感到自己近在咫尺却又完全插不上手，帮不上一点点忙。她只能给爹出主意说，赶快把它们拔出来，使劲地揪出来，再迟一会儿就都进去了。

后来，有一只很白很小的羊轻轻地从她的旁边跑过去了，那样子看上去十分害羞，也十分的胆小，小脸上忽红忽白。大家纷纷说秋天就要来了，她要是再不回来，那些果子就都不能吃了。大家每天都站在那个圆圆的巨大的车轮中眺望。

她说，爹，你是不是嫌我一直没回来看你？

爹说，不是。说着又低头察看了一下那差不多快要枯萎了的翅膀。

她又何尝没有看见，毛色发暗，又干又涩，一点点亮光也没有了，顺溜、光滑，更是谈不上。

她记得清清楚楚，那些血红的土豆就是在那个时候又一次突然飞起来的，数不清的血红的晋北山区的土豆，在人们的头顶上飞来飞去，其间还夹杂着诅咒的声音。有一阵子甚至还传来道情的高亢嘹亮的悲声，响彻整个山区。

以后又做梦的时候，她看见一只雪白的蝴蝶在梦境里无拘无束地飞来飞去，她试着抓了几次，却一直也没有抓到。蝴蝶宁静而无声地上下飞舞，又不时地画出一些陌生而又萧瑟的圆圈，圆圈里，是她最熟悉的那些人。只是他们那么的萧瑟，却是她万万也没有想到的。萧瑟的景色，萧瑟的人，她却不知道该对他们说什么。

她坐到一旁，不再伸手去抓。

听见蝴蝶的翅膀上传来阵阵水声，低低地回响着。

夜夜都梦见她有着一头柳丝般的绿头发，等到了太阳下，却又留下一个个浅黑的影子。满满的一篮子马齿苋放在她的脚边，太阳又快要跌进山里了，在临界山头的地方慢慢地滴着血，山坡上如同蒙上了一层红布。绿色的滑腻腻的山岗被涂染得斑斑驳驳，迷离万分，似伏卧了无数挂彩后的士兵。在很久以前的那些日子里，她只是一只被风吹来吹去的小蝴蝶，两条耗子尾巴一样的小辫子晃来晃去，一边奔跑一边跺着脚叫喊，声音像瓦片一样响亮，有时哭得草叶唰唰的，天都暗红下来。尖尖的金绒针扎进肉里，裤腿上挂满了绿色的恋恋不舍的蒺藜子，血从皮肉上涌出来，在太阳下眨着金色的眼睛。

流水一样的烟从黄泥的屋顶上冒出，盘旋如鹰。羊和牛马在村外的河湾处一声接一声地用力叫着。房前屋后，路边和井台，白色和黄色的烟雾到处弥漫着，远处的山路上还有人正在背着柴草往回走，看不见人的身体，只看见两条乌黑的小腿棍子一样载着那山丘般的草慢慢地走。崖畔下，墙角里，都已经完全黑了，暗到不能再暗。早先变黄的树叶顺着墙边飘了一阵后，忽然停住，一转身折进了路边的土坑里，不再漂泊。嫁鸡随鸡，嫁狗随狗，或者钻到石头下面，将蚂蚁们的公社和大队盖得严严实实。煤油灯昏黄的灯头哆哆嗦嗦地打着寒战，她在灯下缝着过冬的衣服。有时心里在过人，熟悉的、陌生的，甚至还有一些面带微笑的土匪们。不断地和一些人打着招呼，又默默地驱赶着一些人。灯光病恹恹的，大半个屋子都是黑的。到了需要将线头咬断的时候，就用白白的牙把线头咬断，看一眼黑沉沉的窗外，然后又将一根长长的线重新接上。周围是静的，白日里吹来的风里夹带着草木的味道，那是一种只有彻底熟透了的草才能挥发出来的气味，颜色金黄，某些时候却又仿佛蔚蓝。秋天往往就是这样的，天黑下来的时候，便听见唰啦唰啦的树叶声，像是有人笑着不断地往上面泼水。路上行人黑乌乌的影子成了一棵棵单独模糊的树，更有的酷似行走的木头桩子。早些年间有人在崖头下凿出的并曾经居住了很多年的土窑都变成黑洞了，野猫和蝙蝠在那周围和里面跑着，叫着，飞着，扇起一种沉重的腥气。那些原来住在土窑里的人，如今早已经都不在了，大部分静悄悄地死了，也有的搬到了打谷场的附近，或者别的地方。空荡荡的窑洞里只剩下了冷风和黑暗、恐怖和荒凉。崖畔上的草经过一个夏天的生长，有的已一人高，也变黄了，吹一吹，根根直立的黄色的草都朝一边倒去。

风再大一些，有的承受不住，当场就拦腰断了。田地里、山坡上，家家户户种植的东西，屋檐下悬挂着的红辣椒、干豆角和还没有完全风干的老菜瓜都挂满了秋霜，早上起来一看，都白而且胖，很让人怀疑那刚刚已逝的一夜是怎么过来的。树都长在墙边，也有的在路边，风一来了，所有的树便都拼命地摇去那最后剩下的几片叶子，只留下它们暗红或者乌黑的干枝，光溜溜地进入冬天。而在先前那些晴朗而温和的夜晚，虫子们提着亮闪闪的灯笼在草丛里走来走去，有的一声不吭，有的互相高一声低一声地吵着，夜影被高高的草摇晃着。要是天上没有月亮，纳鞋底的声音就会凭空凸显出来，哧的一声，不久又是一声。黑夜浓得就快要流不动了，山区里的狗看见了什么，汪汪地叫了几声，有时叫得蝎蝎螫螫，又因为惊惧而号哭。

睡在黑暗的屋里，听着狗在家门外和街巷中长长地号哭，不用多想就能明白外面的那个世界有多么的骇人。

那种时候，从来不敢出去，因为根本不知道会看见什么，会遇到什么。舅舅和大叔也都说过，不要试图去和黑夜挑战、叫板，那没有任何好处，只有你想不到的，没有你碰不到的，真的碰到了，就迟了。

无数血红的土豆在山区广阔的山川间和土地上飘来飘去，许多个年头的咚咚的响声似乎从来就没有断过，却又从来不知道那响声来自哪里，有时只能看见血一样的东西从那高高的房顶上慢慢地渗出。长官，我的那条腿和那个大拇指有消息么？啊，已经又派人分头出去找了，很快就会回来的。

高粱回到窑洞里，挤挤擦擦地拥在一起，让原本冷清的窑洞里有了一层暖热的生机。鸟雀们也来了，在屋檐下大声地说着，嚷着，还有的在互相埋怨，它们是从地里一路跟回来的，很知道它们要找的东西放在哪里。月亮高过墙头，荞麦地里忽然杀了人，脚印纷乱，衣衫飘动得像老鹰的翅膀。舅舅，快坐吧，知道你来了，大叔他非要给你拉一段。

远远地就看见一个红灯笼，太招惹了！又不过年不过节的，挂出来做啥？赶快出去取下来。

本来要取的，病了些日子，竟忘了。

屋后传来咚咚的响声，又有人跑远了。

刘书记，他们说每天夜里都听见鬼哭。

他妈的，又来这一套。

您看……

把这些迷信坨蛋都逮起来，不要和他们客气。

逮起来？

对，拿绳子捆住，吊到房梁上。

绳子我早就准备好了。

等等，你头上的这些血包是怎么回事？

唉，不知从哪里飞来的一些土豆，都砸到了我的头上。

要奋斗就会有牺牲，我的同志，你辛苦了。

……

你们快回去吧，家门口长了一人高的草，连脚都迈不进去了。那些土匪也都老了，眉毛像胡子一样，又白又长。多年来他们只是没鞋穿，你们给留下些大大小小的鞋子，他们就心满意足了，旧的也不妨事，他们不嫌弃。这就好了。她想。在那些黑魆魆的夜里，她的枕头有时潮湿如雨后的山区。许多年以后，当她的手臂上浮现出缕缕青筋，就要伸向那边的黑暗时，她记起了那个风和日丽的日子。暮春时节的河道里，隔年的冰凌还没有来得及分裂、漂动，便都被山区里的人们抢光了。他们纷纷铺在各自的院子里，阳光照亮了冰块里面的血红的土豆，还有游动不止的玉米高粱和莜麦。塬地里和崖头上都呈现出一片片青绒绒的绿色，她知道那叫春意，又像是一股股微微荡漾着的水。有姣好俏丽的面容映在其中，她飞快地用手搅乱，那姣好俏丽的面容便很快也就不见了。水里出现了暂时的乱象，乱象过后便是长久的迷茫，一圈一圈的波纹荡漾着散开，最终完全消失。太阳从水面上跑过，留下惊恐万状的影子。舅舅，道情和二人台你最喜欢听哪种？什么，都很是高亢、嘹亮，也都足够悲伤、心酸？真是太对了，我也从中听出了舅舅说的那些。天阴的时候，特别是下大雪的时候，听着那高亢嘹亮的悲音，尤其让人伤心、难过，眼里的泪止不住地往出流。可是有的人却不那么想，他们的耳朵里像是塞满了猪毛，心里也满是乱七八糟的东西。他们都是从四面八方鸡瘟一样地流散过来的，挤在一个炕上，胡乱摞着，尤其在没有月亮也没有灯光的时候，根本分不清你我。枪声炒豆子一样地响着，听声音像是在平川那一带。有人趁着黑解开衣裳，刚想风凉一会儿吧，雪白的胸前很快就落下几个不要脸的黑手印。一开始还没以为是手，没以为是谁的鬼爪子，还以为是那种小精灵一样的黑豆鸟呢，就是那种专门在黑豆地里飞着的比麻雀还要小的小黑鸟，浑身漆黑的小雀儿。可惜不是！五扎毛的娘说，快去看看吧，可不得了啦。去哪儿，看什么，却又没有说，也没有人明白。城墙上的土黑红、黑黄，羊群挤在一起，像是被集体吓住了，不再往前。

屋顶上不时有泥土掉下来，在地上摔碎，有的在落下的过程中就提前碎了。风把门吹得啪啪地响，皑皑的白雪盖住了远处和近处的大部分的东西。人从屋里走出来，嘴里呵出团团白气，感觉是从一个梦里走进了另一个梦里，四下张望，晋北山区血红的山川被染成白色，人却还是黑的。树上的那些叶子这时早已全部掉光了，剩下的枝枝杈杈穿起了白皮袄。也有人说是像女人的胳膊又白又光，随便他们说什么。大婶啊，四面坡我就不去了。九月里要是有空闲，那就去一趟。太阳闪动着充满挑逗诱惑的眼睛，那些山区的地面和房屋便立刻惴惴不安地骚动起来，纷纷也回应着大致一样的表情，闪闪烁烁的光线在雪地上滑来滑去。见过有人画太阳，把太阳画成一张人脸的样子，画得那个可怕。除了带给人痉挛、恶心、不舒服，更叫人头皮发麻、毛骨悚然。四月已经临近，那些土豆呢？那些血红的晋北山区的土豆都到哪里去了？深蓝色的山区夜空里只剩下那一轮昏黄的月亮。雪地上没有风，风都在山脚下的树丛中聚集、徘徊。她深一脚浅一脚走在雪地里，屋前的两棵榆树不知为什么变得像是两棵柳树，这时候也穿白戴银，一动不动地站在那里。管他是什么呢，只要还是两棵树就行。篱笆也没有响，也没有人动过，上面落着的雪还是胖乎乎的，一看就知道是没有被动过的。村里连一声狗叫也没有听到。那些毛色杂乱的家伙们都去了哪里？它们也很少有那种成群结队的时候，总是单个的一只、一个。墙头上也堆满了雪，在夜空下闪着冷清寂寞的光。远处的树排着队朝天边走去，近处的树后隐现出家的轮廓和模样。柴门轻轻地开了，又轻轻地关上，落在上面的积雪随着一开一关落下来一些。院子里静悄悄的，连鸡也睡了。

四月不行，九月还不行？

原以为行，可你看这样子，还是不行呢。

……

刘书记，土豆全死了，怕是要减产。

混蛋，怎么弄死的？

这一回好像没有人弄，应该和天旱有关。

赶快叫医生来，打针、吃药。

刘书记啊，是土豆呢，它们也能打针吃药么？

啊，我忙昏了，怎么不早说？

无数血红的晋北山区的土豆漫天飞舞着，在他的四周飞来飞去，不断地撞击着刘书记的眼睛和嘴。刘书记努力地舞动着双手招架着、驱赶着、应付着。土豆们飞溅着、笑着。刘书记浑身血污，他的嘴早已肿起老高，既无法说话，更不能吃东西，血顺着他的手臂一直流进他的裤裆里、鞋子里。

把那些盛了血的鞋子送给土匪们吧，他们用得着，他们常年出没在山里，头发上长着树叶，裤腰上别着死耗子，多年来总是以声音来武装自己。

大叔，再拉一段吧，这寂寞冷清的日子真是难熬啊。

她发现很早以前就熄灭了的一堆火，在某一个春天的夜晚又在山区里重新燃烧了起来，火焰像一些被拢在一起的黄艳艳的迎春花的枝条，不断地跳动着、伸缩着，就连一些正巧路过的人也都看得火烧火燎、骚动不已。惶恐不安的故事情节以一种表演的方式快乐无比地扭动在简陋潦草的戏台子上，高高的戏台子迎着风，卷曲多皱的帷幕像遮羞布。而事实上又总是什么羞也遮不住，因为羞就在每一个人的心里。每到泥土松动的夜里，村口那些年代久远的老榆树都会流出与其年龄和经历不相称的明亮的黏稠而缠绵的汁液。大叔说他小的时候曾经尝过那种亮晶晶的缠绵的汁液，以为光滑、香甜，却没想到入口生涩，还有一种怪味。

大叔啊，你的二胡拉得真动人，连正在匆匆地回家的人都不由自主地放慢了脚步，连身上驮着东西正在河川里行走着的驴都停了下来，竖起了长长的耳朵。河川里的风吹着它们的灰色的毛，你也许从来没有注意到它们流出的比豆子还要大的眼泪。

长官，又抓住一个干那种事的，不过这一回听说是个良家妇女，而且年龄也不小了。

什么？成天净他娘的这种事！带过来看看吧。

半片镜子里映出附近的山川河流的模样，甚至隐隐地还能看见远处路上的行人，大雁排着队，公鸡丢下才吃了一半的食，低飞着逃进前面的杨树林子里。扁豆互相牵着手，像一群相约去看戏的山区的女人，怀里躺着她们的粉红色的婴儿。镜子究竟是在什么时候破成两半的，已经完全不记得了，印象中只记得在那之前其实就已经酝酿开始着什么了，无论看什么，都会看见裂纹，区别只是数量上的多寡，有时稀少，有时密集。白日里白色的花到晚间开始转黄，门窗也表现得年深日久，一副倚老卖老的模样。山区里黄澄澄紫莹莹的火在镜子里蹿来蹿去不断地撞击着她的手，没有礼貌地舔舐着她的脸和心。血又渗出来了，一滴一滴地落到黑乌乌的地上，像盛开着的纽扣大小的花。

郑环宇的女人变成了猫，常在附近一带拉长声音叫着。

关上窗户，听见风从树林子里转出来，刮在雪地上，夹着冬春夜里树的声音，又和地上的雪联合到一起。有几年了，夜里睡着后，除了变成猫的郑环宇的女人，再也没有听过任何人唱过。大叔啊，你的二胡拉得那么好，郑环宇的女人唱得那么好，你为什么这么多年从来没有为人家伴奏过一次？这事就连我都看不过去呢。变成猫怕什么，她不还是从前的那个她么。无论变成什么，她也还是原来的那个她。戏台上的一只红绣鞋掉进台下的人群里后很快就不见了，像是一滴水掉进了大海里，这么多年过去了，仍然没有人知道到底是谁把它捡走了。她几乎每夜都在小心倾听，更有的时候耐心地等到天亮，可是很多时候除了风，再什么也没有。有时会从近处的人家里传来一两声零碎的声音，或者叮当，或者哗啦。山区里那些毛色杂乱的狗拖着受孕后的肥大的肚子，还在不甘心地到处走动，土豆无论多么红，也从来都引不起它们的注意。刘书记说，这是他妈的谁干的？

爹娘，你们还好么？

满塬满坡的荞麦开花了，白茫茫、粉尘尘，黑陶罐晃晃荡荡。道情高亢的悲音又在山区里响起，人声嘈杂，月亮动不动就被风刮走，即使变成镰刀，也还是没用，吃饭前还亮亮地挂在高处，等到一顿饭吃完，就已经完全不见了。有人说曾听见当啷一声掉到了地上，但是找遍了整个山区，也没有看见它的踪影，更不知道它掉到了哪里。就连大叔他们那个年纪的人也都说不上它到底去了哪里。大叔呜呜咽咽地拉着，越拉天越黑，碰巧了能看见山区血红的土豆在人们的房顶上飞来飞去，血流在一些院子里，有时候门都开不了。一开门，就听见哗的一声。

雪地上静悄悄的，反射着幽蓝的光，雪地上的树在夜空下变得明亮而结实。我们暂时先不回去了，睡在房顶上其实也挺好。我们倒是也想回去呢，可是能回去么？土匪们抢走了我们的血红的山区的土豆，我们要是回去连吃的都没有。另外，我们也没有多余的鞋子给他们穿，我们的孩子还都是兄弟几个合穿一双鞋。她从黑暗中走回到家门前，一抬头却又看见那把亮亮的弯弯的镰刀正挂在冷冷的天上，她听见自己的喘息变得像绳子一样粗重。她伸出两只青筋明显的手，却又一时不知道自己到底要干什么。大叔一言不发，又默默地拉起了二胡，拉得戏台下人头攒动，哭爹叫娘，很多人都醉了，红灯笼整夜整夜地亮着。长官，求求你长官，我的一条腿和一个大拇指不见了。

风来来去去，四周又静了下来。舅舅你那年走的时候没有把门关上，雪地上的寒气从门外进来了，这些年我一直都像是站在风里。东边是一片明亮的隆隆作响的橘红色，那些黑房子和说不上是什么颜色的房屋曾一度也被映照成橘红。山区里毛色杂乱的狗踏着那些骚动不安的山区小调，没有目的地走着，看戏它们看不懂，斗争又没有太多太大的力气。太阳哗啦哗啦地越过暗红的栅栏，涌进小院，泼水一样泼到虚掩着的门窗上。

无数血红的土豆在天地间飞来飞去。

越过一片片窑洞，她看见舅舅正在费力地穿越大片的莜麦地，有鸟雀在他的耳边吵闹着，忒儿忒儿地飞着。大叔，求求你再给他拉一段吧，你看一个人走得多孤苦。

漫天的飞雪中，她闭上了眼睛，听见那只手困难地笑了一下，发出一阵鸟的声音。

原载于《收获》一九八九年第二期

哭泣的窗户

那些窗户都破了，纷乱的窗纸在风中哗啦哗啦地响着，摇来摆去，像一些失去自由却又想展翅飞走的鸟儿，腿被紧紧地拴着，固定住，只剩下一些翅膀在不停地扇动着，看上去可怜，无望。不过，也有例外，有的扇着扇着，突然就挣脱了羁绊，摇摇晃晃地飞走了，有鲜红的东西一路滴答着。这样飞走的代价，往往都是放弃了脚甚至腿，不再管那些东西了，不能再计较那些了，忍着痛，带着残缺，血淋淋地飞走了。

院子里长满了一人高的野蒿和丛生的杂草，数不清的虫子在草丛里钻来钻去，有的翅膀像轻纱，经常动不动就展开，很有一种要证明或者炫耀的意思；有的翅膀像垂挂的红色帐幔；有的像在漆黑的地底终年劳作的矿工一样头上顶着一盏灯，为自己照着亮。

还有一些，二流子一样的家伙，白天睡觉，即使不睡觉也不知在哪里钻着，一到天黑就都出来了，提着亮晶晶的小灯笼，到处晃悠。

几场雨下来，吊在树上的钟锈成了暗红的颜色，风大了的时候，那钟有时会自己敲自己，叮叮当当地响着。

曹碧青见过几次，树下并没有人，那暗红的钟突然就叮叮当当地敲起来了。心里麻烦的时候，他就觉得那很像是一个羞愧无比的人将自己的头朝墙上咚咚地撞个不停。要是心里高兴的时候，就又觉得那钟很像是一个寂寞的孩子，一个人玩了一会儿，又孤独地坐了半天，很想找一个人玩儿，或者说说话，甚至看看别人打架也好。

黄泥的教室被刮到一边，歪歪斜斜地灰愣在天底下。

看得久了，那些歪歪斜斜的房子就不再安静、老实，像是在一下一下地晃动，晃得人眼前晕晕的，左晃一下，右晃一下，似乎还在笨重地往上蹿，想跳起来，像是要离开地面，远走高飞。

想到哪里去呢？

又能到哪里去呢？

走这边。

曹碧青一边和牛说话，一边将目光掠过几道土黄色的梁峁，投向那可怜的灰蒙蒙的学校，那几间凄楚楚的旧房子。太阳在牛身上反射出耀眼的金黄色光线，牛群的脊梁拥挤在一起，黄黄的、平平的，很多地方又起伏着，站远一点儿看，和那些寂静的梁峁一模一样。整整一个假期里，曹碧青不知已向那里遥望过多少次了。下雨的时候，他戴着草帽，披着雨布，远远地看着那些笼罩在白茫茫雨雾中的教室。旧房子也有旧房子的好处，在雨雾里的时候，它们就像一些旧画中的房子，恬静、淡远，有一种很古的东西慢慢地泛上来，流动起来，说是一处老旧的庙也很像呢。看着看着，仿佛有一个小小的身影从庙里出来，手里捧着一个黑色的罐子，下来打水。门开时并没有什么声音，但是曹碧青觉得自己听见两声吱吱扭扭的叫声。屋顶上有花朵般的云彩，墙上有几支红杏，也有可能是红梅。

整整一个假期里，曹碧青经常一个人坐在寂静的山梁上回忆起课本上那些十分模糊的字迹和另外一些遥远的事情。书上有一些狼一样的人，还有一些看上去老实得像木头一样的人，也有不少让人无论怎么想都想不明白的事情。不过，不管明白还是不明白，那一切也都过去了，以后所有的那些他都再也看不上了，它们都在很远的地方一页一页地合了起来。

看见身后的山梁红得如同在滴血，又看见山下的村里被清扫得干干净净，他就知道父亲已经收工了。

吃饱了么？吃饱了就喝水去。

他对牛说。

曹碧青和牛们拥挤着又推推搡搡着从红彤彤的山梁上走过，山梁上的草也红了。小牛圆乎乎的，寸步不离地跟在它母亲的身后，牛群走起来的时候，它就像被淹没了，完全看不见它的身影。它走得慌乱紧张，生怕被丢下。有一头小牛，无论模样还是身架，都像极了他的一个叫张宝的同学，张宝就是那样的，任何时候都是一副慌慌张张的样子。上学，放学，慌慌张张地走着，就连吃饭也是一副慌慌张张的样子。张宝的爹一看见他那样就会忍不住骂他，他的本意是希望骂得他改过来，以后不再慌张，可骂来骂去的结果是张宝变得更加慌慌张张了，任何时候都像是在急急地赶路，像是去送信或者救火。

拥挤的牛群轰隆隆地从红艳艳的山梁上下来，后面扬起了漫天的黄色尘土，尘土飞扬起来，帷幕一样展开，被血红的太阳照得粉红而透明。

很快，牛群还没有从长长的山梁上下来，那又红又圆的太阳就跌落到山梁的那边去了，先前还红蒙蒙的山梁一下就变成了青褐色，下面的村里也蓝乌乌的了。再加上到处乱窜的白烟、黄烟，村子里像是着了火。

天黑了，村子里到处弥漫着呛人的烧柴火的气息和牲畜的气息，黑乎乎的街上和院子里，不时地传来一惊一乍的尖叫声和骂骂咧咧的说话声。水桶叮当乱响，蝙蝠嗖嗖地在屋檐上下飞着，有时好几只互相牵连着挂在树上，组成一种破烂而又古怪的图形。说是一种罕见的阵形，也完全能说得过去。曹碧青坐在黑暗中的屋檐下，听见父亲在屋里扶着墙咳嗽，有时弯下腰去，像是在十分艰难地捞取一个什么东西。许久以来，父亲的枯草般的身体里就游动着一缕缕带着红色血丝的东西，曹碧青不知道那是什么，就连父亲本人也不知道。不过，父亲的那种不知道，完全不同于曹碧青的那种不知道，父亲的那种不知道不仅仅是叫不出那种东西的名字，而是压根就不知道在他的身体里有那么样的一种东西在日夜游动。夏天的晚上，成群结队的蚊子来了，它们小声地细声细气地唱着、跳着、舞蹈着，七嘴八舌地围攻任何人，只是从不围攻父亲，远远地离着他，有时实在绕不过去，需要从他的面前或者身后经过时，也只是虚虚地呼啦一下就过去了。蚊子们为什么从来不碰他？父亲的说法是他已经没血了，它们捞不到什么，所以才一下也不碰。这样说好像也很有道理，那样一具枯草般的身躯，无论直立着还是弯曲着，都看不出哪怕有一点点的流光溢彩和可图之处。他干瘦的脸上布满了河川一样的褶皱，大渠小沟，僵硬的手指更是弯曲得十分厉害。曹碧青一直觉得，能被眼前这个社会视为敌人的，应该是那些早年锦衣玉食、保养得体的白白胖胖的人，而绝不是像父亲这样的干瘪枯竭得连蚊子都不屑于光顾的人，就模样来说，父亲更像是一位苦大仇深的贫苦农民，而事实恰好相反。如今，曹碧青也不再有丝毫的疑惑了。他曾不止一次地从一些宽阔的门缝里看见父亲戴着纸糊的帽子，像是在演戏，在奉命出演一个谁也不愿意扮演的角色。仿佛听见父亲在说，既然没人愿意演，那就我来演吧。表演并不是一时一地，一场两场，而是好多年持续不断，包括低着头认真清扫大街小巷以及每一个角落，直到那些地方全都变得干干净净为止，直到看见满天的星星都准时出来喂猪时为止。

黑魆魆的街巷里游动着鬼火般的昏暗的灯，呛人的烟雾笼罩着舅舅苍白松弛的脸。舅舅的一双眼睛是水沟眼，眼睛里时常都满含着亮晶晶的泪珠儿，坐在烟雾里的时候，那亮晶晶的泪珠儿就比平时更亮，流出的也更多。无论白烟，还是黄烟黑烟，就呛人的程度来说，基本都是一样的，并没有太大太多的差别。坐在纷乱缭绕的烟雾里，舅舅又说，再上一年初中就行了，可不敢再上了，可不敢再那么想了，再要那么想可就是完全属于蹬鼻子上脸了。人家给了咱们脸，给了咱们多大的脸，咱们可不能给脸不要脸，再返回来给人家个后脊梁。舅舅又这样说了，舅舅老不来，只要一来了就准会这样说，这样的话曹碧青不知已听过几回了。曹碧青看见在舅舅说话的同时，父亲在一旁不住地点头，点一下还不行，而是在不停地点，还眼巴巴地看着舅舅。他能做的也只有点头了，也只有这一个反复重复的动作了，因为这一切全都是因为他。父亲脸上的夜色十分深重，像是雨天的那种能把三匹马的大车陷进去的烂泥路，又非常的肃穆，因为面对的是舅舅这样的一个公家的人。舅舅是好几个学校的中心校长，知道很多的政策，讲的都是有钉有卯的实话。当然，除了公家人的身份，舅舅私下里也还是他们的亲人，他不会哄他们，更不会害他们。害他们这一家人对他本人有什么好处呢？可以说什么好处也没有，一点点的好处也没有，至少他们眼下还看不出真的有什么好处。要是能对舅舅的个人前途有一点点好处的话，害一下其实也不要紧，反正他们已经这样了，还能再坏到哪里去，还能再怎么样呢。而相反，舅舅要是前途光明，道路顺畅，能再往上升一升，那又会是多大的好处呢。父亲就不止一次地说过这样的话，表达过这样的一种意愿，这是他的最真实的心里话，并不是为了表面上好听才故意那么说说的，也不仅仅是为了讨好身为公家人的舅舅。曹碧青也非常明白父亲的那番意思，他们是已经掉到深坑里了，任谁也不能再把他们这一家人拽上来，已经就是那个样子了。可是，在他们最亲近的人里面，有一座直立的高峰难道不比有一个不起眼的小土堆更好更强么？这其中的得失傻子也能看明白。是的，舅舅眼下可能还是一个不怎么起眼的小土堆，但是他们这一家人希望舅舅忽然能够成为一座直立的高峰，希望舅舅鹤立鸡群地挺起来，那将会是一种什么样的情景？而且，最关键的是，在舅舅从小土堆变成一座高峰的那个过程中，如果确实需要他们这些掉到深坑里的亲人们做出某种贡献或者牺牲，他们全都是愿意的，一千个心甘情愿，一万个心甘情愿。父亲的逻辑是，舅舅要是不从一个不起眼的小土堆变成一座人人仰望的高峰，那自然一定会有别的人从一个不起眼的小土堆变成一座高峰，那么，既然都是变，既然总有人要变，为什么不让我们的舅舅去变呢？这种事根本就不需要动脑子去想，只有真正的傻瓜才会去琢磨。张三李四，王麻子李拐子，某一个人，别人成为高峰，对我们有什么好呢。

住在对面榆树上的乌鸦，把人们丢弃在街上和墙角里的没用的柴草一根一根地捡回去，慢慢地日复一日地搭窝，一点一点地建设着自己的家。曾经有一些日子，曹碧青把一些软和的新鲜而不扎人的柴草整整齐齐地放在乌鸦们经常栖落的房顶上，他希望它们把那些上好的材料全都搬回去，不仅好用，而且更能早一天地建成它们的家。可是，后来的情况却正好与他当初希望的相反，自从他把那些软和而新鲜的柴草整整齐齐地放到它们时常栖落的房顶上以后，那些乌鸦们却再也不来了，再也不在那一片房顶上落下了，很可能就是因为房顶上有了那些突然出现的软和而新鲜的柴草。他的意思是让它们拿走，然而它们却无比自觉地避开了。它们一次次地从那片房顶上面飞过，它们应该早就都看见并注意到那些草了，却一下也没有去碰过。

曹碧青觉得，它们是不敢。

它们不相信那是给它们的。能和人平安地相处在同一个地方，就已经很好了，就已经很了不得了，怎么再敢于去贪心，去奢望别的更多的并不属于自己的东西。它们觉得，新出现在房顶上的那些新鲜而上好的材料是房子的主人要用的，并不是给它们的，所以它们才一根也没有动过，也从此不在那附近停留。

乌鸦们，多么像他们这一家人啊。

寂寞了整整一个假期的钟一敲起来，上面暗红的皮屑般的铁锈便都啪啪地掉下来了，褐红色的铁锈碎片一掉到地上，立即被蚂蚁们蜂拥着包围了上去。鸽子带着噜噜作响的鸽哨从树上飞过，教室里的课桌上落满了厚厚的一个假期的灰尘和鸟雀的羽毛。老师马瘦毛长地出现了，沙哑的声音像是从那土黄色的干瘦的山梁上飘下来的吆牛声一样。老师杂乱的锈迹斑斑的干草一样的头发上还残留着假期里的金色的麦芒和高粱花籽，脸上和胳膊也都晒得又黑又干，上面不时有灰白的皮泛起。老师搬了一个满是灰尘的凳子，身在曹营心在汉地坐在教室的门口，心大约还停留在赤日炎炎的地里，或者某一个僻静的山洼里，看上去完全是一副灵魂出窍的样子。教室里很不白的颜色如同三合面一样的纸被哗哗地翻动着，大家面对着课桌上的陌生而无情的考卷，就像面对着一个从来都没有见过面的远房亲戚那样。老师坐在低矮的旧凳子上，有时低着头，像是不久前刚刚被人打过一样。隔一会儿又抬起头，疲倦茫然地看着大家，目光很软，里面翻腾着一些吃不饱穿不暖的无奈和对于世事的无限心酸以及迷茫。满是灰尘味的教室被太阳晒得热烘烘的，地上和半空中也蒸腾着灰尘的气味和水的腥气。舅舅，我门门功课都是满分。起风了，地上的树叶不时被风旋起，等到旋转到半空中时，却又没人管了，也再无人过问了，飞起来的树叶便又一片一片地重新掉了下来，重新回到地上。经过一番起落和折腾后，树叶不出声了，不再像先前那样叽叽喳喳地叫唤了，一动不动地贴在地上，安安静静的。掉下来的树叶有一种浓浓的血腥气，感觉它们像是被摔坏了，摔出了伤病，有的甚至已经被摔死。那又怎样，门门都好，也不过是说明学得还不错罢了。他看见舅舅无声地笑笑，苍白松弛的脸上写满人世间的沧桑与艰辛、诡异与多端，多日不见，脸上的褶皱又增添了不知有多少，大多数又细又窄，丝线一般。不过也有宽阔的，有的如干涸的沟谷，有的像一条寂寞的大路，还有的分明就是前途路上那一个又一个的所谓的坎。舅舅也有坎呢，不要以为舅舅就没有坎，自始至终光滑得如一个羊油坨子，舅舅的坎还多着呢，一路上接连不断，刚刚摁下去一个，前面就又起来一个，好像就没有平坦的时候。舅舅知道，多少年了，舅舅什么都知道。舅舅见过那一条一条的政策像清朝年间的辫子一样长长地拖在人们的脑后，黑色的辫子、红色的辫子、黄色的辫子、白森森的辫子，还有一些透明的辫子，说不清是什么颜色的辫子和烧焦了的辫子，辫子的颜色变幻了多少年，变来变去，让人越变越糊涂。舅舅看见一些政策被风刮去，另一些马上又及时地出现，迅雷不及掩耳地贴到墙上，占据了先前那些政策的位置，一段历史覆盖了此前的另一段历史。舅舅懂得胳膊拧不过大腿的道理，更何况有些胳膊根本不能算是什么胳膊，其脆弱的程度甚至不及一根秸秆或者蜡烛。舅舅知道人要认得自己，最起码知道自己是谁，这应该是做人最低的要求，听上去觉得简单、不难，可是真正要是做起来却又有那么多的人不及格，更恐怕终其一生，一直到死也不会有及格的那一天。舅舅知道，再过一些日子，就又会有新的政策出来，覆盖掉现在的这些政策，可具体是什么，没有人会知道，也没有人能够知道。舅舅还知道，再过一些日子以后，他的这个外甥，就不再是一个背着书包的学生了，恐怕这一生永远都再不会是了，就此告别先前的那一切——教室、课本、老师、同学……要说是与那一切永别，也能说得过去呢。山区的房顶上黑乌乌的了，风在上面快步走着。

我来时又看到了村外的那些白杨树，有人说好看得厉害呢，我也没顾上细看。

舅舅，我其实一直就知道书念不成。

知道就好，你懂事了。还以为你一直啥也不懂呢，还以为你哭着闹着要和别的孩子一样呢，人和人，那哪能一样了。

舅舅，家里想让我学木匠。

木匠好啊，木匠很好，自古以来都有木匠的活路呢。

爹却说那些白杨树没啥好看的。

他心里全是泥，哪还有好看的东西。

舅舅，我其实已经学会一些木匠活儿了，桌子板凳的都能行，甚至门窗也差不多，就是还不敢做棺材，怕给人家做坏了。

跟谁学的？

没跟谁。木匠干活儿的时候，我在一旁看过，慢慢地不知怎么就学会了。

好，人就怕没心，有心就好。

那年，有一个吹鼓手班子，让我跟着他们去吹唢呐，专门给娶媳妇的和打发死人的吹。家里人从来没跟你说起过么？

没有。

雨淅淅沥沥地下着，一下起来就连阴住了，无休无止，天地间雾蒙蒙的，一切都显得十分遥远。到处都是令人煎熬的烂泥路，地上的那么多土都被雨水和起来，先是稠稠的，踩上去发出叽叽咕咕的响声，后来就完全变成了糊状。大地上无论走到哪里都是那些黏稠的黄糊糊、红糊糊和黑糊糊，被雨水仔细冲洗过的黄土岗也变得像胶水一样黏人。毛驴从光滑黏稠的山岗上下来，脖颈下的铃铛叮叮当当地一路响着，毛驴艰难地小心翼翼地走着。父亲小的时候也是跟随爷爷从毛驴来的那个寒冷的方向来的，刚来了的那时候还没什么，一切都是平淡的，每一天的日子也都是再正常不过的普普通通的日子，周围住着的人们，也差不多都是平等的，谁有不比谁高多少又低多少。

可是后来，随着形势的变化，一切也就越来越不对了，人群分出了左中右，家庭出现了上中下，人与人开始生分。是一群一伙的就抱成一团，不是的就越来越远，也越来越看不顺眼。成分相等的人家互相嫁娶，亲上加亲，把异类的远远地撂在一边。人与人的关系很像是树林里野猪和狗熊的关系、老虎和豹子的关系，当然还有狼和羊的关系。而他们这一家人很像是住在黑暗的小洞里的瞎狢，白天很少出来，等到太阳落山，赶紧去河边喝一点水，然后悄悄地再溜回到洞里。但是，在外人的眼里，他们却又担当着类似于黄鼠狼的名声。父亲除了被批斗，剩下的就是扫街，到处捡干草，有时会从路上捡回一些红颜色的线头绳。说起他小的时候，寒冷的老家那边的女孩子们在还没有出嫁之前，都用那样的红头绳扎辫子，短辫子翘着、耷拉着，乌黑油亮的大辫子成天甩来甩去。一个村子里，要是没有了她们的身影，那个村子就会寂寞得无比的厉害，就像死了人一样。不管大小，不管贫富，整个村子里就会连一点点鲜艳明亮的颜色也没有。当然，无论村里多么离不了她们，最终她们也都是要嫁走的，坐着马车，或者骑着毛驴，嫁到很远的地方去了。大多数也都过得十分的艰难，有的好多年也不回来一次。

雨沙沙地下着，路上载着女人、孩子和老太太的毛驴车不见了，路两边的山岗被雨水冲刷出许多的沟渠，水在里面哗啦哗啦地流着。天上没有鸟，地上没有人，只有雨织成细密的帘子，悬挂在寂静的天地之间。

明天是清明，去给你奶奶上上坟吧。

我不想去。

干部们民兵们也上坟呢，不要以为他们就不上坟。

操的什么心。

他翻了一个身又躺下了。屋檐下的滴水咚咚的，房子里的潮气从各个角落里钻出来，站起来，发出一种青蛙的气味，到处出没，没有它们到不了的地方。多年的老柜子吱吱地叫着，像是被人踩疼了脚。以前他用过的那些书都被雨淋湿了，淋得黄黄的，像是沤了一样，变得十分的沉重而又稀软，变得拿不起又放不下，稍微动一动就成了糊状的，正好变成了母亲需要的纸浆。他看见母亲把那些稍微干一点的一页一页地撕下来，把眼前的泥糊糊的纸浆裱糊成一个一个的小盆子、小罐子和大缸。他知道那些东西被太阳晒干以后会变得十分的结实、硬朗，可以盛放各种各样的日常的东西，只是有一种怎么也去不掉的非常难闻的气味。

有空多和那个大耳朵孩子一起耍耍，那天人家还问起你呢。

母亲在窗户下一边裱糊，一边对他说。

大耳朵的孩子是一个干部的孩子。

一只铁筛子稳稳地挂在窗户上。透过筛子上细铁丝编织的一个又一个的小格，他看见了那灰暗的难以愈合的破碎的天。

亿万年的土，成千上万的土，被热情高涨的人们用明晃晃的铁锹和镐头恶狠狠地切割着、挖掘着、裁剪着、作践着，从高处鼓捣到低处，又从低处鼓捣到高处，深厚的土层泪眼盈盈，发出梦呓般的呻吟。一阵阵强烈的阳光和雨水的气味从紊乱了的土层里游荡出来、散发出来，茫然四顾，很像是被惊扰和驱赶出来的一家人，不知要往何处去。他看见肥大的女人的胯部演电影一样在他的眼前不停地晃来晃去，一些陌生的刺鼻的气息从她们叉得很开的两腿间鸣叫着鱼贯而出，然后站稳了，在四周一带有力地低旋着，凶猛地震荡着。一片一片的土，一个又一个的人，在大家饥渴的目光里陆陆续续地蜂拥着出现又消失，不久又重新出现，如同蓬蓬勃勃的不断地繁衍出来的生命。一道道淋漓的汗水从那些幽深的胸前汩汩地流过，慢慢地又滴落到地上。那封闭的青色的天空将他的僵死坚硬的目光顶撞得生疼难忍。母亲，我深深地怀念小时候那柔软的枕头和温馨的呼吸，你浓重地泼洒到我脸前的如云的黑发将美好地覆盖我的一生。油渍斑驳的机器轰鸣不止，大家雪白的暗黄的牙齿闪来闪去，横七竖八的身体淫邪无度地扭结出一道道土墙，一些尖叫声、斥骂声和另外一些听上去足够满足的声音不断地从高高的山梁上升起，在黄澄澄的地里旋舞过后，又沿着弯曲崎岖的小路回到山下。

一团一团的金黄色的阳光浮动在山区古老的墙头上。

夜里，他看见那个胖墩墩的姑娘背朝灯光而坐，心里不禁暗暗叫苦。自从媒人领着她来了以后，她就一直那么坐着，两条粗腿紧紧地并拢着，耷拉在炕沿下，长时间地保持着同一种姿势。她不把脸转过来，说明什么？说明她并不是很愿意这门亲事，而是在家人的逼迫再加上媒人的怂恿和撺掇下才不得已来的。要真是这样，那倒好了，那真是要谢天谢地！就她那样，他还一万个不愿意呢，刚一看见她那水桶般的身材，他便在心里不住地叫苦，一想到以后就要和这样一个女的在一起生活，过日子，甚至还有可能白头到老，过上几十年，一辈子，他就觉得所谓的将来，所谓的未来，将仍然是一片漆黑，看不见哪怕是一点点的亮色。那样的一种日子，别说去亲身经历，亲身去体验每一天，光是想一想就让人感到一种无边无际的恐惧和深深的窒息。是的，对，就是窒息，完全喘不上气来的那种感觉，他现在已经多少有了一点那样的感觉，就像被人堵住了喉咙，就像被封死了所有的通道。那时候，他从心底呼唤那些身材苗条的姑娘，哪怕她姿色平平，那也要比眼前这样的一种身材好上一万倍。人世间有那么多苗条挺拔的身影，怎么一轮到自己成亲，迎来的却是这样的一幅情景？所以，他耐心地盼望着，期待着，盼望她忽然一生气，跳下地，摔门而去，媒人叫苦不迭，随后也赶紧尾随出去，一切便都有惊无险地结束了。

整个晚上，他就怀着这样的一种心情，等待着，盼望着。

可是，像这世上的很多事情一样，这一回，他又想错了。

自从跟着媒人来了以后，她一直背朝灯光而坐，一直保持着同一种姿势，并非是她对这门婚事不愿意，事实上恰恰相反，她非常的愿意，一万个的愿意，这是他后来才知道的，也是她本人亲口告诉他的。之所以自从跟着媒人来了以后，一直背朝灯光坐着，一动不动，一直保持着同一个姿势，完全是因为她人过于老实，甚至相当的死板，压根就不知道也似乎不懂得应该换一换坐着的姿势，而不能那么长久地一动不动，还一直背朝着灯光，也不看任何人。实际上，她一来了的时候，一看见他的时候，就已经完全愿意了。只是她并不知道该怎样表现和表达，也并不知道她那拘谨而不争气的身体和够得上死板的姿势，传达给别人的却是一种完全相反的信号和结果。

听见家里的那个古老的颜色深重的柜子吱吱呀呀地响了一阵后，他吃惊地看见母亲把两个包袱展开，放在那个胖墩墩的姑娘的面前。但是直到这个时候，她仍然保持着她那个一动不动的姿势，既没有回头，也没有看一眼任何人。一旁的媒人急煎煎地对她说，你看看，你好好看看，这都是给你的，这都是给你准备的。但是她仍然始终没有回头看一下。昏暗的灯光把包袱里的那些衣料映照得陈旧而肮脏。他看见那两条粗壮的耷拉在炕沿下的腿只是微微地分开了一下，她的一双肥厚的脚将鞋子撑得十分紧张。他吃惊地看着，心里不住地叫苦，出汗，又听见有沉闷的声音嗡嗡地响着。让他感到吃惊的是，不仅她本人愿意，母亲竟也很愿意，媒人当然更愿意，更是没说的。

就这么定了。他听见母亲在说。

媒人的一张脸笑得像一大朵绽放的菊花。

又听见母亲在叫他，声音像是从极深的地底下传来的一样，微弱而又不无欣喜。那些在包袱里沉睡了好几年的衣料窸窸窣窣地被展开，在昏暗的灯光下被欣赏着、展览着，屋里的空气被惊动了一样，有力地震荡起来。那时候，他看见一些细小的肉眼几乎看不见的灰尘正一对接一队地朝着那个胖墩墩的身躯冲过去，将她团团包围起来。他的嗓子里突然奇痒得厉害，忍不住想放声大喊一声，结果却只是发出一阵猛烈的咳嗽。媒人把一件件衣料仔细清点过以后，极其猥琐地朝母亲笑笑。事情终于决定了，这以后他们就要走了。听见门轻轻地响了一下，他看见她低着头出了门，媒人跟在后面。

去送一送。母亲跟在媒人的身后，顺便催促着他。

一开始他坐着没有动，等后来走到门外时，人已经都走了。

他的腰一直在深深地往下坠落着，额头上一片冰凉，像是有一只手从遥远的地底下伸出来，从黑暗中伸出来，要使劲地拼命把他拽下去。

满天的星星又都出来了。从很小的时候他们就听说星星晚上出来是来喂猪的，天上有多少星星，地上就有多少猪。星星们每天按时出来喂猪，它们要是不出来，天上一片黑暗，地上的猪就会挨饿，就会吱吱地叫。

淅淅沥沥的雨水从红艳艳的对联上汩汩地流过，地上已积了一片红水，很难不让人想到像是稀释了的血水，无论谁看见都会在心里咯噔那么一下。曹碧青穿着一身崭新的衣服，衣服的领子硬硬的，甚至像一把锯子一样不断地摩擦着他的脖子，让他感到十分的难受。他一手扶着一根柱子，支撑着全身，他感到有些恶心，又头晕目眩。一看见那个胖墩墩的身躯，他就顿时觉得自己虚弱无比、浑身无力。后来，他又看见父亲神色异样却又非常平静地将那片类似血迹的红漾漾的水用土覆盖得严严实实。整整一天，父亲都不安地走来走去，像是不敢正眼看人，却又不时偷偷地望一眼那片红水，覆盖着红水的黄土很醒目地映入人们的眼里。

夜里，白天的人声退去以后，整个世界寂静得好像就剩下了他们两个人。她先是一直不睡，也不脱衣服，就那么一动不动地坐着，就和她第一次来相亲的那时候一模一样，两条腿耷拉在炕沿下。后来夜深了，可能是觉得该睡了，就开始睡。问她刚才为什么不睡，回答说是怕人看，因为外面有人正在观看。他说哪有人，都早就走了，各回各家去了。她的皮肤比较粗，这也是他没有料到的。到处都是让人吃惊的事情。他嗅到了一种像是多年以前的铁锈的气息，而那又好像是来自她头发上的气息。她躺在炕上，用被子的一角遮挡着脸，两条粗壮的腿基本是平静的，不过隔一会儿就会奇怪地抖动一下。他坐在炕边，脱去了那件整整折磨了他一天的所谓的新衣服，心里却是五味杂陈。夜已经很深了，山区里的人们早已睡去，四周寂静得再没有一点点别的声音，一些愁绪也在那个时候涌上他的心头。他似乎看见了老师焦黄的面容，黑铁片似的面容，多少年来，老师心无旁骛，一家人的吃饭问题成为他最大的心病和最挥之不去的噩梦，就连谈论任何事情，也常常总是以吃来做比喻。就连做一道简单的算术题，也总是拿食物来举例、说事。他问一年级的小孩子们，不是问几加几等于几，或者几减几等于几，而是问，有八个馒头，你吃了五个，还剩几个？或者，你家里有十斤米，被耗子吃了一斤，家里还剩下几斤？再或者，家里有十斤米，公社访贫问苦，又救济了你们十斤，现在你们家一共有多少斤米？诸如此类，万变不离其宗，这世上的一切都可以拿吃的来比喻和谈论。老师，我多少次看见你趁着天黑，偷偷摸摸地去山区北部的煤矿上背炭，贼一样，鬼一样，巨大的筐子坐在你的背上，你瘦弱的脖颈里灌满了纷纷扬扬的煤灰。你多少次发誓说如果有下一辈子，宁可去要饭也绝不再教书。你的几个光着脚的衣衫不整的孩子每夜都远远地站在家门口望着你早日驮炭而归。

月亮偏西的时候，她早已酣然入睡了。他有些吃惊地看着她，他有一种奇怪的感觉，看她的那种睡着以后的姿势和样子，感觉她已经睡了有几百年了，沉沉的、静静的，像极了一个从未醒过的人。不过，要是再看她的脸，却又是现时的、最近的、眼下的，无论如何也不再有那么遥远。她的脸红红的，暗黄的头发贴在脸上。

他听见曾经张贴在大街两旁的那些一条一条的政策或者命令都在低声哭泣，呜呜咽咽的声音像一个老年丧子的老人一样，孤零零地从坟上回来，站在门前，又如一个孤苦的女人。窗外的一个红灯笼还在亮着，风一刮，那红红的光就走了，到了远处。等到没有风的时候，就又红彤彤地回到窗外。女人忽然抬起一条腿踢了他一下，他无比惊骇地注意到她在睡梦中放肆地神经质地笑着，目光痴呆，时而胆怯，时而又不无凌厉。这以后，她好像就再没有正常过一天，即使生了两个孩子以后也仍然没有多大的改变，每日抱着孩子，呆呆地坐在家门口，或者站在墙头下，也很少与人说话。他躺在炕上的一边，眼睛望着柴草凌乱的屋顶。妈妈，你把我毁了，这一回毁得可不轻。以前的那些事他一次也梦不见了，每夜都有狼狗一样的穷凶极恶的人提着硕大的砍刀朝他奔来，漆黑的铁链子哗哗作响，粗糙的胡须如同刀刃上的呼啸的寒风。他看见自己并非体无完肤，却又伤痕累累、血迹斑斑。星星们彬彬有礼地席地而坐，他看见它们的银色的耳朵优雅地竖着，整整齐齐的十个脚趾头像是某人的牙齿。请赐给我一头猪吧，或者一头骡子也行，我一定每天准时地喂它。灰蒙蒙的山梁上，每天都有人出现在那里。父亲的阶级成分的帽子被摘去没多久，他本人又从柜子里翻腾出一顶多年前的旧帽子戴上，就好像头上没有一顶帽子就不能活似的。每天出门，首要的第一件事就是把那顶帽子戴在头上，或者拿在手里，只有这样才会踏实。

太阳缓慢地从那些低矮的鸡窝或鸟巢一样的房屋中间升起，照在远处黑色的山上。山上有人家，曹碧青每天赶着自己的小驴车给那些住在崎岖地方的人家送水。来到这个矿区已有多日，他却一次也没梦见过自己的女人以及她身后的那个家，并不是他不想梦见，而是他们一次也没有走进过他的梦里。这事让他有些想不明白。他同样吃惊地盯着拉车的小毛驴，看上去小毛驴也还是不习惯这里的一切，不过也明显地比刚来的那阵子要好多了，安安静静地拉车，安安静静地走路，不再不听话地乱蹦乱叫。仔细一算，已经快有一年了他没有回过家，想来父亲的那顶破帽子早已被地头上的太阳晒得发白了。再有一个月，他的那个后来出生的孩子就满两岁了，想到那些，心里忽然有一种甜甜的东西涌上来。

坐在山坡上，听见山下的学校里有琅琅的书声传来，忽然又有一种凄凄的酸酸的东西从很远的地方泛上来，恍惚看见有一册一册的书在一个很远的地方一页一页地向他展开，年久的书页像枯黄的落叶一样在他的心里慢慢地旋舞。

又快黄昏了，夕阳把远处的山头涂染得一片血红。有漆黑的乌鸦飞来，越过他的头顶上时，啊啊地叫了几声。

他抬起头，呆呆地看着它们朝远处飞去。

原载于《上海文学》一九八九年第一期

残阳如血

那女人坐在一棵披头散发的树下。

这年夏天的时候，我们居住的那座四方形的古城已经不太完整了，城墙四周以及护城河边出现了许多大大小小的豁口和暗道。面色苍白的少年大阿哥就常带领我们一群孩子日夜穿越那些形状各异的缺口，在那里钻进钻出，看护城河上漂浮着的空牙膏袋和用白布裹着的被溺死后的私生的婴儿，看郊外的农民像一个个的麦草人一样站在田野里长久地发愣，看一些干部举家被遣送回乡时坐着拉化肥的马车渐渐地模糊、远去，看一道一道的黄尘在马车的后面拖延、伸展。

城里昔日严谨的灰褐色的古老格局失去了，青砖的城墙和建筑上日夜都爬满了厚厚的青苔和精密的蜘蛛网。

古城由七八条青色的街道组成，每一条街道上都坐落着许多青灰色的房屋，印刷厂和纺纱厂的两座米黄色的房屋是全城最鲜艳的建筑。每到黄昏时分，便能听到纱厂的工人们蹲在护城河边的积水潭前洗刷各自的饭盒。经常有一些湿漉漉的书报和信件从河的上游漂下来，有整洁一些的，洗饭盒的工人们就随手捞起来看，认真地讨论一阵纸上的内容。

四道拱形的城门都圆圆的，很像俄国冬宫的式样。一些很多年前在苏联留过学的人常在那圆形的城门附近散步，给孩子们捉蚂蚱，捉蜻蜓。

面色苍白的少年大阿哥是我们育红街上的孩子王。

大阿哥在一些灰蓝色的年代里常带领我们育红街上的一群孩子去光顾城内其他的几条街道。城南的东风街上都是清一色的低矮的民房，沿街两边坐落着一些私营的店铺和水果摊。东风街上的一些狭窄的胡同里，一律都是一些街道办的小厂。自来水公司是东风街上唯一的一家国营单位。

城东的红卫街是我们最多光顾的地方。红卫街上有烈士陵园和歌舞团，有红卫中学和大众照相馆，有人民饭店和战斗公园。红卫街上有一个跃进修表铺，修表铺的那个驼背的戴一副老花镜的老头，曾经在一夜之间从三块东风牌手表里发现了三颗微型的定时炸弹，这件事曾轰动周围一带，驼背的修表老头出席了几十次不同类型的大大小小的会议。这件事后来被岁月逐年演义，越演越细，经久不息，有关的细节越来越多。

按我们的年龄来推算，大阿哥应该是十六岁或者十七岁，应该是一名中学生甚至插队知青了，但大阿哥因病辍学三年，那时他得了一种名叫“恍惚症”的怪病，所说的话与所做的事都让周围的一些人，特别是一些老人们想起一些模糊已久的遥不可及的年月与往事。大阿哥原来就在红卫中学读书，当他病好以后，他的那些中学的同学们都纷纷插队去了，于是，大阿哥就插入我们的初中班上学。于是，大阿哥就成了我们育红街上的孩子王。

大阿哥的父亲是从部队上转业下来的，在建筑一公司当二把手。他们家里有两把米黄色的南方的藤椅和一只躺椅，在转业之时，从广西的部队上带回来的。我每次去大阿哥他们家，都看见大阿哥的父亲仰卧在那只躺椅上喝茶、抽烟，一年四季都穿布鞋，一年四季眼睛里都有红红的血丝。

在我们的记忆里，大阿哥的母亲是一个皮肤白皙的女人，说话的声音很轻很柔，她很爱微笑，但从不大笑。从我记事起，大阿哥的母亲就一直穿乌黑锃亮的皮鞋，她头发很黑，牙很白，两只眼睛很美。她的身上老有一种隐隐约约的香气。那时候，我们都不清楚那香气是怎么一回事。那时候，我们只知道大阿哥的哥哥在格尔木的部队上当兵，大阿哥的姐姐在乡下插队落户了。

穿越城墙下的那重重的豁口和暗道，城外是荒无人烟的田野和树木、水沟。那水沟里常有死猫死狗以及破鞋一类的东西。田野的尽头是绵延起伏的山地，寒冷贫瘠的山地上种植着密不透风的玉米和向日葵、高粱和黑豆，还有一望无际的燕麦。

一些农民和他们的窑洞就依稀地隐现在那寒冷荒芜的山地之间。

平日里，那里的牛马和羊群就都放牧在那些灰蒙蒙的山地上、乱纷纷的荒草中。远远地望过去，那些东西都静止着，一动不动，与山上的岩石一样。每天清晨，就有一些笔直的炊烟悄无声息地从那些僻静的山地之间竖起来，过一个时辰后，便都散得无影无踪了，都升到了头顶上的天空里，化作了一朵朵的云彩。云彩就像他们的皮袄和棉袄一样，在一穷二白的天空里飘来飘去。

坐在颓废而潮湿的城墙上，身边的荒草有如凌乱的电线。草丛里的“红姑娘”鲜艳欲滴，酸甜无比。遥望远处起伏的山地和更远处的海浪般的灰色群山，大阿哥告诉我们说，从那山地里上去，翻过九架大山以后，他姐姐就在山后的一个名叫镰刀凹的地方插队落户。姐姐在来信中告诉他们说，那边的村庄里种满了无数的花椒树和枣树，每到夏天的傍晚，那些村庄里的空气便麻木不仁。

在那城墙的外围，一直重复着同一个画面，多年来一成不变，依然如故。一个夏天的傍晚，夕阳隐在云堆里，粉红色的余晖在两边的天空里布置了一种罕见的风景。那中间明亮的部分是一些水沟、湖面和大河，两边的粉红色像是岸边大片的鲜花。一线斧头粗细的黑云落在那种亮度中，酷似一叶扁舟。附近还有些凌乱而稀疏的树的形象和起伏的荒草。多年之后，当我独自一人形影孤单地浪迹于另一条仿佛被时间遗忘了的河边时，两岸的景象与当年城墙外围天空里的那种景象如出一人之手。

天黑下来以后，我们走在北大街上。我们从历史博物馆的门前经过，一个白发苍苍的老人独自坐在暮色里，坐在博物馆门前的一根朱红色的圆柱下面，一根棕黄色的木头拐杖静静地躺在老人的身边。

博物馆的门窗全都敞开着，从外面去望，只见里面的大厅里堆满了废旧的车轮和一些木头棍棒。

城里的街上、墙壁上，到处都写满了字迹潦草的毛笔字。

那时候我们都想进博物馆里去逛逛，但大阿哥告诉我们说那里面如今什么也没有了，只有一群老鼠住在里面。以前，进博物馆的门票是二角钱。以前，老师经常带领我们来参观。馆内的大厅里有许多的玻璃橱窗，橱窗里陈列着许多的钱币和字画，还有一些陶器制品和花瓶，还有一些短剑和头像，还有一些碧绿的玉器和发黄的连环画。

这后来，我们就在黑暗中听到了一阵女人的哭泣声，哭声是从附近的一排整齐清冷的青砖平房中飘出来的。

“哎，那老头是谁?”

“他要做什么?”

我们纷纷向大阿哥讨教。

大阿哥那时在一个屋檐下站着，他扭头看了看那个独坐的老头，然后一挥手把我们都叫了过来，围在他的周围。

大阿哥低声说道：

“可能是不想活了，看样子是准备要自杀。”

我们听了，都不禁倒吸一口冷气。这时，郭小东说道：

“就是，大阿哥说得对，这种事情我见得多了，经常有人头朝下往护城河里跳。”

那女人的哭声还在继续，我们都屏声静息，谁也不再说话了，都直挺挺地站着，目光不安地从家属院的那片青砖的平房前瞟来瞟去，闪烁不定。

那个白发苍苍的老头依然如故地坐在博物馆门前的那根朱红色的圆柱下面，老头一动不动，既不抽烟，又不叹息，像一块没有生命的年老的石头。

黑暗中，大街上飘过来一阵煮马肉的浓郁的气息。

过了一会儿，大阿哥在黑暗中晃了一下身体，忽然说道：

“现在咱们比赛，看谁最先跑回家里。”

大阿哥的话音刚一落地，一群人就都纷纷跑散了，消失在黑暗中。

大阿哥的妹妹玲子那时才七岁，每天都可怜巴巴地跟在我们的后面，像一条小尾巴一样，我后来听到玲子的哭声并找到她，是在一尊石狮子的后面。在大家没命地奔跑的那阵，玲子远远地落在了众人的后面，迷失在了茫茫的黑暗中。当我后来从那尊石狮子的背后找到玲子并扶起她时，我也从石狮子的胯下捡到了一本书。灯光下看见那书很旧了，纸页早已发黄。书中的繁体字使我感到这本书历史比较悠久。整本书拿在手里，那感觉不像是书，倒像是一叠又松又酥的烙饼。那是一部英汉对照的小说《苹果树》，我对这本偶然得到的书很珍惜。我想这大概不算是不义之财，于是，我便不假思索地将它藏进了我的衣服里面。

不知道是谁把书藏到了石狮子的裤裆下面。

在育红街的转角处，我又看到了那个人。那个人背靠在公共厕所附近的一根电线杆子上，手中的短笛被他吹得很微弱。我和玲子走到他身边时，那个人好像根本没有发觉我们，依然用他一贯的姿势背靠在电线杆子上，将手中的短笛吹得呜呜咽咽的。

我后来把玲子送回他们家以后，大阿哥正在厨房里一个人狼吞虎咽。大阿哥的母亲多年来对大阿哥的这种吃相一直十分反感，十分愤怒，常骂他像狼一样，但大阿哥对此很不在乎。

那时候天已经很晚了，但大阿哥的父亲开会还没有回来。大阿哥的母亲也不在家，警备区的一个姓蒋的参谋长约她去谈话。大阿哥的母亲在书画院工作，能写一手像她本人一样漂亮的钢笔字和毛笔字；京剧唱得也很地道，许多人还都称赞她的舞姿。

那天晚上，我在大阿哥他们家里，只看见他母亲的一件柔软的乳白色的短袖衫挂在衣架上，轻飘飘的，几乎感觉不到任何的重量。在大阿哥父母的居室里，整洁的床上只有一根紫红色的宽皮带。床头柜上，有一幅五十年代的旧照片，镶在一个紫褐色的玻璃木框里。照片上，大阿哥的父亲穿着少校军衔的军装，母亲梳着两条辫子，穿着一件列宁服，笑得很妩媚，很纯真烂漫。

大阿哥吃过饭以后，便在屋里到处翻。这以后，他就叼着一支“大生产”牌的香烟坐在一只藤椅里吸。

他妹妹玲子看见后，就说：

“哥，你又抽烟了，这回我非告诉爸爸不可，拿皮带教育你，就像教育妈妈那样。”

“不许胡说！”

大阿哥那时是想阻止玲子把后面的话说出来，但没来得及。事情的主要原因是因为有我在场，我是一个外人。大阿哥这时便沉着脸对玲子说道：

“你去告吧，以后去哪儿也甭想让我带你，你告去吧。”

玲子听了大阿哥的话以后，便急了，显出一脸的委屈相，说道：

“哥，我骗你呢，我向你保证我从来没在爸妈的面前说过你一句坏话。”

太阿哥并没有理会玲子的话，他只是坐在那只米黄色的竹椅里认真地抽烟。大阿哥这家伙很黑，他抽烟时从来不给我们抽，我们一群孩子私下里对他都很有看法，只是没有一点儿办法。这世界上的许多事情，都让人没有办法。

这时，大阿哥叼着烟，高声说道：

“玲子，端水来，让老爷洗脚。”

玲子闻声后便从厨房里端出一脸盆水，弯着腰，十分吃力地走到大阿哥的面前。放下水盆后，玲子说：

“哥，你一副资产阶级的样子。”

大阿哥说：

“去去去，一边凉快去。你一个小丫头片子，懂得什么叫资产阶级。”

后来，大阿哥又忽然说道：

“玲子，注意看着，资产阶级就是这种样子。”边说边抬起一只光脚丫子在玲子的脸前晃了一下，玲子骂了一声后，便又钻进厨房里找吃的去了。

这时候，夜已经有些深了，黑暗的街上响着一种乒乒乓乓的声音，不知道是在干什么。听声音像是在砍树，又像是在砍骨头，总之，是一种砍伐的声音，一种砍伐与被砍伐的关系。

那天晚上，我在大阿哥他们家里待了十几分钟后便出来了。那本书就藏在我的衣服里，我知道这很危险，稍一不小心，那书便会从衣服里面滑落出来，让大阿哥发觉，然后被他无条件地据为己有。但是，当我后来站起身正和大阿哥说话的时候，我感到那本书在我的衣服里面正在迅速下滑，用不了一分钟，那书便会滑落出来掉到地上，毫无掩饰地暴露在大阿哥的视线之内。

大阿哥看我神色有些不对，便十分狐疑地问道：

“你怎么了？是不是病了？”

我赶忙说道：

“我肚疼。”

说着，我便用手紧紧地捂着肚子逃出了大阿哥他们家。我听见大阿哥在后面喊我，要给我找药。我便一边跑一边想，我不需要药，留着你吃吧。

那天夜里，我在回家的路上，一个人沿着城内爬满青苔的砖墙走着。路上时有一些昏黄的灯光出现，这场景让我想起了舞剧《红色娘子军》。吴清华在一片草蒲团般的圆形的灯光里翩翩起舞，周围都是一片黑暗。我现在遇到的这种光就与那舞台中央的光十分近似，只是我无法在那种光圈里起舞。

夜晚的风很凉爽地吹着，街上十分寂静，白日里乱纷纷的各种声音都没有了，马路两边梧桐的叶子散发着一种雨水的气味。我听见喇叭里雄壮有力的《国际歌》乐曲声响彻云霄，传遍古城内外，遍及城中的每一个角落。城墙上的荒草摇晃起伏，连天接地。每到黄昏时分，便有许多内容和形式都十分纯粹的黑蜻蜓在那里舞来舞去，如梦中的一些三叉戟直升机在盘旋、上升。我从一幅《天翻地覆慨而慷》的大型宣传画下面走过，画面上的拳头青筋暴突，孔武有力。生物学教授鲁稻村的房屋内一片漆黑，呜呜咽咽的哭声从窗帘后面飘出来，立即便被外面凉爽的夜风吹散了。在京剧团的大门外，一个身穿蓝制服的男人提着一只空瘪的黑包走在我的前面，走得急匆匆的，步履纷乱，如一条漏网之鱼，他的鞋上和裤腿上全是尘土，裤子上还破了几道口子。他的背影和形象看上去十分熟悉，他的出现，使我记起了几年前死去的一位画家。当我第二次从博物馆的大门外经过时，早先独自坐在朱红色圆柱下面的那个白发苍苍的老头已经不见了。我听到从那石狮子的座下发出了一声无可奈何的叹息，一个枯瘦的影子般的人在附近的一堵青砖的墙下久久地徘徊，四处张望。夜晚的风中夹带着许多的传说，对于几十年前的某些往事，一些人至今还记忆犹新，不能自拔。日子一天天地过去，树叶绿了又黄，脸上有疤的人现在越来越多了。每天都能遇到那样的一些人，那是一种不期而遇的现象，他们额头上或脸颊上的一道道疤痕亮闪闪的，像是某种金属和信号，在古城暗淡荒芜的岁月里忽明忽暗、时隐时现，像货币一样在街上闪烁、流通。

在那四座圆形城门的周围，生长着一人高的荒草。住在郊外的农民每天清晨便推着手推车，挑着菜筐，纷纷涌进城里，朝阳和露水都斜挂在菜上一起来了，那菜的根部带着泥土的芳香，有如初生的婴儿。送牛奶的、送报纸的人骑着自行车穿大街，走小巷，有时喊两声，更多的时候一声不吭。路灯两边的玉兰花在清晨纷纷苏醒过来，芳香四溢，舒卷如云。

初秋的一天，街上已有了零星的落叶。十七岁的少年大阿哥带领我们一群孩子在青砖的墙下认字。白纸黑字，铺天盖地，无限地绵延下去，仿佛全城都在进行一次规模盛大的书法展览。那些毛笔字写得真黑啊，一个个又大又粗，膀阔腰圆，形体缭乱，笔画难解难分，你死我活。句子与句子之间又四分五裂，如渔民的脚趾和网眼上破碎的阳光。

城内青色的街道上到处都刮着一团一团的废纸。那废纸曾经被一些不同力量的手揉过，有的是一封信，有的是一个空瘪的烟盒，有的里面只包着一口痰。在摩托车巨大的轰鸣声中，一些落荒而逃的农民身背着鸡蛋和红枣纷纷逃散，四处躲藏，穿越城墙上一个又一个的豁口。他们的情形有如四散的牛马和受惊的家禽，破碎的鸡蛋汁液跑一路滴一路，像是小股的阳光在流逝。

遥望那些灰不溜秋的身影和绝望的奔跑，一些目光僵死着，一部分面孔神情麻木，惶惶不可终日。

一辆草绿色的军用卡车开过来时，我们看见大阿哥的母亲坐在里面。大阿哥的母亲云鬓蓬松，面若桃花，手臂上戴着一只金壳的手表，在阳光下闪闪发亮。警备区里那位姓蒋的参谋长就坐在她的身旁，此时正在车里聚精会神地看书。大阿哥告诉我们说，姓蒋的参谋长是湖南人，和毛主席是老乡。

大阿哥的姐姐在一个阴雨连绵的午后从插队的乡下回来了，乡下的蚊子和跳蚤使她的身上留下了许多粉红色的大小不一的疙瘩。大阿哥从街上买了二十几瓶风油精送给了姐姐。第二天，大阿哥的母亲破例没有出去，在家里做饭为大阿哥的姐姐改善生活。但后来，母女两人便吵起来了，关在屋子里整整吵了一天，谁也不知道是为了一件什么事情。大阿哥那天连饭也没有吃，大阿哥的父亲只是仰卧在躺椅上抽烟、叹气。

后来，大阿哥的姐姐就哭了。

后来，大阿哥的母亲也哭了。

再后来，大阿哥的姐姐就一边哭着，一边往提包里收拾东西要回插队的乡下去了。大阿哥的姐姐带了两条肥皂、一袋洗衣粉、两管牙膏和一包榨菜，还有几件衣服和一个手电筒。天阴沉沉的，秋风刮到人的身上使人不寒而栗，大阿哥的姐姐穿着一件白衬衣、一条军裤，拎着一只草绿色的帆布提包一个人站在秋风里。那时候，正好有乡下来的一辆马车，大阿哥的姐姐就搭上那辆马车走了。

那辆马车叮叮当当地走得很远了，大阿哥的姐姐坐在车上，秋风吹动她的头发和衣服。马车越过那些寒冷荒芜的山地，渐渐地模糊了，从我们的视线里完全消失了。

那单调而寂寞的叮叮咣咣的车轮声似乎还响在我们的面前。我回过头，看见大阿哥削瘦的一张脸更加苍白枯瘦了，他的眼眶里满含了亮晶晶的泪水。

站在萧瑟的秋风里，我们像一群无家可归的麻雀。

姐姐临走的时候，送给了大阿哥一个灰褐色的笔记本，里面有五六张风景画，还有几张《沙家浜》的剧照。这以后，大阿哥就常把一些女孩子们的照片夹进那个灰褐色的笔记本里。那些女孩子都是我们育红街上的，也有红卫街上的，我一点儿也不知道大阿哥从什么地方通过什么方式弄来了她们的照片，因为平日里他从不和女孩子们搭腔。

在那个灰褐色的笔记本里，同被夹进去的还有一张鲁迅先生的头像和一张雷锋的半身像。

大阿哥还将一些格言和警句全部抄到了那个笔记本里。除此之外，那里面还抄录了《走西口》的全部歌词，还有列宁在一九一九年致高尔基和托洛茨基的书信片断。在笔记本的最后，有一道数学题："向阳小学的学生在老师的带领下去参观东风大队的养猪场。东风大队的贫下中农发扬'一不怕苦，二不怕死'的革命精神，今年共养猪二百七十三头，其中母猪是公猪的二点三六倍，小猪的头数低于母猪，高于公猪，问东风大队的猪圈里共有几头公猪、几头母猪和几头小猪?"大阿哥在这道题的下面画了一个大大的问号，外加一个又黑又粗的惊叹号。

街上的阳光乱纷纷的，铁青色的建筑、瓦灰色的建筑排列有序，布置得像一个个封闭幽暗的故事。故事中金黄的和蔚蓝的门窗都紧紧地关闭着，屋檐下的滴水滴滴答答。满街枯黄的落叶四处飘零，秋寒浓郁。东风旅馆发生火灾后的第二天，有一个围一条紫红色围巾的人在人民公园里的一条绿色的长椅上坐了整整一天。天黑以后，那个人便失踪了，从此以后，再没有人看到过他的影子。

我十三岁那年的秋天，城内最大的东风旅馆发生了一场火灾。枯黄色的火焰四处蔓延，将东风旅馆的财产烧得鸡犬不留。万幸的是，旅馆里没有一个住宿的客人，服务人员也大都不在，只有登记处的一个人在场。大火将登记处的那个人烧得眉毛和头发一根不剩，还烧毁了那人的一只耳朵。那人从此以后便又聋又哑，话也不能说了，一句话到他嘴里就变得支离破碎，只剩下片言只语了。他经常一个人在大街上盲目地踽踽独行，口里念念有词："我是登记处的，请出示你的证件。"只有这一句话，他说得最为完整，最为连贯，能够一气呵成，没有断裂的痕迹。

有一天傍晚时分，我和大阿哥两个人正在寂寥的大街上溜达，就见他迎面走了过来，口中依然喃喃自语，念念有词。大阿哥向我使了一个眼色后，我便清楚大阿哥要干什么了。待那个人后来走到我们面前时，还没容他开口，大阿哥便厉声说道：

"我是登记处的，请出示你的证件。"

那人听了大阿哥的话以后，大惊失色。他在原地里愣了有几分钟，然后便拔腿就跑。他一边跑一边喘着气说："我是登记处的，我是登记处的。"后来，他枯瘦的身影就渐渐地消失在傍晚的秋风中了。

满街的枯叶簌簌有声，像是有人在用一柄扫帚清扫天空。

头顶上方的天空一贫如洗。

有一棵树很孤单，披头散发。

那女人就坐在那棵树下，像是在回忆天空的故事和山顶上的传说。

一到秋天，城里的景色就变了，往日青灰色的街景里出现了一些新的色彩和内容。城南的东风街上到处都丢弃着红绿的西瓜皮和腐烂后的水果、白菜。

在沿街的那些低矮阴暗的狭小的店铺里，几个白发苍苍的老人终日坐在漆黑的柜台后面昏昏欲睡，很难判断出他们是在睡觉，还是在一件一件地回忆往事，回忆过去了的那些岁月。他们都曾经是一些小业主、小商贩，在古城里世代栖息，他们以前也曾有过一些手工作坊或店铺。他们的子女现在大都是在那些狭窄的小胡同里生活，在街道办的一些小五金厂、黑白铁加工厂、花圈店、寿衣店、修理铺和翻砂组里工作，修理雨伞的、做扇子的、锔锅的、轧烟筒的、修锁子配钥匙的、刻图章的、镶牙的，他们都生活得谨小慎微而平平安安，日出而作，日落而息。

城东的红卫街上有一溜枣树，那些树有名称，叫共青树，是五四年栽种的。每年的秋天，红枣便挂满了枝头，风一吹，浓郁的枣木香气便芬芳四溢。

每到天黑以后，街上就安静下来了。这时候，米兰花的香气便从武装部的大院里四散而出，飘满了整整一条街。每逢这时，我们便会看见武装部的郭副政委穿着一件洗得发毛的白衬衫在花影里吸烟，慢慢地散步。他满头花白的头发正逐日稀疏下去，脸上的皱纹越来越多了。他的儿子郭小东每日与我们在一起。郭小东很会吹口哨，能用口哨吹出《打虎上山》《谢谢妈》等戏曲选段。郭小东的父亲与大阿哥的父亲原来都是广西部队上的战友，大阿哥的父亲是团长，郭小东的父亲是副政委。郭小东的父亲说话的声音很特别，我们那时都不明白是怎么一回事，连郭小东也搞不明白。现在想起来，郭小东的父亲那时是用一种“美声唱法”的声音在说话。而大阿哥的父亲则不，他说的话句句都又粗又硬，那时，我们都一致认为大阿哥的父亲说话的声音含沙量很大，像一条浑水的河。

郭小东的姐姐在市广播电台当播音员。每天，我们在街上或者在家里都能无数次地听到她的声音。听她的播音，你准会误以为是到了某一个陌生的异乡的车站，你正在那站台上孤独无比地候车，焦急地度过，寂寞地等待——这时，你听到了车站播音员那种冷冰冰、软绵绵、懒洋洋的有气无力的半死不活的声音。几乎全国每一个车站、码头和机场的播音员都用这同一种声音，这类声音使你的旅途不可避免地蒙上了一层举目无亲的悲剧色彩，使旅行变得毫无任何意义可言。这种全国高度统一的说话的程度令人无比惊讶，大阿哥说这叫不谋而合或不约而同。

郭小东那时有一架高倍的望远镜，还有许多金光闪闪的子弹，但所有这些我们都根本玩不上，即使是大阿哥也只能用手摸一摸，但那主要的部位还一直牢牢地握在郭小东的手里，这件事使大家都有些愤愤不平，都觉得十分憋气。有一天午后，在百货公司的一间仓库后面，在大阿哥的唆使和授意下，我们一群孩子发一声喊，便齐心协力扒下了郭小东的裤子。郭小东那时好像有十三岁了。已经基本上懂得一些害羞的意思了，这样。他就光着屁股趴在地上怎么也不肯起来。从始至终，郭小东一直都在哭，趴在地上哭得很愤怒，很伤心。有一个名叫黑三的孩子自告奋勇地爬上了一棵大树，将郭小东的裤子高高地挂到了一根树杈上。黑三的父亲我们都认识，是人民饭店里的一位厨师，吃得很肥，是个大胖子，仿佛人民饭店里的油水全让他一个人独吞了。自从那天中午以后，郭小东便不再和我们一起玩了。

冬天的时候，郭小东当兵去了，在北戴河那里站岗。他给我寄回一张黑白的照片来，背景是北戴河的水域和天空，水和天都灰蒙蒙的，没有一样是蓝色的。照片上的郭小东意气风发地手扶一门大炮直挺挺地站着，表情神圣而庄严。照片上还题了两行字："人不犯我，我不犯人，人若犯我，我必犯人。"郭小东当的是步兵，却非要站在一门大炮前拍照，使人觉得他可能是一名炮兵，或是在炮兵基地视察的步兵军官。这就像农村和小城市里的一些女孩子喜欢租借别人的军装和警服拍照一样，这种做法算不上恶劣，但比较可悲，有一种滑稽得让人欲哭无泪的效果。

"我是登记处的，请出示你的证件。"

我们几个人刚转过一条街，迎面就碰上了那个衣衫褴褛的独行者。士别三日，当刮目相看。曾经，他的胸前叮叮当当地挂了几十只不同式样的纪念章，还有两枚军功章和一枚先进工作者的奖章。他的裤腰上系着一条软不拉叽的红绸子，给人的印象是他有枪或是有别的什么家伙。

大阿哥往路中央一横，叉开两条腿拦住他以后，说道：

"喂，仔细看看，你认识我是谁？"

那人愣怔着望了大阿哥半天，然后便笑了。他声音沙哑地说道：

“我知道，你是登记处派来的。”

说罢，便朝前走了。一边踽踽独行，一边喃喃地说道：“请出示你的证件，请出示你的证件。”大街上一团一团的废纸被风刮着，旋舞在他的前后左右。从后面望去，他的腿好像也有了毛病，走路一跛一跛的，不大稳当了。后来，他走到一堵青砖的墙下，朝四周张望一阵后，便用一只手彬彬有礼地敲着那墙上的一块砖，声音沙哑地问道：

“里面有人吗？我是登记处来的。”

那墙上的青苔如一张厚厚的绿色的地毯，浑然无声。在没有青苔的地方，墙上就写满了力大无穷的瘦骨嶙峋的毛笔字和规规矩矩的方方正正的美术字。毛笔字是黑的，美术字都是红的，用红油漆写的。夏天的雨水，常将那些字洗礼得又鲜又红，非常好看。

那女人披头散发地坐在一棵树下。

那个人靠在电线杆子上，目光斜视。不知从什么时候起，在我们育红街上的转角处的一根电线杆子下出现了一个吹笛子的男人，你很难说清他的年龄和长相，他从不看任何一个人，你也就没有办法看他。那人背靠着电线杆子，满脸的胡须如同厕所墙上的茅草，他的手里时时刻刻都握着一支棕黄色的短笛，总吹同一支曲子。那个人在街角里的电线杆子下一站便是一天，谁也不知道他是谁，他是干什么的，住在哪里。他总是斜背着一个土黄色的挎包，挎包被什么东西支棱着，既瘪又不瘪，似空非空。那个人靠在厕所附近的电线杆子上，两个眼珠子经常白白的，翻来翻去，一声不吭，好像连咳嗽也未曾有过，连痰也从没有吐过一口，脸上的肌肉也从未动过一下。

街上的阳光很白，有如蒸气，那情景，仿佛整个世界都在煮饭，都在蒸馒头。

大阿哥就是在这样的一个白茫茫的季节里被街上呼啸而过的一辆载重大卡车轧断了一条小腿，大阿哥从此以后便终身成了一个残废，走路架着一只单拐，木头的拐杖常将青色的马路敲得叮叮咚咚地响。每天临睡以前，我都能听到那种单调而寂寥的拐杖声从外面慢慢地响过，大阿哥的拐杖声变成了我的一支催眠曲。

大阿哥那天在街上捡到一张粉红色的纸以后，便蹲在街上认真地看了起来。大阿哥那时其实蹲在马路边的人行道上，一点儿危险也没有，最多被来往行人的腿或别的什么东西碰一下，这都无关紧要。

但后来，大阿哥就不知怎么鬼使神差地蹲到马路上去了。大阿哥离开了人行道，蹲到马路上认真地看那张粉红色的纸，这事连他自己也迷迷糊糊的，说不清楚。世上有好多的事情都说不清楚，都越说越糊涂。

这后来，那辆夹带着烟尘的载重卡车就不知从什么地方突然钻出来，紧接着便如狂风一般地开过来了。

大阿哥只哼了一声后，便在马路上昏过去了，不省人事了。

那辆载重的卡车是畜牧局的，刚从北地贩牛回来，车上拉了许多头黄牛和黑牛。卡车司机其实看见蹲在马路上的大阿哥了，但司机没以为那是一个人，司机以为是一大堆废纸堆在了马路上，于是，司机便不假思索地驾驶着汽车过来了。

大阿哥在车轮下哼了一声后，车上的几十条牛便都发觉不对劲了，都在车厢里团团打转，哞哞地叫成一片。

大阿哥后来回忆起那场车祸时，总觉得像是一场梦一样，有许多的地方都无法自圆，都难以说得清楚。这件事自始至终都存在着许多的漏洞、缺口和不足的部分，大阿哥自己无法填补那些令人迷惘的部分，我们也都无法从那些破绽和谜团中钻出来，有一种云山雾罩的东西笼罩着那件事情，笼罩着我们每一个人。事后，我们都像是做了一回梦，做得认认真真，做得虚虚实实，每个人都有一种虚脱的感觉。多少年来，每当我想起那天的事情时，我便总觉得那辆卡车像是早有预谋，事先选定了地点停在某一个不被人发现的地方隐蔽起来，如一头独角兽一样在阴险凶狠地窥视着，等时机一到，便迅速地开了出来，如秋风扫落叶一样，毁了大阿哥的一条腿和整个一生，横扫了大阿哥生命中的那些天空和季节。

那嘚嘚的单拐声一下一下地敲击着青色的马路，我看见大阿哥孤单的身影在深秋的季节里变得很抽象。

马路两边所有的树叶都掉光了，树枝只剩下了一些坚硬的铜枝铁干。

只有一些松树还在依然绿着，依然如故。

冬天来了。

那女人披头散发地坐在一棵光秃秃的树下。

一个大雪纷飞的日子里，我们一群孩子正在操场上玩“打皇帝”的游戏，大阿哥环抱着单拐坐在一边给我们做裁判。北风将操场上刮得干干净净的，一片废纸也没有了。操场上的那些篮球架、单杠和云梯像一些冰冷的机器一样固定在我们萧瑟的视线里。

这以后，我们就听见一阵嘹亮的号声在北风中响了起来，紧接着，部队便迅速地在操场上集合起来了。在大阿哥怀抱单拐扭头向那边看时，我看见那个姓蒋的参谋长和几个人一起朝我们走了过来。姓蒋的参谋长对身边的几个人说道：

"把那几个孩子撵走，实在撵不走就先关起来一会儿。"

这以后，我们便被带到一间漆黑阴冷的仓库里关了起来。

那阴冷漆黑的仓库里不知存放着一些什么东西，我们的身体所触到的每一件东西都一件比一件硬，一件比一件冷。

谁也不敢说话。

大约四五十分钟以后，我听见外面的喇叭里响起了嘹亮的《东方红》乐曲，我们的心头都不禁为之一热，眼泪便都涌了出来。乐曲声终止后，响起了播音员激昂的声音。

我们听见，一个叫"九大"的会议开幕了。

这时，外面有人哗啦哗啦地走来了，由远而近。凭声音，我知道那人的手里拎着一大串钥匙，不是那个人在响，而是他手里的那串钥匙在响。

果然，那个人后来便从门外探进半张脸，对我们说道：

"快回家去吧。"

这以后，便打开了门，将我们十几个人全部放了出来。

原载于《北京文学》一九九二年第六期

到黄村去

深巷对面的几座灰色屋顶上飘起丝丝缕缕的炊烟的时候，瘦骨嶙峋的道士从袖中抖出几枚布满绿锈的清制铜钱。道士双手合十，摇滚出一串稀里哗啦的响声。一盏雾气腾腾的青灯亮在混沌幽暗的屋里，灯光橙黄的光芒使道士苍白冰凉的手上泛起了一种微弱而稀薄的暖意。道士伸出两根蜡烛般的手指说：

你对我说了假话。

李森林坐在道士的对面，灯光的作用使他袒露的胸脯上重复出现了一些潮湿的东西。李森林光着上半个身子，为了让道士能够清晰无误地观察自己的发肤和脉络，他在这个寒气袭人的夜晚将自己的上半身裸露在道士缜密而专注的视线之内。道士的喃喃之声使他在宽慰之余又焦虑重重。

时辰上出了毛病？

李森林这么问了一句，忧烦和不安使他的问话听起来虚泛缥缈，几乎不容易被听到。他希望道士能给他一个满意而实在的回答，但道士一点儿反应也没有，道士好像没有听见他的话，又似有一种不屑理睬的样子。

道士严肃而暝漠的神情使李森林有些惴惴不安，他于是慢慢地伸出手去，从面前放着的一只烟盒里抽出一支烟，并点燃了递给道士。道士闭着两只眼睛，没有接李森林递过来的烟，只是有些厌恶地摇了摇头。李森林见道士不吸烟，便放到自己嘴边，刚吸了两口，又掐灭了。

道士清瘦的面孔在灯光下看上去显得微微发黑，唇上有几根稀稀拉拉的发黄的胡子。道士吸烟其实吸得很凶，酒量也不在平常人之下。李森林从几个月前在河神庙里与道士初次见面之时，便隐隐约约地领略到这些了。

李森林在这个秋天的夜晚里在道士的面前正襟危坐，他的上半截身体无遮无拦，裸露如初。有一段时间，他感到身上很冷，但又不敢穿衣服，只是摇着头打了几个哆哆嗦嗦的冷战。

你对我说了假话。

我说的全是真话，都这时候了，我哪还敢说假话。

但是道士还是在摇头。

我说的全是真的。

道士没说话，只是哼了一声。

接下来，李森林立即闭上了自己的嘴，变得一声不吭，他唯恐由于不慎而再说出什么成事不足而败事有余的废话来。他现在只是冥冥之中感到道士遇到了一种麻烦，一种暂时还难以排除掉的困难。道士的神态使他相信事情可能就是这样，道士遇到了一种比较棘手的现象。

夜晚的气息漫入了李森林的眼眶。

有一段时间，李森林几乎闭上了眼睛，连日来的疲倦和眼前的寂静使他差一点儿昏睡了过去。他睁大了眼睛后在心里骂了自己一声，是一句比较下流的粗话。他用手捂着嘴，偷偷地打了一个呵欠。他怕道士看见他现在的这副样子，更怕将这种昏昏倦慵的情绪传给了道士。他用牙咬住了舌头。

这时，道士忽然睁开了眼睛。

我今天有些累了，恐怕卦不会灵了，等过几天我精神好一些后再来吧。

道士声音沙哑地说道。

李森林这时望见道士清瘦微黑的面容上沁出了一些细碎的亮晶晶的汗珠，几缕粗浊的血丝在道士疲倦的眼睛里缓缓地游动着、跳跃着。

那，今天就不算了？

李森林为道士点燃一支烟后，轻声问道。烟雾使他的眼里流出了泪水。

今天就到此吧。道士说。

这事和精神有关吗？李森林问道。

精力不济，干什么都不行。

道士说着，喷了几口烟出来。之后，又懒懒地舒展了一下筋骨。

你赶快把衣服穿上吧，别受凉了。道士对李森林说。

李森林听到道士的话，哎了一声，便急忙抓起堆在身边的衣服穿上了。

李森林对道士说，我其实早就冷得不行了。

道士说，做什么事情都不容易。

道士这天晚上在李森林家里吃过晚饭以后就要起身离去，外面的夜色其时早已漆黑一团。李森林努力挽留道士住下来，明天再作计议。道士像一个任性的孩子，绕过李森林的身体站在门口。道士谛听门外动静的样子使李森林感到有些惊惧不安。

道士对李森林说，我得回去，我不能在外边过夜。那个院落里老有一种邪气，她一个人不敢睡。

李森林说，我不留你了，只有你才能镇住那种东西。

李森林在厢房里找出一只红纸的灯笼，点燃了递给道士，让他在夜里照路。李森林说，我送送你吧，天太黑了，什么也看不见。

李森林在道士后退的间隙里站到了门口，道士手里提着那盏红彤彤的灯笼站在李森林的身后。李森林推开屋门的时候，道士听到了一种呼啸声。突如其来的一阵风迎面刮来，吹灭了道士手中的灯笼。与此同时，李森林和道士的身体都在风中摇晃摆动了一下。道士倾斜的影子撞响了一只门环。

好大的风。李森林说。

这风可真大。道士说。

李森林重新掩上屋门的动作看上去荒唐而虚假，像一种舞台上常见的姿势。

灯笼吹灭了，让我再去点亮它。李森林从道士手中接过漆黑无声的灯笼。

灯笼又一次重新红起来的时候，李森林看见道士的一角衣袍正在微微拂动，这个现象使李森林将已经伸出去的一只手缩了回来。李森林将灯笼挑到自己的胸前，又撩起衣襟作为一种遮掩的屏障。道士趋身附过来以后，李森林在灯光下对道士露出了一种十分善良的笑容。

李森林边开门边说，我看看你，我看看你这回再给我灭了，我看看。

道士觉得李森林这话是在自言自语，最多也是对那只灯笼说的，所以，道士便没有出声，只是跟在李森林的身后。李森林小心翼翼地推开屋门，站到了低矮的屋檐下。道士随后也出来了，站在李森林的身边。李森林在黑暗中转动了一下头，他感到身边的道士的身体像一捆气味浓厚的七长八短的中草药材。

灯笼没有熄灭。李森林的衣服和一只手被映得一片彤红。很难说外面有没有风，不用心就感觉不到有风。漆黑如墨的夜色使他们几乎看不到什么，只闻见一种白日里的温热的干草和石头的气息。对面屋顶上的几只尖利的檐角凌空翘着。

眼前看不到一棵树，却能清晰地听到周围和不远处有树枝和树叶的簌簌声，声音像一把把被用力扬起来的沙子发出的一样。

我去也。

道士说着，从李森林的手里接过了那只红彤彤的灯笼。

李森林说，白天的时候，我看见路上的牛粪很多，晚上走路用眼睛看不见它们，却能用脚踩住。另外，孙武家拆了门楼后遗落下的柱子、椽子，还有那些破砖烂瓦堆得到处都是，很多人都被绊倒过，有的磕掉了牙，还有的碰破了头。

我知道它们的位置。

道士说这话的时候，已经走出去有一段距离了。李森林站在自家的门楼下，他看不见道士瘦骨嶙峋的身影，只望见了那只醒目的红灯笼，它摇摇晃晃的样子看上去似乎十分烫手。

红灯笼后来在李森林的视线里停下来时，李森林听到有一个什么东西发出了“哼”的一声闷响，扑倒在地。

他踩到牛粪上了。

他终于踩到牛粪上了，也可能是被孙武的那一大堆烂椽子烂瓦绊倒了。

李森林看了半天，在他想要咧开嘴笑的时候，一阵风吹落了他尚未成形的笑容。突然的打击使他闭上了嘴。他看见远处的那只红灯笼熄灭了，他的视线内充满了黑暗。

黎明。

李森林十六岁的儿子管子满脸倦意地站在凌乱不堪的床前，床上低垂的帐幔被风吹起，紧紧地裹到了李森林的身上，只露出一个软弱无力的脑袋。管子注视着李森林咯血的姿势和声音，一种焦虑而愁苦的阴影停留在管子的眉宇之间。管子的芦苇般的身体在床前扭了几下，做出了几个互不连贯的动作。

管子对李森林说，你应该这样，你的姿势不对头，吐血不是你那样的吐法。

李森林在管子的注视下抬起了头。李森林似乎没有听见管子的话，只是伸出一长一短的两根手指，用一种花旦的手势指着管子：

到黄村去，找那个姓钱的道士，他三日内不出现，我就完了。

混乱无序的丝质的纱幔紧紧地缠裹着李森林的虚泛的病体，使他一直无法由其中脱身出来。他像一只被罩在蛛网里的蜜蜂一样，嗡嗡嘤嘤的叫声使管子变得有些烦躁不安，难以忍受。李森林吃力地对管子说：

快帮我弄开，这该死的纱幔把我变成妖怪了。

管子一声不吭，用手中的一把剃刀将裹在李森林病体上的纱幔划开了一道歪歪斜斜的线缝。管子心满意足地微笑着合上剃刀的时候，李森林的一只手捂着胸脯尖叫了一声：

你把我的肚子割破了。

管子抓起一条纱幔擦了擦手，手上有一种黏稠的气味恶劣的东西。

这以后，管子耐心地向李森林询问道士的容颜和居所。昨夜的一场昏暗冗长的酣睡使管子对那位来历不明的道士一无所知。管子将一只绣花枕头垫到李森林的脖子下面，李森林嘴里淌出来的一线口水流到了管子的手上。你真恶心死了。肮脏而潮湿的水渍使管子第二次擦手的动作变得果断而生硬。李森林在管子厌恶的视线中抬了一下头。

李森林告诉管子说，姓钱的道士是全黄村最瘦的一个人，他的房屋四周长满了欣欣向荣的“红姑娘”。

管子在李森林的叙述中如释重负地笑出了声。他扯掉缠绕在他腿上的一条细窄的纱幔时，听到口袋里的那把剃刀撞响了一串钥匙。

这一年的田野里空空荡荡。在通往黄村的一条尘土飞扬的大道上，管子偶尔望见有几处稀稀落落的“红姑娘”生长在沟沿上或水塘旁，这种多年生长的草本植物红如火艳如血。管子望着那些伞状的红色叶片，脚下踢着大道上的几片破碎的陶片和一只鼓起来的猪尿泡，舌苔下面贮满了湿漉漉的蜜的感觉。

风刮过田野，吹斜了水沟旁的茅草的时候，大道上的人突然像尘土一样飞扬拥挤起来。管子的视线中，到处都是腿，以及和腿有关的另一些东西。管子在眺望那些虚胖浮肿的脸和躯体的时候，奇异的现象使管子产生了一种大病缠身的感觉：到处都是人，但没有一个是瘦人。无数浮肿的脸使管子对此行的目的失去了信心和勇气。

一辆车轮上嵌满铁钉的牛车在尘土飞扬的大道上奔驰，车上载运着笨重的瓷瓮和上着褐釉的酒缸。驾车的人在车辕上迎风而坐，顶着一张虚浮的脸和一只透明的耳朵。尘土吹落了他倾斜在一边的帽子后，露出了另一只残缺不全的黑色的耳朵。

一个罗锅的老年妇女躲避在路旁，她注视着飞奔而过的牛的蹄印和混乱的歪歪扭扭的车辙。风吹乱了她灰色的头发，掩盖了她后背上的驼峰一样高高隆起的脊椎。

眼前极度紊乱的现象使管子在风中奔跑的时候再也无法看到自己的东倒西歪的影子了，他的两只鞋不知在什么时候已经不见了，但脚下却踩着更多的别人的鞋。无数的鞋像没人要的废坯和干牛粪一样遍布在尘土飞扬的大道上。风吹不动那些笨重的男人的鞋，只能将一部分小巧玲珑的绣花鞋吹到路边的树藤下和水沟里。

管子在一种凄厉的呼啸声中捡到了别人遗落的一只鞋，鞋的尺码比管子的脚大了许多。意外的发现和收获使管子巩固了先前曾一度丧失了的信心和勇气，他心里默念着黄村这一个令人有些心烦意乱的名字，一丝笑容从他的左边一端的嘴角上出现后，慢慢地在右边一端的嘴角上消失了，这个过程短暂而又不无冗长。

管子穿着那只捡来的大鞋走进黄村的一条僻静萧瑟的街上时，一个坐在一家铺檐下的眼睛肿胀的人正在注视着管子。

眼睛坏了，也不好好歇着，还要睁着到处瞎看。管子想。

街上空寂的气氛使管子在不知不觉中放慢了脚步。管子在那个人肿胀的视线中趿拉趿拉地向那个铺檐下走去。鞋大脚小的格局使铺檐下坐着的那个人忽然笑出了声，但没有笑容。

管子说，这就是黄村吗？

那个人没有说话，只是用十分肿胀的目光看了管子一下。管子注意到他的两只软塌塌的耳朵不像是两只耳朵的时候，那个人突然从身后取出一只细颈大肚的瓷瓶来。那个人两手捧着瓷瓶，眼巴巴地望着管子：

你现在想尿吗？你给我往这里面尿一点吧。我坐了三天了，可没人从这儿经过，没人愿意给我尿。

绵软的语调再加上奇怪的请求，使那个人的话听起来像一种温热的利器一样，管子立即大惊失色地用手护住了自己的下部。其实，那个人一直坐着没有动弹一下，管子离他还有几步远。管子注视着那只上面绘有黑牡丹的瓷瓶，他不明白那个人为什么要让人尿到这里。管子怀疑眼前的这个人一定是疯了，他的浮肿的脸和僵硬的手脚使人害怕，他坐在地上的那种样子使管子不由自主地后退了几步。

我看出你是个人生地疏的外乡人，你来这里一定有事。你多少给我尿一点吧，你尿完了，我会帮你的。

管子说，我现在一点儿也不想尿。

别以为我不能动，我能动，我还能跑，我跑起来就像风一样。那个人说。

他的那句话起了作用，管子有些愿意了。

管子说，不过，我可以试一试，我看看我能不能尿得出来，我看看。

你要是害羞，你可以提着这个瓷瓶到柜台后面去。不过，羞耻这两个字历来就和这个世界无关，它只是两个没用的字，一堆乱七八糟的笔画。

管子后来拎着瓷瓶从那道柜台后面走出来时，步态有些忸怩，脸涨得通红。那个人接过管子递过来的瓶子，拿在手里认真地晃了晃后，一丝灰暗而绝望的表情爬到了他的脸上。

这没有多少，这其实和空瓶子一样，你没尿是吗？你压根就没把腰带解开是吗？你还是不愿意帮我。

管子红着脸说道：我已经整整一天水米未进了，我实在尿不出多少来。尿又不是什么值钱的东西，我留着也没用，迟早都得把它流出来，流到哪儿还不是一样的，可我现在实在没有。

那个人把手里的瓷瓶放在地上，问管子，你是不是要找一个什么人？

管子说，我要找一个姓钱的道士，我爹快要死了。

我们这里的人都姓钱，没有外姓。

管子说，他是一个瘦骨嶙峋的人，他是黄村最瘦的一个人。

黄村没有瘦人，就连庵子里的尼姑都像金刚和罗汉一样。

管子说，我爹快要死了，姓钱的道士三天内不出现，我爹就完了。

一阵由远而近的鼾声中止了管子的诉说，管子俯下身，看见那个人已怀抱着那只细颈大肚的瓶子睡着了，他浮肿的脸上停留着一种似笑非笑的表情，一根黄胖的手指塞满了瓶口。

管子转身离开了这个铺檐下，街上很少能看到人影，只有被风吹乱了的各种脚印。转过一个街口后，管子看到在一座雪白的门楼下站着一个东张西望的人，那个人一副魂不守舍的样子。管子趿拉趿拉的脚步声惊动了他以后，他若无其事地看了管子一眼，他注意到了管子脚上套着的那一只大鞋，他心不在焉的样子使管子以为他是一个无所事事的人。接下来，从门楼里面走出来一个高大的脸上带有黑痣的人，圆形的痣迹犹如一枚生锈的铜钱。管子的心里突然亮了一下，黑痣消瘦的体格使管子的脸上露出了一丝天真烂漫的笑容。黑痣的手里飘扬着一张纸，纸上潦乱的龙飞凤舞的笔迹使管子相信那是一帖秘传的药方。

管子对黑痣说，钱先生，你是我在黄村遇到的最瘦的一个人，我爹快要死了。

黑痣注视着管子：

你脚上穿的是谁的鞋？

管子说，我的两只鞋在来黄村的路上丢了，这是我好不容易捡到的一只，只是尺码太大，穿上就不合脚。

不是你的东西你就无法消受它。

黑痣冷笑了一声，抬起了自己的一只光裸的脚在管子的脸前晃了一下，管子闻到了一种熬制硫黄的气味。管子低头看见黑痣的另一只脚上穿着的一只鞋与管子此时穿着的那只大鞋正是原配的一双，管子的头上顿时沁出了汗水。

管子对黑痣说，这不是偷的，这是我在路上捡到的，我不知道它是你的。我把鞋还给你，你把药方让我带回去吧。

管子的一只手刚伸出来，黑痣手一扬，那张笔迹潦乱的药方就越过他的头顶飘走了。

黑痣对管子说，你给我搓够三千根草绳，以前的事就一笔勾销，我放你回去，另给你一帖药方。把他弄到后院去。

黑痣和那个东张西望的人挟持着呼叫不止的管子向里走的过程中，有一个橡皮般的声音在管子的耳边说道，有力气你就使吧，没有人会听见的。

管子说，我迷路了，我要找四周种有“红姑娘”的房子。

黑痣和那个东张西望的人被管子的话逗笑了。

黑痣说，你这个傻蛋，还想找红姑娘，你真是好笑。

那个东张西望的人说，黄村什么都没有了，别说红姑娘，黑姑娘也没有了，就连老尼姑也没几个了。

黑痣的手抓着管子的脖颈使管子无法转动自己的头和脸。管子声音僵硬地喊道，放开我，我又没惹你们。

黑痣说，明明穿着我的鞋，还说没惹我。

管子被扔到后院里的一个巨型的草垛前，草垛下躺着一个老人，旁边散落着几根盘根错节的草绳，微微发红的草垛像一座流满了朱砂的山崖。

黑痣在管子的身上踢了一脚。我不杀你，没工夫杀你，你和这个老东西给我搓够三千条草绳就放你回去。

那个东张西望的人对黑痣说，踢他干什么，还不如踢我一下呢，耗光了元气可不是什么好事。

饥寒和绝望使管子昏了过去，当他重新睁开眼睛的时候，黑痣和另外的那个人已经不见了。管子看见那个老人将一把草抱在胸前，但没有看到老人的下半身。

后来，管子就慢慢地坐起来，把一捆颜色红黄的草放到自己的面前。管子结绳的动作熟练而迅速，这个现象引起了那个老人的注意。

老人望着管子说，你从前干过这个？

管子在他的视线中露出了一抹笑容。管子说，我结完绳，就可以把那张药方拿回去了，我爹快要死了。

老人推开了怀中的草，露出了空空荡荡的胸脯和一张虚浮的脸。管子结绳的动作使他猛地咳嗽起来。咳嗽过后，他对管子说：

你和我一样都中计了，那不是一剂药方，只是一张鬼话连篇的草纸。

管子看着那个老人，对他的话一半信，一半不信。

管子的一根枯瘦的手指在不知不觉中被他自己结进了缜密的草绳中。黑痣从外面进来扯动草绳的时候，管子望着那只尺码很大的鞋子昏了过去。

管子被一阵呼啸的声音惊醒后，已是第二天的黄昏。凌乱如麻的红草在风中飞舞，如同遮天蔽日的古代兵器。正面屋脊上的瓦被风吹落以后，露出了一片片难看的泥草。

管子在爬向老人身边的过程中，脸因吃力而变了形。被风吹落的一堆红草横在中间，阻止了管子的爬行。

老人望着管子，无比吃惊地说，你还活着?

管子说，我要爬到你的身边去，红草遮住了我的眼前和方向。

老人说，你千万不要爬过来，你爬过来又能怎么样呢，你还是省一口力气吧，谁也救不了你。

管子说，我想和你在一起。

老人说，我可不想和你在一起，你别过来。我还以为你早就死了呢，看来你天生是个受罪的命。你好像是来还债的，债务不清，你就不会离去。

管子说，我不是还债的，我谁也不欠。你做做好事，杀了我吧。

老人说，你说什么?你让我杀了你?亏你说得出口。我在这里已经躺了三天了，我还要留下最后一口气打发我自己呢。我没时间弄你，更没有那种闲力气，你别过来，过来也没用。

管子说，我有一把剃刀，一把很锋利的剃刀，你费不了多少力气。

老人说，我看看，我看看是不是真的，这年头，除了身上的病是真的，一切都是假的。扔过来我看看。

剃刀划过红草，落到老人的身边后，管子的脸上绽开了一种舒心的笑容。管子趴在地上说，这可是一把好刀，我爹以前那些年常用它给我剃头，给别人剃头。孙武出过两块大洋，我爹都没有卖给他。

老人发出呼噜呼噜的一阵响动后，管子听见剃刀落在了地上。一种焦躁不安的情绪使管子突然扒开了面前的红草。

老人横在地上。

你把我的剃刀弄脏了。

管子捡起剃刀，擦去了上面的一些东西。

管子在这个秋日的黄昏离开红草飞舞的后院，爬到那座雪白的门楼外面以后，那只尺码很大的鞋正在傍晚的风中团团打转。风中有一些零星的人语，管子听不懂那种方言，他只听懂了“黄村”这两个字。

管子回过头，他吃惊地看到空中飞起了无数密集的遮天蔽日的东西。似曾相识的现象使他在风中张开了嘴。

蝗虫。

管子只默念了一声，便感到自己的嘴被塞满了。

稠密的夜色使渐渐走来的一老一少两个人在一堆黑乎乎的东西上绊了一跤。老人和孩子从地上爬起来以后，孩子一直低着头。

孩子说，我走不动了。

老人说，快了，再走一程，黄村就到了，河滩上种满了“红姑娘”。

孩子突然尖叫了一声。

老人掰开了孩子的手。

老人对孩子说，你从哪里捡到的？是在那座白门楼下吗？小孩子不能玩的，快把它扔了。手里拿着这个东西就永远也到不了黄村。

原载于《北方文学》一九九二年第七期

寓　言

在那座森林的边缘地带，有一道低缓的山岗，山岗上有一间桦木结构的白房子，房子的后面有一条曲曲弯弯的小路，一直伸到看不见的远处。山岗上有草莓、蘑菇、人形和山形的云彩，雪雁在天空中作笔直的飞行。几只大鸟懒懒地蹲伏在山岗的最高处，往往一动不动，远看会以为是几块奇形怪状的石头。每当它们飞来或者飞起时，山岗上都会留下一些缓慢而沉重的影子，影子呈黑色，有一件普通的衣裳那么大，所不同的只是颜色深浅的变化，艳阳高照的时候，阴天的时候，就是它们深浅不同的时候。

原先，这一带的山岗上曾住着一个人和他的一条狗，他们每天匆匆忙忙，像是有做不完的事情，没有人认识他们，而他们好像也不认得任何人。没有人听见过他开口讲话，那只狗也从来不叫一声，只是用一双毛茸茸的眼睛看着它能看到的所有的一切。有一年冬天，一场雪也没有下，数九天，天气有时候温和得像春天一样。一种名叫翠柳的小灌木竟然令人惊骇地爆出了新芽。第二年春天，有人到山上来，才发现那个人和他的那条狗已经许久不见了。山上有一种暖融融却又冷清清的气象。

整整一个冬天，我们都住在伐木人留下的房子里，谁也不知道在等什么。从乌鞘岭那边吹来的风每每都像一个庞大的合唱团一样日夜不停地演唱着，即使没有人看，没有一个人认真地听，它们也依然一丝不苟地演唱着。尤其到了后半夜，演唱有时候会达到高潮，听见男女的声音都在用力，激情高涨，直达云霞。

那边还有一间低矮的小屋，远远看上去总是传递着一种挥之不去的凄凉和冷清。经常有人在那里拉二胡，也不知道是在那小屋里，还是在周围别的什么地方，声音幽幽咽咽的，夕阳一样，但是谁也没有见过。你要是推开小屋的门走进去，里面并没有人。有人也曾经试图猜测过、推断过，拉二胡的究竟是个怎样的人，可是这种事其实也并不那么容易推断出来。你可以说是一个心思满腹的男人，可是难道就不能是一个同样心思满腹的女人么？就不能是一个老人么？甚至一个什么都还没有经历过的年轻人？只能说，任何可能都有，可以是任何一个人。可以是一个当地的人，也更有可能是一个断肠人在天涯的异乡人。

曾经有两个外地人，坐在倒下了的原木上，磕着松子，就听过那忽然凄凉，忽然又欢快的演奏。

也有单个的人，孤独地站在树下，有过那样的猜想和分析。

在那暗红色的灌木丛和绿莹莹的苜蓿地之间，有一条小路时隐时现，从来没见过有人能够走完那条不起眼的路，也不知道能通到哪里。天空下植物的颜色有时与眼前山岗的颜色溶为一色。天气晴朗的日子里，站在高高的山岗上，能隐约听到从很远的地方传来的一种断断续续的歌声，有时候曲调奇怪，很像是外祖父病重的那时，时常唱起的那种调子。

那种所谓的歌声，其实不太像歌声，更像是对于一个人的思念和呼唤。

月光下，在山岗的小路上行走，总觉得身边不止你一个人。总觉得叽叽喳喳，像是众多的表兄弟表姐妹都相跟着来了。

屋前屋后的罂粟花全开了。

每年春天种下，到这个时候便全开了。这行技艺并不是由祖上传下来的，也不知道是从什么时候开始学会的。不过，种植的面积却越来越小了，只局限于附近一带，不向更远处扩散和延伸。

红罂粟的中间是一间红松木和白石头砌起的小屋，里面住着九成宫和他的女儿黄梅子。九成宫五六十岁，黄梅子二十多了，不过也可能还不到二十。

附近没有见过有村庄出现，好像连一个十几户人家的小村小屯都没有。有时，会有一些来历不明的人在路上出现，浑身脏臭，身上背着东西，也脏乎乎，鼓鼓囊囊不知是什么。也有驴和马，嘴角四周颜色深黑，肉质柔软，与胯下的情形极为相似。山岗上、旷野里，沿沟的小红花小黄花一丛丛、一簇簇，有的像火苗，一闪一闪的；还有的茎根很细，上面却万分吃力地举着一朵碗大的花。

不下雨的时候，土也很软。黄梅子在一条很窄的溪边堵水，身体有时会变成一勾弯月，掩映在溪边黄色的狼蒿中。

山谷里升起淡色的雾，青色和黑色的驴咴咴地叫着，赶驴的人看见溪边的那一勾“弯月”了，将手里的鞭子抡得很圆，嘴巴咧得十分辽阔。

“噢——噢咊啰，咊——哎噢——”

弯曲的月亮舒展开了。黄梅子直起身，草拜倒在她的脚下，眼睛流水一样，并不说话，只是伸手轻轻一摸，身边的白狗露出了雪白整齐的牙。

汪——汪汪，汪——

声音悠长辽远，明明是在漫山遍野地奔跑，却又像是在深深的小巷里回旋。过一些时候再看，山谷里静下来了，到处都很亮，先前淡色的雾不见了，叮叮当当的铜铃声也没有了。森林里偶尔有啊啊的声音传来。

那叫声，如果把它安在一个人的身上，无疑应该是一个女人的声音。不过，当然不是，是一种好像很大的鸟的声音，一种黄梅子从没有见过的鸟。

有一次黄梅子和父亲说起那种鸟，黄梅子说自己从没见过，没想到父亲竟然也从来都没有见过。不好见呢。你听见它在森林里叫，你走进去找，永远也别想找到，就算一直都顺着它的声音找，就算把自己走死，那也没用。它不想让你见，不想出来，任你是谁也没用。人家又不是你的亲戚或者熟人，不可能你一进去就站到你的面前。

土是黑的，也有黄的和红的，十分洁净，潮湿而润泽。要是能吃，应该是一种很好吃的东西。好几次，黄梅子用捡蘑菇的篮子往小屋前端，九成宫见了，也没说什么。

眼下还不是刮风的季节，到处都亮晶晶的。黄梅子用手拍了拍白狗，白狗想也没想，便贴着她的腿蹲下了。白黄色的毛很亮，柔软，耀眼。

太阳停在水面上不动了，水面上织起了金线，四周的草开始出现了反光。

这样的反光，有时候能反映到黄梅子他们住着的小屋前。她记得第一次发现有丝丝缕缕的亮光在屋里跳动和闪现时，还被狠狠地吓了一跳。草棵子一样的光线，以后又是蘑菇一样的亮亮的白片，还有圆木一样的粗壮硕大的光柱，不容分说，直挺挺地就从外面进来了。像是有好几个人抬进来的，又像是自己所向无敌地戳进来的。

再以后，见得多了，就习惯了。

有时候甚至满屋子的光线，竟也有看不见的时候。

站在溪边，黄梅子的眼睛有些迷离。白狗伸出舌头舔了她几下，像是完成了一个什么任务，完事后便趴到了地上。

四周静极了，一点声音也没有，偶尔才会听见那种能发出像女人叫声一样的鸟在某一个看不见的地方啊啊地叫两声，叫过后便又没有声音了。

穿过那片叫作毛拉榆的森林，还有一道深深的峡谷。在那几架大山之间，便有所谓的人间烟火。大山再往后，就是辽远的平原了，那是一片炫目的白色。

平原是白的，上面有蓝汪汪的水淀子和火焰般的高粱地，还有很小的仿佛大拇指般的孤岛。在那些有着石头墙的村庄里，那些青色的石碾子似乎日夜都在咕噜咕噜地滚动着。鸡在到处啄食，狗越过一道又一道的石头墙，从男人和女人们的腿间穿过。

有人说，这平原上的人口也算不上稠密，可那要看和谁比。要是和山上比，那还是相当稠密的，甚至可以说极其的稠密。无论走着还是坐着，睡着还是醒着，和人有关的线索就从来没有断过。人的声音、人的气息和味道、人与人之间的各种纠葛、纠葛背后的纠葛，绵延不绝，没完没了。你能说不稠密？

平原尽头的山是蓝的，当然从远处只能看见是蓝的，无论如何也都不可能看见黄梅子父女俩住着的那间小屋。那些高高的山地上有雪白的树木和石头，有摇晃着蓝色铃铛的花。那里的天黑得早，亮得也迟。

迎着太阳的那些山岗是红色的，也是黄色的，其实是红黄的。

曾经有几次，太阳从山上滚下来，平原上像着了火一样，人、地、树木，到处都热烘烘的，摸哪哪烫。所有的窗户都被照亮了，所有的生灵都醒着。

每到深夜，听见山上的树木在呜呜地响，像是一位老人在哭。当然，这得在平原的边缘地区，生长着马蹄莲的接近于山上的地方才能听到。

山下有一口明晃晃的水塘，塘里的水很清。夏秋两季，常会有人牵着马从很远的地方来喝水。当然更多的是附近的人和马。马在水边饮水，牵马来的人戴着小麦颜色的黄草帽，或悠闲或焦急地向四周张望。有的草帽上有破洞，鸟一样的阳光就常常滑溜溜地在那些破洞之间快乐地穿来穿去。

传说，有一个二十多岁的年轻人，经常把一口一口的猪，赶到另一个穿白裤子的人的家里。穿白裤子的那个人是一个长下巴，一看见外面闹哄哄的来了一群，就起身迎接。后来又听说，那些猪原来都是纸扎的。

每当那些猪一到来，长下巴便顶起一把用柳条和麦秸编成的小椅子，在院子里狂奔，拴在裤腰上的一串钥匙哗啦哗啦地响着。

松木的屋檐齐刷刷的，就像那些常在平原上走动的人们的理得规规矩矩的头发。下雨的时候，雨水也是齐刷刷地顺着屋檐往下流，形成一个宽阔的雨帘。

门关着。

九成宫每天很早便起来，等他披着一身露水从外面回来的时候，黄梅子也早已起来了。收拾完屋子，饭也已经到了嘴边了。

松木的桌子已经很旧了，却擦得滑亮，依然有一种很老的山林气息。

有一年九成宫病得很厉害，就在这张桌子上，他看见黄色的小鹿在跳跃，穿着黑大褂的老熊盘腿坐着，像一个醉汉一样，仰起脖子往嘴里灌蜂蜜，听见野猪来了，也不在意，继续从容不迫地喝着。

后来又看见有鸟飞来。

不过，这都已经是过去的事了，九成宫现在的身体很好。

九成宫吩咐黄梅子，吃了饭以后，去旁边的地里看看，而他本人，得去一趟镇上。他碗里饭堆得有些高，刚削去一半。

“镇上？”黄梅子看着父亲。

“听说最近有货了。顺便，再给你买件衣裳。”

“给我买衣裳，那不得我去？”

“你不用去，就是上次你看好的那一件。”

“哦。”

“你也想去？”

“我不去了，我就是问问。”

“野猪的事你不用管，你去看看就回来。”

“有办法了？”

“我在地里放了两个假人，看上去都厉害着呢，戴着礼帽，穿着大氅，背着枪，挎着剑，胳膊伸得这么长——”

九成宫说着，放下手里的筷子，伸开自己的两条胳膊比画了一下。

黄梅子笑了一下，眼睛里水汪汪的，仿佛看见野猪被吓得惊慌失措、魂飞魄散，正背转身朝山林里逃去。

“中午回来不？”

“说不上来。”

“爹，让白狗跟你去吧，路上不闷。”

白狗趴在桌子下面，边吃边抬起头听听，看看，又低头去吃。

“不用，我一个人去。白狗和你在家。”

九成宫伸手摸摸白狗的头，白狗想抬头，却又终于没有抬，慢慢地吃着。

黄梅子没有说话，起身给白狗加了一勺饭，说：

“多吃点，吃饱了跟爹去，路上机灵点儿，不要淘气。”

白狗抬起蓝汪汪的却又孩子般的眼睛看着黄梅子，眼神很软。

九成宫看了女儿一眼，叹道：

“又不听话了，不是说好了么。”又摸摸白狗，对白狗说，“好好和梅子在家。”又对黄梅子说：

“再拿点钱，我再买点儿肉。”

“又不过节。”黄梅子和白狗一起望着九成宫。

“不过节咱们就不吃饭了？”

黄梅子还想再说什么，见爹在看她，便不再说什么了。明天是什么日子呢，她想。明天？娘的生日？

白狗望望九成宫，又望望黄梅子，眼睛是清的、深的。

九成宫放下筷子。这时，白狗也吃完了，伸出红红的软软的舌头，将它的碗舔得很净。之后又走到门口，门口的阳光很亮。

见爹要出门，黄梅子说：

“爹，换上衣裳。”

“不啦。”嘴里说着，九成宫还是将正在迈出去的脚步停住了，立在地上，等着。

黄梅子拿出一件半新的衣服，帮九成宫穿在身上。九成宫的身子努力站得笔直，黄梅子把衣服拉平，抻展，又将肩头和背后的一些线头拂去。

“爹，路上走慢点儿，不急。”

“知道。晌午没回来，你就不要等了，你和白狗吃。后半晌一准回来。”

“爹，你到镇上的饭店里去吃吧，不要舍不得花钱。”

“知道。你不要难为白狗，有白狗在，你就不闷。”

“我知道，爹。”

太阳亮堂堂的。看着爹出了门，穿过那片暗红的灌木丛和苜蓿地，往山岗那边去了，看着爹的身影快要在山岗背后隐没时，黄梅子忽然拍了拍白狗的头，说：

“快去，送爹一程。”

白狗蹿起身，箭也似的奔了去。

不一会儿，白狗又回来了，先出现在高高的山岗上，接着便向小屋这边奔来，白色的身影穿行在暗红的灌木和绿莹莹的苜蓿地之中，看上去极其鲜艳。

四周是静的。

那年冬天的一个午后，我们辗转着到了一个偏远的小站，天阴得很厉害，又十分的冷。几个等车的人和我们一样，都孤零零地立在寒风中作着长久的期待。那个老头问那个姑娘，是不是准备要回家去。那个姑娘抬起一双黑白分明的眼睛，望了一眼远处灰蒙蒙的群山，不知说了一句什么。到处都是宽阔的背影、狭窄的脸，还有密密麻麻的诉求和腿。她好像出来已有很多年了，到如今才想起家在哪里，到底该从什么地方动身。几个人全都张大了惊异的嘴，半天合不拢，冷风呼啸着就从那一个个黑魆魆的山洞里钻去。那时候，我忽然觉得很冷，嗓子里似乎已隆起一道漫漫的山梁。后来，下雪了，雪一直下了很久，好像有两三天。我始终记得她有一头诗一样的头发，一个结着风雪、落叶和黄昏的不知姓名的女子。

有几年，我们一直在平原上住着，平原上的景色慢慢地融入了我们的记忆，平原上的一些人也成为我们的邻里。做豆腐的烟三老爹和他的单纯善良的女儿黄线姑娘和我们相处得很好。在他们屋子的隔壁，便住着那位小眼睛的拐腿鞋匠。起初，每当与他们在一起的时候，我都会不由自主地想起在这以前当地的人们讲过的一个关于卖豆腐父女的故事，那是一个下流又卑劣的故事。与此同时，一种深深的亵渎感和罪恶感也会由此丛生。我们私下里都觉得很是对不起烟三老爹和单纯善良的黄线姑娘。那个传说也是三个人。后来，你知道了，说我们是平原上的狼狐。我颤抖着手去摸那沉静冰冷的心，我想起了一个奇异的雪夜。这么多年，从没有也再没有遇到过一个像烟三老爹和黄线姑娘那样对我们好的人。当几年以后，我们离开那里的时候，烟三老爹已经不幸去世了，只剩下黄线姑娘一个人守着那两间小屋。我记得清清楚楚，要再过两个月，她才满二十岁。

在后来的那些年代里，平原上许多古老的窗户其实一直都是开着的，门倒是常要关上。在那些黑暗的屋子内外，成群的白蝴蝶飞过蓝色的河岸。岸上有一个人，牙齿极长，瀑布一样有力地垂着，当然那不是那个长下巴，他很少穿白色的衣服。

冬天的黄昏很静。有时，门会被突然打开。

当然是风。

以前，都是她望着路，现在，好像该轮到路望她了。

很多条毛茸茸的小路都纷纷朝她涌来，那些路上都很寂静，一个人也没有。远远地看上去，有几条十分的苍白。

断路的尽头，仍然没有看见九成宫的身影出现。太阳已经偏西了。

白狗蹲在一边，惊异而又兴奋地望着一丛蓝色的花。有时，也站起来，朝那些路上看上几眼，尾巴慢慢地摇着。

黄梅子知道这白狗，它这是因为没有看见人，所以尾巴摇晃得也十分的勉强，有一下没一下的，像是在应付，又像一种在无聊和等待中做出的消磨时间的举动。不过，只要是一看见它熟悉的人出现在路的尽头，那摇晃的速度就会明显地加快，快到让人眼花缭乱。

原先，这山岗上还有几户人家，也都不同程度地种植着罂粟，每当花苞饱满成熟时，全家人齐上阵，将那一个个花苞割开，那时，里面便会有白色的汁液流出。

白色的汁液流到一起后，便在一口大锅里用火煮，一直煮到糊状，就差不多了。大多是黑色的，白的不多，那是极少见的。

后来，不知从什么时候起，也不知是因为什么原因，这岗上的人就开始逐渐减少，今年走一个，明年走一家。走着走着，某一天，忽然发现已经就剩下他们父女两个人了。开门出来，从外面回来，迎面再也碰不到以前的某一张熟脸。岗上下雨、闪电、刮风、下雪，如果他们父女二人不出声、不叫喊，就永远不会有人出声、叫喊。有时候，一个闪电把岗上瞬间照亮，整个岗上白得让人惊心，把周围的森林对比得越发黑沉沉、阴森森。

好在他们俩都胆大，九成宫什么也不怕，黄梅子也不怕。九成宫认为世界上最可怕的只有人，而绝不是什么豺狼虎豹、狐仙鬼怪。听见外面有声音，九成宫就说，我倒宁愿来的是一头熊，来和咱们要水喝的。

门一开，不是来要水喝的熊，却是一个人，一个自称是上山来挖草药的人。

打发走采药的人，九成宫就让黄梅子一整天都跟着他，一步也不许离开，当然还有他们的白狗。于是，连着好几天，无论到哪，他们就三位一体。前半晌，清澈的溪水里映出三个身影；到了正午时分，还是那三个身影，又出现在寂静的岗上。

残阳如血。

白狗被映照得像一只红狗。

黄梅子站着，被映红的白狗紧贴着她蹲着，再抬头看时，看见九成宫也已经在夕照里红红地出现了，远远地朝小屋这边走来。

黄梅子还没有来得及拍它的头，白狗已经箭一样地朝远处的九成宫射过去了。

天黑下来了。

小屋里亮起了松油的灯。

“应该合身，上回你试过的。”

九成宫拿出刚买的那件衣服，递给黄梅子。黄梅子穿上，在地上走走、站站。没有镜子，所以也不知道究竟怎样，要看只能低下头看。

九成宫看着黄梅子，看了一会儿，终于发现了什么。

九成宫说：“又忘了，说的要买一个镜子，到头来还是忘了。下回吧，下回一定买。你都这么大了，再没有个镜子，实在也说不过去了。”

黄梅子说：“下回我也去，我来挑。”

九成宫说：“好，你喜欢啥样的就挑啥样的。”

白狗趴在桌子边，抬起蓝汪汪的眼睛看着黄梅子，有时，也望望正在抽烟的九成宫。蓝蓝的一片烟雾，停留在他们的上面。

九成宫又拿出几个包子，是在镇上买的，先给了白狗一个。

“一会儿生着火，再烤一烤。”

“爹。”

白狗趴在地上，守着放在它脸前的那个包子。白狗显得极平静，眼睛看着包子，鼻翼在微微地振动着。

黄梅子脱下新衣服，开始生火。不一会儿以后，火生起来了，松木枝“噼噼啪啪”地响着，屋子里弥漫了松油脂的气味。深深地吸一口，心里满是清苦和微香。

“爹，镇上人多不？”

“不少。街上本来就不宽，正好又碰上来了游街的汽车，越发挤不动了。”

“啥人在游街？”

“没看清楚，人们挤得厉害，根本到不了跟前。只看见五花大绑着，胸前挂着白纸牌子，名字上打着红叉，背后插着亡命牌。”

“是死刑？”

“肯定是死刑，插着亡命牌还能不是死刑么。”

“今天就要崩了？”

“我走的时候，汽车已经出了西门外，听说四点多那会儿已经崩了。”

“世界上又少了一个人。”

“是，又少了一个。”

“西门的城门那么低，汽车能过去么？”

“城门？哪还有城门，早就拆了。你上回是啥时候去的？”

“我也记不清了。”

“噢，你去的那回，城门应该还在。现在没了。”

趴在地上的白狗慢慢地伸出舌头，舔了一下它脸前的那个包子，然后又把舌头缩了回去，如此重复了几次，又不动了，好像在听他们说话。

“吃吧，那就是给你的。”

黄梅子对白狗说。又对九成宫说：

“它不敢吃呢。”

九成宫看了一眼白狗，对黄梅子说：

“镇上的姑娘们不少，你哪天也去逛逛。”

“不想去。”

“真的不想去?”

白狗抬起头，不知在看谁。

“我带白狗去。”

“闺女家，让人家笑话哩。”

粥煮好的时候，九成宫带回来的包子也已经在松木枝的火上烤得金黄。白狗探着头，伸着鼻子，在黄梅子的身边挤来挤去。

“热包子你又不能吃，”黄梅子对白狗说，“吃你的那个去。”

关上门，听见外面起了风，像是有千军万马来到了岗上。

雨哗哗地下着，天地间白茫茫的一片。

高高的山岗上全是雾，雾是由雨带来的，或者说是由于雨下得太急才造成的，雨要是忽然停了，雾也会很快散去。远处的山已不再是往日的蓝色，完全变成了灰的，也不再能看出一点点棱角，软软的一片，长长的一堆，泥乎乎地堆在天边。

记得在那个多雨的季节，我们正在一个小镇上。小镇的街是青石的，青石板已大多裂开，一下雨，路上的坑洼里便积满了水。镇上也有城墙，但是不高，是砖和土混合堆起来的，已经是很老的黑色了，而且一年比一年矮小。原来因为有它遮挡着，站在外面根本看不见镇上的房屋；而现在，基本上一样高了，有些地方甚至比镇上的那些房屋还有低矮，常有人站在上面，甚至骑在上面。上面的原先墨绿色的苔藓早已经干了，除了一簇簇、一枝枝到处攀爬和直立的荒草，还有众多的小树枝，上面结着鲜红的枸杞那么大的小果实。

当多年以后，你面对着一湾碧蓝的海水时，那个小镇颓败城墙上的摇摇晃晃的小红果却不容分说地浮现在你的面前。小红果是红的，酸甜的，海水是蓝色的，灰茫的，看上去更加荒芜。你不知道它们是如何来到你的面前的，没有人带领，它们怎样从那么偏远的一个小镇上来到这个礁石嶙峋、咸风扑面的地方？

月亮升起来了。

听说是从海里浮上来的。

听说它是在海水深处睡醒一觉，然后就婴儿一般升了起来。

那些年我们常在林子边徘徊，里面红黄蓝绿，仿佛与整个外面的世界并无瓜葛。最早的一次，在那块被压碎了的玻璃下面，我看到了你。穿过无限的透明，你正在缓缓地走来。一边是嵯峨的自然，一边是险峻的社会，人间的血泪和烟火无处不在。

平原上的辞别，意味着今生的永诀。在最远的一朵云下面相逢，在最近的一棵树下说话，一场雨又适时地插了进来，像是在已然扑倒的身躯上又补上一刀。

月亮又没有升上来。

门外面的世界漆黑、幽深，幽深到像是永远不会再有白昼回来。猫头鹰在不远处飞着、叫着，传递着暗语般的消息。

“梅子，白狗没病？”

“没有啊。”

“我今天去镇上，路上想起白狗病了。”

“你走时，白狗不是还去送你了么。”

“就是，可我走了一会儿，就好像看见白狗把吃进去的又全都吐出来了。”

“爹，你……”

白狗蹲在桌子边，背朝着门外。

“爹，你咋会那么想？”

“没病就好。唉，就怕它病了。”

黄梅子招招手，白狗站起来朝她走过去，黄梅子把白狗抱在怀里，白狗慢慢地闪动着眼睛，看看黄梅子，又看看九成宫。

“白狗，告诉爹，说你没病。”

白狗的瞳仁跳动了几下，接着又露出雪白整齐的牙。

“别让它说了，它哪会说。”九成宫说，“它好好的，我就放心了。”

又说，人老了就什么也没有了，剩下的全是毛病了，各种各样的毛病。有些毛病，你就是想破了头都想不到；但是，到时候它就来了。刚来了的时候，你还根本不认识，不知道那是什么，还以为是匆匆路过的一个东西，和你打一个照面就走的。

这以后，他低着头，身子缩在黑黑的灯影里，像是睡着了。

“爹，再给我说说镇上的事吧。马老婆婆死了以后，那房子就再没人住了？”

“没人住了。那回我路过的时候停住看了一下，院子里长起了一人高的草，荒得不成样子了。你说奇怪不奇怪，房子也歪了。”

“镇上呢?”

“还是那三四条街，越来越灰，好多石板都已经起来了。”

“那还不把人们绊倒?”

“可不是么，经常有牛车走着走着就翻了。”

“商店呢?”

“也不知是我看漏了，还是真的就是那样，沿街的店铺好像也不如原来多了。说买点儿酱油吧，一条街都走完了，也没看见个卖酱油的。”

“我记得马老婆婆长得真是好看。”

“那是，听说是个有文化的人。”

“我见她的那时候，她有多大?”

“三先生死了以后，她就一个人住在那个院子里，那时候她多大?三十多岁?有没有四十?没四十也差不多了。”

白狗睡着了。

九成宫睁大眼，疑疑惑惑地朝门口的方向看了一会儿，接着，又找来几根松枝，放在火上。不一会儿，松枝就又噼噼啪啪地燃烧起来了，声音在静夜里变得很响，火苗一闪一闪的。在那些间歇的闪动中，屋里的一些地方会被倏忽照亮，之后很快又重新沉入先前的黑暗。听见树枝上的油脂被榨烤出来，滴到火上，在嗞嗞地响。

平原上终于也落了雪。

两个人站在白茫茫的雪地上，女的围着一条鲜红的围巾，围巾的映衬和作用，让她的脸和地上的雪变成同一种颜色。他们不断地朝四周看着、听着，好像在寻找什么，倾听什么，但是四周却什么也没有，既没有什么特别的东西，更没有什么声音，除了满目白茫茫的雪，剩下的就只有被雪覆盖了的大地和树木。而那些东西都是没有声音的，多少年来都是那样，也更不会变幻出花样供人看，供人发出惊惊乍乍的感慨和赞叹。

果然，这以后，他们就不再四处张望和打量了，而变成了两个人脸对脸站着，互相看着对方。

平原上的那些上面覆盖着白雪的房屋，在白茫茫的雪里变得又低又小，又没有任何的一丝声音和动静，屋瓦也不再像平日那样躲躲闪闪，像是统统都病了一样，像是都在做梦一样，静静地匍匐在无边无际的雪景里。从远处看，从他们站着的这个方向去看，很难相信那些小盒子般的地方会有人住着，许多甚至还是一大家子，而且住了不知有多少年了。

远处的那个山岗上，更是白雪皑皑。

黄梅子一个人坐在山岗上。

这年春天的时候，白狗病了。

连续好几天，九成宫每天都要去一趟镇上，镇上那几家商店或是铺子，九成宫已熟得不能再熟，有一个戴着蓝布套袖的人对他说，一天来两三趟，我们的门槛都快让你踏破了。不管来几趟，可是他们全都没有他需要的药。更叫九成宫感到焦急的是，镇上连一个兽医也没有。打听来打听去，终于知道县里才有兽医。就在他决定要去一趟很远的县里的时候，又有人告诉他说，趁早别去，去了也没用，因为兽医根本不给狗看病。九成宫说，不给看病，那找他要点儿药给白狗吃，总可以吧？那个人说，净瞎说，既然不看病，哪里还能有药？要有也是猪羊牛马才能吃的药。听别人这样一说，九成宫觉得彻底没办法了，一个人蹲在一家杂货店的外面愣了好久。

回去的路上，他边走边流着泪。不过，等到远远地看见他们那个熟悉的小屋的时候，他的眼泪早已被风吹干了。

看见他回来，黄梅子很高兴地告诉他说，今天白狗表现很好，吃了半碗饭呢。

又说，吃完饭，她还和它在岗上晒了一会儿太阳。太阳黄黄的、亮亮的，整个岗上都黄黄的、亮亮的。

九成宫伸手摸了摸白狗的头，像是在对白狗说，又像是在对黄梅子说，说哪里也没有药，那个镇上穷死了，以后再也不去了。

夜里，黄梅子睡着以后，九成宫忽然看见门开了。关得好好的门，怎么能开了？正在疑惑间，忽然看见白狗正从外面往回抱木柴。九成宫一看，就急得不得了，对白狗说，赶快躺着去，你不是病了么，这些事不用你来做。

白狗把木柴放到门口后，对他说，我没病，我早就好了。

原载于《天涯》一九八九年第三期

天上有个月亮

那时，赤磨河的水已经不多了，十几步宽，河中间也只有半人深，从河的这边过到那边，只需要几分钟。冬天，河面上结了冰，就会更省事，脚下一滑，从这边滑到河对面，几乎就是一眨眼的事。即使没滑好，中间摔倒了，也不要紧，爬起来，接着再滑，也还是一样的，转眼就哧溜着到了对面，只不过是把原来的一步分成了两步或三步。

喂，你在洗什么？

他把一个很脏的挎包放进河里，看着对面。

没什么。

她的目光投在河里，不过也曾蜻蜓一样地往对面去过两次，这是她后来告诉他的，他当时竟一点也没有发现。他在心里骂了一声蠢驴，是骂自己的。

她洗的是一副垫肩，是出工的时候，尤其是挑粪挑土的时候，垫在肩膀上用来保护皮肉和衣服的。垫肩是圆形的，两面都是帆布，中间有一个洞，从头上套进去，这样两个肩膀上就多了一层硬硬的保护层。不过，这种东西只有他们这些外来的年轻人们才使用，当地人世世代代挑粪挑土，挑各种东西，两个肩膀磨得铁一样，早已习惯了各种各样的承受和压迫，却从来没有人用过，也从来没有人想起应该在自己的肩膀上垫一个什么东西。最初出工时，看见他们一人脖子上套着那么一个两头椭圆的圆片片，当地的人们就笑。他们真的是觉得很好笑，不知这些年轻人为什么要戴着那么一个东西。

昨天，听说你们那个点上的几个家伙打架了，有人还差一点残废了？是为了什么？

挎包太脏了，像是有好多年没有洗过。他把它套在一块石头上，让水冲。

听说是为了一顿饭的事，好像还有一张照片什么的。

照片？什么照片？

不知道，大概是一张发黄的照片。

发黄的照片？至于么，为一张发黄的照片？

不知什么时候，一群从河的上游漂下来的小蝌蚪稀里糊涂地钻进了挎包里，他发现了，怕它们再跑出去，赶忙将挎包的口紧紧地捂住。接着又在眼前的水里仔细搜寻，希望能看到一些小鱼，最好也是一群。那样一来，他就会把那些小蝌蚪统统放走，再把小鱼们诱捕进来。至于回去以后是要油炸还是要正经地养起来，他一时还没有想好。

今天请你赴宴。

赴什么宴？

请你吃鱼。

鱼？哪来的鱼？

正在捕捞。

哈，那可要谢谢了。也要谢谢你的挎包。

挎包？他低头一看，就在他刚才说话的时候，挎包已经被水冲走了。好在走得还不算太远，他在河里跑了一阵，弯腰捞起了挎包。

不久前还在里面动来动去的小蝌蚪一只也没有了。

他朝对面看看，看见她低着头正在认真地洗着，两条辫子随着身体的节奏在不时地摆来摆去。河水很清，能看见里面的白色的黑色的石子和棕黄色的沙子，却看不到一条鱼。他站在河中间，感到脚下的沙子正在泛起，并快速地流走，脚底立刻悬空，身体下沉。等到重新站稳，脚下的沙子就又开始嗖嗖地流动，还和先前一样，身体又开始下沉。

回到河边，他把挎包的里外都打上肥皂，挎包顿时就在明亮的太阳下泛出了七彩的光泽。他在那七彩的光线里看到了一个人的背影和一架破旧的大水车。

月亮如果下凡，来到人间，来到这河边，竖着立起来，也就是那个很大的水车的样子呢。他想。

四周一片寂静的时候，蹲在河的这边，能清楚地听到她在河的那边嚓嚓地洗衣服的声音，洗得很快，一些雪一样的白沫子不断地从她的手中溢出，靠近她那一边的河面上便飘满了那些白白的沫子，像是春天冰凌正在解冻时的情景。

第一次在这河边见面的时候，他还完全不知道她的名字，并不是没有问，问了几次也没有告诉他。是以后才慢慢告诉他的，已经很熟了的时候，知道她叫小雪。不过，小雪那只是她的小名，至于大名，她本人说：

也叫个茜雪。

他当时就愣了，愣愣地站在河边，看着河的对面。

什么叫“也叫个茜雪”？难道还有谁和你一样？

她从水里捞起一件衣服，展开看了看，接着又放到脚边的那块石头上。雪白的石头，上面堆放着她的几件衣服。

一看就知道没有正经地看过几本书。

这话隔着河面飘过来，一下就让他的脸红了，他感到羞愧，她说的这个名字他确实从来没有听说过。听她话里的意思，像是在一本书上，可是他完全不知道那是一本什么样的书。她说得也很对呢，而她本人也是知道那本书的。看她的那副样子，也很有一种骄傲时常写在脸上，写着自己曾经看过什么。不过，很多女人都那样，即使事实上完全没有什么可值得骄傲的，头脑里空得像一只鼓，脸上也绝不认输，也要摆出一副什么都知道又什么都不在乎的假面。至于为什么要那么做，他却从来没有去想过。能有什么呢，无非是想抬高自己，不想被人小瞧，不想让人知道她们的头脑其实空得像一只鼓。

而他，他们，当然还有她们，在当地人们的眼里却被叫作知识青年，总觉得他们这些人要比当地的人们懂得的更多，知道的也更多。

不高兴了？

没有。

不要不高兴，其实我也没看过什么呢。

他把挎包里灌满水，听见后面的山上传来放炮的声音。一抬头，却忽然发现她站在对面，正和他招手，原来已经把东西收拾好放进脸盆里，就要端着走了。他也赶紧抬起一只手。好像还有很多话并没有说完呢，她却又要走了。总是这样，每次来了，只是隔着一条河说话，还从来不许他到对面去。渐渐的，眼前的这条河，在他的眼里变得有些像是两个国家之间的一条界河。

他已经有一年多没有收到过任何信了，说一个字少，连一个字也没有收到过。有一天晚上，他回到房子里以后，写了一封信，是以别人的名义写给他自己的。信写好以后，又找来一张黄色的牛皮纸，制作了一个信封，上面写了他在这个地方的地址，中间的收信人当然是他自己的名字，而落款则是一个很远的地方，一个城市的某一条街。

最初的时候，村里先分给他几匹马，让他去放。他呢，就山上山下的去放马，因为担心马跑了，每一条缰绳都紧紧地握在手里。那几匹马，也还算是老实、听话，并不很野；否则，要是性情很烈地跑起来，可能早就把他五马分尸了。放马其实是一个轻松的活儿，很多时候，它们在山下吃草，他就在地上躺着，看天，看天上的云彩，或者一个人对着山上山下发呆。可惜的是，这么一个够得上轻松的活儿，他却也并没有好好地把握住，并没有懂得珍惜，时间不长，就从他的手里流走了。是不经意间轻而易举地流走了的，关键是他还不以为然，不觉得是个事，更没以为是一种损失。直到后来每天挑粪，每天被熏得头昏脑涨，每天累得走路都迈不动腿，才猛然想起先前放马是一件多么幸福的事情，轻松自在不说，更没有那么多的苦和累，简直就像神仙一样。那时候才恍然明白是他自己把到手的幸福白白地扔出去了，亲手扔出去了。扔出去了，就很难再找回来了，有的是人，想做神仙的也大有人在。因为不了解马的习性，不知道马会啃树皮，去过两次树林子里，结果很多树皮被啃掉，啃得像是露出了白森森的骨头，这以后队长就不再让他放马了。队长说他时的脸色不太好看，临出门还用当地的土话说了一句什么，他没听清也更听不懂，要是他猜得没错的话，应该是一句夹带着不满甚至气愤的骂人的话。没过几天，队长又让他去赶一辆牛车。那牛很老了，走路慢腾腾的，总是像睡着了一样，相处了好些日子，好像从来也没有正眼看过他一眼。老牛也真的没太把他当回事，无论他说什么，无论他哪一天高兴还是不高兴，它该怎样仍然怎样。老牛的那种样子让他想起老家一带一个打更的老人。

每天赶着牛车，名义上说是拉粪、拉草，其实却根本不止那些，什么都拉，赶上什么拉什么。最让他难忘的是拉着村里的一个死去的五保户去埋葬，没有哭声，没有仪式，也没有哪怕任何一个亲属，只有一具暗红色的棺材放在他的牛车上，摇摇晃晃地颠簸着。再有就是两个拿着铁锹的人跟后面。而那两个人，根本不像是去埋死人的，更像是去地里干活儿，边走边用他还不大能听懂的当地的土话交谈着。

每天一卸了车，只要不感觉太累，便往河边跑去。

你好！

他朝河对面挥挥手。

有喜事了？

她也站在对面，却没看见她的脚边有什么要洗的东西。

又让你猜中了。

真的有喜事了？

是的，你知道么，有人给我来信了，有我的信了。

他大声地说着，边说边掏出那个随身带来的黄色的牛皮纸信封朝她晃动着。河面上蓝幽幽的，她身后的那个村庄在树丛的掩映下像是另一个世界的一片区域。

信？

她看上去显然也很吃惊，因为他看见她的眼睛忽然亮了一下，隔着河面闪过来，晃了他一下，但迅速又暗了下去。

是家里给你来的么？还是朋友？

哦，嗯，是……

猛一下，他实在想不起该说是谁来的，他顿时有些慌乱。事先没有想好，连来信的人都没有设计好，就急匆匆地朝河边跑来了。就像曾经有一年，他拼命地飞奔着到了学校，刚在座位上坐下，却发现忘了拿书。

你，常收到信么？

她静静地站在河对面，望着他。她身后的树丛前有好几条小路，她就经常从其中的一条小路上来。

是的，常有信来，不过我从来不回。

为什么不回呢？

顾不上啊！觉得不回也行。

那怎么能行，凡是给你来信的也都希望你回呢。

是吗，这我倒没想到。

你从来不在意别人对你怎么样么？

在意，也在意。

在意怎么不回信？

那以后要好好地回了。

忽然起了雾。先是在河面上飘荡，一股一股的，渐渐地又轻纱一样地展开了，像是在晾晒，又像是在想遮掩住什么。两个人互相都看不见对方的脸了，只能看到一个蓝色的身影。站在河的这边，他忽然唱起一首歌，里面提到什么栅栏山、蓝色的雾，好像还有一条什么小路、一双眼睛。唱完了，雾还在，还在河面上堆积着。

听见她在雾的那一边大声地问，这是谁教你的？

他也大声地说，栅栏山，是栅栏山教我唱的。

栅栏山？

用手一摸，脸上竟然湿漉漉的。他顺手把口袋里的那封信掏出来，揉成一团，然后趁着漫天的大雾，扔到了河里。他看见它几乎一下也没有停留，连挣扎或者跳跃一下也没有，静静地躺在水上，随着水流就走远了。

喂，你走了么？我看不见你了。

问过后，好半天没有动静，他在这边急得又蹦又跳，却始终无法看到河的对面。雾像山一样横在中间，不管他如何又蹦又跳，该看不见的还是看不见。事实上，雾早已不止是像山一样了，早已漫山遍野，只是他没有注意到而已。他只看见了河面上的这场雾，是因为它们遮挡住了河的对面。

又过了一会儿以后，雾里忽然传来她的声音，像是一种笑声。

他放心了。

从秋天里出发，再走一个月，就能看见那个白皑皑的世界了，那里的通道又宽又长，空荡荡，静悄悄，窗户是墨绿的，门外和山墙上有苔藓，屋顶是灰黄色的，屋顶上的鸽子有灰有白。狐狸穿着黄皮袄，对小羊说，每次来敲门，都没有人在家。小羊说，我们吃饭去了。狐狸说，不在家里吃？

喂，你多大了？

什么，你说什么？你再说一遍！

没什么。

他吓了一跳。下雨前，小羊回到山岗前的谷草垛里睡觉，听见狐狸在远处唱歌，这一回它没有小声哼哼，而用的是尖细的假嗓子，至于唱的是些什么，小羊完全没有听懂，也不明白。小羊钻进去，把门掩好，躺下的时候，听见狐狸还在远处傻瓜一样地唱着。

这个傻瓜。小羊想。

一轮月亮升起来，山岗前静悄悄的。花喜鹊抱着它的孩子，坐在树上，树枝搭起的窗户把银色的月光分割成无数个小格。

以后不准再问那种问题，记住了么？

记住了。

撤销你放马的职务，你服气么？

服气，没说的。

真的服气么？是心里服气还是只是嘴上服气？

都服气。

让你去挑粪呢？

也服气。革命工作没有高低贵贱之分。

赶牛车呢？

服气，没有不服气的。

这个季节，白天里很少有风。许多日子以后，当他独自站在银幕后的岩石上，遥望阵雨后盛满积水和落叶的牛蹄窝的时候，他记起了很久以前的那些明亮或有雾的傍晚，他才知道那风原本是来自天边外的一带赤红色的土岗前的。就在这条河边，他第一次知道痛苦是可以释放的，也可以收集，关键是看你如何去做，用什么样的方法去做。流淌不息的河水确能帮你带走一些东西，同时也能够另外回馈你一些你事先不曾预料不曾想象过的东西。你从河边离开，转身往回走，那时的你，已经与当初朝河边来时的那个你有所不同，前后两个身影也已再难以重叠，不再能够严丝合缝分毫不差地重叠成同一个人。那时候，你可以说这条河帮助你成长了，帮助你懂得了一些人世间的事，甚至不知不觉地把你改变了很多。即使河面上有雾，堆满了山一样的雾，那也无非是希望你能把你的眼睛擦得更亮一些，增加你对这个世界分辨和过滤的能力，以后不至于一出来一个光彩夺目的人就像大多数人一样忍不住叫好，一出来一件众人都不喜欢的事就跟着一起骂娘、反对。

燕子在我们的屋檐下筑巢了，你们的屋檐下也有么?

没有。

为什么呢?

不知道，也许是嫌我们那里太吵了。

说不定更怕你们把它们吃掉了呢。

说不定真是这个原因。

哈哈。

有一年，他曾坐在一个靠近几棵山榆树的菜园子里，满园子的菜，以及许许多多的花草，大都生得艰难，却也顽强。正是青黄不接的五六月时节，天上的云朵却生长得健壮丰饶，像是独饮了足够多的甘露，给人的感觉是如果掐一把上去，定能流出鲜活的嫩汁。那时光，便是无涯的潮湿、无边的丰饶，悠悠地踩上一脚，感觉头发根子都在冒烟、冒油，岚气丛生，就像流光溢彩的太阳的光芒。她们常常无力抵挡那流光溢彩的诱惑，就在她们咬着牙狠心逃离诱惑，背转身往回走的时候，天黑了，树林子里一字排开了号啕般的呜咽、齐刷刷的昏暗。石头们咣咣当当地逃出母牛哀怨眩晕的长廊。道路不见了，许多修长苍白的手指从野冢中纷纷伸出。又向前走了一会儿，他看见了野樱桃，颤巍巍的小山丘般起伏不休的野樱桃的坟。牙缝里、头发里、表层下的泥沙中，一字排开了人世间的苦痛，齐刷刷的哀怨和悲伤。

大后天公社开批判会，你搭我的牛车一起去么？

我去。

那就说好了，到时我在河这边等你。

知道批什么人么？

不知道。

分手的时候，天已经黑了。隔着河告别，河水早已变成黑蓝色，看上去比白天的时候深邃了许多，流得似乎也相应地慢了不少，汩汩地低声流着，有的地方打着漩涡。月亮已经出来了，刚露头不久，很小的一个圆片子。

牛车走在一条土路上，牛蹄印盖公章一般重重地盖下一个个圆圆的印痕。沿路上稀稀拉拉地走着去开会的当地的人们。

这条路，我不知走过多少回了。

他一会儿坐在车辕前，一会儿又跳下来，跟着车走着，手里的那根鞭子却一下也没有用过，一任那老牛慢腾腾地往前走着。

她坐在车上，背着她的黄挎包。

不久前他们从山梁上下来的时候，看见好多人蚂蚁一样在路上爬行，等到后来他们也来到这条路上以后，才发现并没有人在爬行，都在走着，有的还把头抬得很高。

我们那个村里，有一个叫张同福的人，一早就往公社去了，自己拿着纸糊的高帽子，今天要批斗的人里面，就有他。

自己去？没有人押解么？

不需要押解，早就养成习惯了。

这倒也自觉，省事。

不押解他，他难道还能跑了么？没有人跑。

就像去劳动一样，只不过是换了一个劳动的地方。

从村里换到了公社，铁锹镐头换成了纸帽子。

每个人十几分钟，一上午就完了。

说起来比刨地和挑粪要轻松得多呢。

路上的人渐渐地多了起来，牛车有时不得不停住。太阳下，一切都给人一种很陈旧的感觉，一切都在慢腾腾地运行着，或者静止着。山，虽然从来都没有明显地动过，还和几十年前一模一样，可谁都知道它正在一点一点地老去，每时每刻都在老着，上面的褶皱和灰尘也越来越多。水也是，每天都在一滴一滴地减少着，逃跑着。

去年回家没有？

没有。

那今年呢？

今年也不回去。

为什么呢？

我没有家，这广阔的天地就是我的家。

对不起。

对不起什么呢，我？没有什么对不起。你呢？

现在还不知道呢。

你们女的，请假应该容易一些。

那也不能每年都请假。

他点点头，在牛的后胯上拍了一下。这中间还包括一个名额的问题呢，并不是谁想请就能请下来的。走着走着，前面并没有人挡住去路，老牛却忽然自作主张地停了下来。赶了几个月的车，他一下就明白它要干什么了。果然，尾巴往上一抬，哗哗地尿了出来，一阵热气顿时从地上蒸腾起来。他回过头，看见她的脸转到一边，不禁笑了。要是让她也赶上几个月牛车，她就不会这样了。

知识青年到农村去，接受贫下中农再教育，很有必要。

你说什么？

我是说，如果你们队里分配你去赶牛车，你会赶么？

怕是赶不了。有女的赶车么？

女的赶车，想想也确实不好看。

春天的时候，我们那个队长曾经找过我，想让我去学校代课。

这适合你，怎么没去？

冬天可能就要去了。

去公社的路走了一多半，快到那个像两扇大门一样的深谷里时，她却忽然让他停车，说她要下去。他叫住老牛，牛车停了下来。

怎么了？

我不想去了。

为什么？

不为什么，就是不想去了。

就快到了。

你去吧，我在这里等你。

可热闹呢，人山人海，就像演出一样，去看看吧。

我真的不想去了。

你，是想起了什么，还是害怕什么？

什么也不是。你去吧，我就在这里等你。

要一上午呢。

不就是两三个小时么，我能行。你看见那边的那些野花了么，那么多，多好看！我去采野花。

顺着她手指的方向，他真的看见一片开着野花的原野。

伴随着一阵令人牙根酸痒的吱吱啦啦的摩擦般的电波声，高音喇叭突然剧烈地响了起来，是从公社的那个方向传来的。

这以后，他独自赶着牛车，朝那个像是两扇大门一样的深谷里走去。走一会儿，又回头看看她，看见她站在路边，也正在向他招手。鞭子在阳光里画出一条浅黑而缓慢的曲线，很快就连人带车都看不见了。

他消失的那条路，两边都是高高的黄土崖，中间夹着一条高低不平的路，忽然高上去了，忽然又低下去了，前面的人好像已经到了梁上，后面与他相隔十几米远的人则仿佛还在山脚下爬行。又或者，后面的人终于到了高处，却看见前面的人早已到了坡下，已经走到村口几户人家的窗户下面去了，几只鸡被遽然出现的人惊得到处乱走乱飞，咯咯地叫着。那时候，公社的一段白色的围墙也显露了出来。

若干年后，当他一边掩埋一位同伴的遗体，一边突然又想起了那道像是两扇大门一样的深谷，虽然两边的高高的黄土崖还在，但中间的那条忽高忽低的路已经平整了不少，人走在那条路上，互相都能看见对方的身影，而不再是有的在高处，有的还在低洼处爬行。其间的光线尽管依然还不能和外面比，却也比原先亮堂了很多。

两边的黄土崖像是镀了金。

快中午的时候，他和他的牛车从那两扇大门里摇摇晃晃地出来了，在两边的高高的黄土崖的映衬下，摇摇晃晃的牛车显得是那么的小，那么的软弱和涣散，似乎一阵风就能把它吹得七零八落，不见踪影。牛车显得小，人就显得更小，像一道细细的黑影，慢慢地晃动在高大的黄土崖下面，从远处看，几乎看不出是在行走。

牛车终于吱吱扭扭地过来了，他从车上跳下来。

看见她坐在距离路边不远处的一道土坎上，身边放着一束野花。

每次一看见她，他都会想起山上的一种黄色的花，只是从未对她说起过。有时就快要说了，却又往往总是会被别的一些事情打断或者隔开，这一打断或隔开，往往又总是岔到别的方面去了，所以就总也没有说起过。

非常担心，担心你会遇上坏人。

哪有坏人？我们这样的社会，怎么会有坏人，怎么会有那种人。

她拿起身边的那束野花，让他看。他探过去，深深地吸了一口气，顿时，脸前、鼻子里，充满了山野的清香。

真香。

会开完了？

还没有完，我先出来了。

她伸手摸了摸老牛的脸，老牛却没有理她。

它一定也饿了。

听见她这样说，他跑到路边的地里拔了一些草回来，放到地上，老牛果然低头吃了起来。随着老牛的咀嚼，阵阵浓郁的青草的气味又在他们的身边弥漫起来，老牛的两个嘴角流溢出绿莹莹的汁液。

我在采野花的时候听见喊口号的声音了。

有一个人把嗓子都喊破了，头晕得差一点从台上栽下来。

为什么要使那么大劲？

激动得厉害么。你们那个同学也上台发了言呢。

谁？

好像叫张慧敏还是叫张慧梅。

张慧敏。她又不认识他们。

这和认识不认识没关系，她是代表咱们这些人发言的，很是慷慨激昂。

她是要当标兵了。

已经是标兵了。公社的这个会完了以后，她还要去县里发言。

我们回去吧。

好。

正好老牛也吃完了草，他们就开始往回返。他们跟着牛车走着，车上拉着两个耧和一台扇车，是前些时候送到公社农机站修理的，他这次赶着牛车除了参加公社的五千人大会，还有一个任务就是把这几件在公社农机站修理的农具给队里拉回去。队长曾交代他说，宁可不开会，也不要忘了把那几个东西拉回来。去了公社，先不要去会场，要先直奔农机站，把东西拿上了，要是还有时间，就去听一会儿会。

太阳亮晃晃地照着，有年老的人坐在斑驳的树阴里，一动不动地坐着，看不出眼睛是睁着的还是闭着的。

牛车在弯弯曲曲的路上走着。

沿途的村子里冒起了黄白两种颜色的炊烟，烟雾中有女人模糊的身影和奔跑的小孩。一些房顶上晾晒着准备过冬的干菜。

经常会想起小时候的事么？

有时候会。

我近来经常会梦见。

梦见什么?

梦见自己很小，七八岁的样子，去姥姥家，却要穿过一座阴城，要是不穿过那片地方，就永远去不了。

阴城?

就是那个世界的一个城。

那城里都有什么?

蓝幽幽的街道、房屋、店铺，就连风筝也都是蓝色的呢。白门、黑门，比地上的门灵巧多了，无论开门还是关门，都没有一点点声音。

街上也走着人?

当然。有一次，还看见刘主任在街上抽烟。

哪个刘主任? 红鼻子的那个?

就是他。

听你这么说，他不会是要死了吧?

你看他像要死的样子么?

你怎么会梦见那样的事情?

又不像是梦见的，更像是从前真的从那里走过。

说得很瘆人呢。

那就不说了。你看，多好的天气。

断断续续的几场雪下过之后，冬天已过去了一大半。

在他的印象里，冬天一直都是一个紧绷绷的世界，无论人还是天气，更不用说人的神情和行动，无论碰到哪里，都是硬邦邦的，生冷，坚硬。镐头刨在地上，刨在岩石般的粪堆上，就像刨在冰上，一刨一个白印，只能溅起一些细碎的渣子。你去找一个人，让他明天回来的时候，顺便把你的铁锹也一起捎回来，他的神情也像那冰冻的土地一样半天缓不过神来，脸像生锈的铁片，眼神像冻硬了的石头。

暴风雪来了。

连续好几天，他都没有顾上到河边去。有一天很晚了，他抽空跑过去看了看，不是他们约定的时间，河边当然没有人。

漆黑的夜，风怪声怪气地刮着。他打着手电筒，从冰面上滑到河对面，对面也当然没有她。手电筒的光线四处摇晃着，闪来闪去，还有一点哆嗦。他在她平时常站着的那个地方使劲地照来照去，每次来到这条河边她都站在那里。

这么漆黑的冬夜，怎么能要求她还站在那里？他在心里对自己说。

他在她平时常站着的那个地方站了一会儿，听见身后的树丛唰唰地响着，像是有无数的人正在其中穿行、出没。透过树丛，能看到后面她所在的那个村庄，也早已漆黑一片了，与这寒冷的冬夜融为一色。

他灭掉手电，脚下哧溜哧溜地打着滑，又从河的对面滑了回来。

有一天，收工稍微比平时早了一些，不过也不能算是很早，因为暮色也已经降临了。他连脸也没顾得上洗，收工的哨声一响过之后，就赶忙跑到河边来了。远远地就看见河对面站着一个人，果然就是她。

她问他为什么好几天没有来。

他说，因为有命令，要与暴风雪作战，要赶在暴风雪到来之前把粪挑到地里。

就不能等暴风雪过了以后再挑么?

能是能，其实等暴风雪过了以后再挑也不误事，可这一回就是要与暴风雪搏斗呢，就是要看看到底是暴风雪厉害还是人厉害。

像是在和谁赌气呢。

郭连长说了，这不是赌气，这是在体现一种精神，一种大无畏的革命精神。事实证明，人是能够也可以战胜天战胜大自然的，暴风雪再硬也没有人的骨头硬。

她没有再说什么。冰面上卷起一阵白色的风。

我听见你们放学的钟声了。他说。

她穿着棉袄，围着一条枣红色的围巾。

他们在冰封的河边走着。她说她每天放学以后都会过来看看，在河边走一走，看见对面还没有人，就又回去了。在暴风雪最猛烈的那几天，村里的孩子们仍然每天都拎着煤油灯来上学，房子轰隆隆地响着，窗户也在啪啪地响个不停，没有消停的时候。破烂的窗户纸翅膀一样在风中扇动着，很像是一些鸽子被捆住了脚，想飞又飞不走的样子。

他停下来，站在她的对面，告诉了她一件事。

那个刘主任死了。

哪个刘主任?红鼻子的那个?

对，就是他。

你梦见过的那个?

他点点头。在那个蓝幽幽的城里，他曾看见他披着大衣，在蓝色的街上抽着烟。

你还说他身体好呢。

他的死和身体好坏没关系，是中了炉子里的煤气。

在暴风雪最猛烈的那几天，炉子里的火白天黑夜都燃烧着。有一天夜里，风雪堵住了煤烟的出路，烟又重新憋回到屋里。早上有人叫他吃饭，发现人已僵硬。

我是十几天前梦见他的。

听他这样说，她忽然吓得紧紧地抓住了他的一条胳膊。

除了她，他的那个梦对谁也没有说过，因此也只有他们两个人知道。他嘱咐她不要说出去，更不要告诉任何人。

要是说出去，人们一定会认为是我害死了他。

更说不定还会让他带路去寻找那个蓝幽幽的城，寻找那条蓝色的街道。

就算是找到那条街，他还会披着大衣在那里抽烟么?

真的有那么一个城，那么一条街么?

她看着他，看见他的眼睛里像是有一片遥远的水。又有风从河面上吹过来了，她紧了紧围巾。

我们一辈子都要在这里了么?

不知道。很有可能。

雪地上闪烁着蓝色的光。

在暴风雪最猛烈的那几天里，小羊回到山岗前的谷草垛里睡觉，听见狐狸正在远处唱歌。这一回它仍然没有小声哼哼，仍然用的是尖细的假嗓子。至于唱的是些什么，小羊没有听懂，也不明白。小羊钻进去，把门掩好，躺下的时候，听见狐狸还在远处傻瓜一样地唱着。

那个傻瓜。小羊想。

原载于《青海湖》一九八七年第七期

父亲，把咱们的雨伞拿出来给他用用

一

昨天下午，金针从镇上到城里来了，我听到了祖宾患病的消息……祖宾是我的大哥，多年来一直在外面，去年秋天的时候突然回来了，我们都不知道发生了什么事。有关他回乡的原因，祖宾自己从来没有说过一句。有些人对自己的经历茫然无知，但我想祖宾不至于那样。一身七成新的西装，两只装满书籍的箱子，那就是他的全部财产。他是孤身一人回来的。很多年前我们就听说他已经结婚了，娶了一位娇滴滴的妻子，很任性，很漂亮，只是我们从未见过那位嫂子。我们的父亲说，她要是不漂亮她能任性吗，她有什么理由那么任性？我们承认父亲的话有一定的普遍性，可又觉得他的话里有一种蛮不讲理的意味。

……时光流逝，祖宾的形象在我们的记忆中已经模糊不清了，远不及一张发黄的旧照片，这个时候他却突然回来了……生活常常使我们感到措手不及、应接不暇。一件事情，在你毫无知觉的情况下已经发生了，已经结束了，事情过后，你像一只呆鸟。

我至今记得去年秋天的那个泥泞而晦暗的下午，我们的最小的弟弟小四浑身湿漉漉地从外面跑回来告诉我们说：

“不好了，来了一个生人，打着白伞，提着两只箱子……”

那个人就是我们的大哥祖宾。他在回到自己阔别多年的家里时，他的表情是极为平静的，仿佛刚从外面散步回来。往事、陌生、激情、泪水、沧桑、思乡、追昔抚今、心潮起伏、悲喜交加……所有的漂泊归来的游子们所具有的那份丰富的表情，那种小零碎，他都没有。

我上去接过他手里的箱子，箱子很重。我们之间几乎什么话都没说，只是相互看了一眼。正像小四所说的那样，他很像一个生人，贸然而来。小四从出生至今，从来没有见过他，我只见过他一两次，那已是很多年前了。我们之间尽管谈不上什么亲切的手足之情，可乍一见到他，我的心里还是不可遏制地涌起一种热情……我隐约知道他在外面的工作相当体面，待遇优厚，受人尊敬，先在学院里，后进入一个机构。我知道的也仅仅就只是这些。

外面下着很大的雨，院子里水汪汪的，积水又出不去了。祖宾把他带回来的一把月白色的雨伞收拢后放到桌子上，伞上的水珠溅到我的脸上，我哆嗦了一下，他毫无察觉。

父亲在经过短暂的惊愕之后，很快便恢复了常态。他首先看到了祖宾带回来的那两只箱子，他似乎已经知道那里面是书籍，只是，他以为里面不全是书。现在，看到自己的多年不见的儿子远道归来，他在高兴之余感到儿子多少有些费事，好不容易休假回来两天，却千里迢迢，负重而行……他暗自思忖，老大这次带回来的两箱书，也许是专门带给弟弟们的，走的时候就不再带走了吧，怪沉的，像长途贩运似的……他只是随随便便地这么想。儿子的突然归来使他这个做父亲的获得了惊喜，却又略感不安，似乎什么地方有些异样。是的，某些地方确有异样，那种东西，不可名状，看似无有，却又影影绰绰，窸窣有声。他在地上走来走去，仿佛忘记了自己要干什么。

“刚下船，是吗？”父亲忽然停住了，对祖宾说道，“正好遇上这百年不遇的大雨，你没回来之前，已经连阴了十几天了……”

他看着儿子的脸，不由得哑然，停住了自己那有些絮叨的话。他看到祖宾的头发和背后都湿漉漉的，他又朝桌上的那把漂亮的白伞瞥了一眼。

月白色的雨伞。

“有水吗？”

祖宾轻声问道。这是他回来后说的第一句话。

风尘仆仆的祖宾，声音喑哑，满脸倦意，在跨进家门后不久，忽然感到口渴了，想喝一碗水……于是，父亲急忙去灶房里烧水，小四也跟着父亲出去了，小四知道能在哪里找到一把干柴。他们一前一后走了出去。

我听见院子里传来了父亲和小四踩水的声音，前一个声音沉重、匆忙、仓皇若失；后一个声音是轻巧的，在行走的过程中溅起一片哗哗的水声。祖宾没有见过小四，小四长这么大也从未见过祖宾。小四这一年已经十二岁了，这就是说，作为我们的大哥，祖宾至少已经有十二年没有回来过了。兄弟四人，两头茫茫，最大的和最小的互不相识。小四看上去似乎很害怕祖宾。不久前，他在雨廊下悄悄问我，这个打着月白色雨伞的人是谁？得到的答复是多年在外的大哥回来了。他的脸上出现了疑问与惊讶。是的，小四习惯了二哥三哥，大哥这个称呼使他感到意外和陌生。他注视着我的脸，他说：

“我不信。”

屋里只剩下我和祖宾两个人了。我们听着漏水的声音。

“是五味吧？”祖宾看着我，笑了一下，“五味你长高了。”

我冲他一笑，他叫出了我儿时的乳名，我心里不禁一热。眼前这个多少有些冷漠的中年人，他还是我的大哥，虽然多年未见，我们仍然血肉相连、脉息相关。祖宾不是陌生人，陌生人谁能轻而易举、不假思索地叫出你儿时的乳名？我就是五味，在学校里，我叫王家陵；在家里，在这个风雨晦暗、光线不足的镇子上，我还叫五味。是的，大哥，我就是那个在兄弟们之间排行老三的五味。我们生活在两个不同的世界里，遥远隔膜，音讯不通。这么多年来，你还好吗？我们一如既往，我们都长大了。

“还在读书吗？”祖宾问我。

“在溆阳城里读高二。”我说。

……父亲把烧好的水端来了。青瓷碗，竹叶杯。小四手里握着一根长长的竹竿，正在院子里疏通水道。青蛙从水里跳起来，向门外游走，绿色的身影在我的视线里不断徘徊，重复出现。天气连阴不晴，墙上的霉斑已开始向上延伸，越来越多。白墙黑斑，苍苔连着拱梁。

祖宾喝过水以后，脸上的气色比刚进来那会儿好多了。这时，他环顾四周，忽然想起了久未见面的母亲。

“母亲怎么还不见回来？”祖宾说。他看看我，又朝院里望去，仿佛母亲刚从街上回来，正穿过院子向屋里走来。

我告诉祖宾，母亲已在三年前去世了。仿佛也是这样的一个阴晦霉湿的雨天，我从镇上的初级中学放学回家。临到家门附近的时候，我取下了头上的竹笠。正是晚炊的时候、我看到附近一带家家的屋顶上都在冒烟，唯有我们家的屋顶上一片平静，雨水沿着崎岖的黑瓦流得到处都是……接着，雨中传来了姐姐的哭声。

除了母亲，家里还少了一个越秀，已为人妇的越秀，是我和小四的姐姐，祖宾和祖冲的妹妹。第二年春天，越秀嫁到了河下游一个名叫竹罗的镇上。竹罗镇是一个风景秀丽、生活凄苦又挥霍的地方。镇上的竹器店鳞次栉比。竹罗镇盛产丝绸和紫砂，但丝绸和紫砂的价格昂贵得惊人。从这里到竹罗，坐船要走一天一夜。越秀和她的丈夫住在一条又深又湿又窄的巷子里。那年，我们第一次去他们家时，她的婆婆说，你们都从那个窄门里进来吧。

“三年前……”祖宾说，“我好像收到过一封载有死讯的电报。”他在回忆中看着我，“电报是你拍给我的吗？”

“家里从来没给你去过电报。”我对祖宾说，“我们都知道你在外面很忙。母亲的死，就没有告诉你。”

父亲在一旁点头，实情就是这样。

父亲正在对接两根短小的艾草，准备点燃后驱除晚间的寒潮之气。还没有正式点燃，我已经提前闻到白艾的香味了，如同进了山中。

祖宾陷入往事的回忆之中，回忆使他变得斑驳而失神，灰暗、茫然。过了一会儿，祖宾脱掉外衣，他的里面穿着一件旧的白衬衣。他很瘦，从他一进门那时候起，我就注意到了。母亲的丧事、妹妹的婚事，他都一无所知。

现在，疲倦的奔走和风雨的剥蚀都结束了。他渴望一张床，需要一段为时冗长而昏暗的睡眠时光。他满脸倦意。

窗含烟水，远山衔黛。雨中的房舍只是一些模糊的轮廓。

……不久以后，祖宾蜷缩在一张靠近窗前的床上睡着了，外面的风雨没有将他吵醒。父亲将一块黄色的粗线毯子盖在他身上，他的身体又蜷缩了一下。最初他躺在床上的时候，身体是笔挺而僵硬的，如一截潮湿的柏木。蜷缩成一团是后来才有的事。他在熟睡中感到了一种自下而上的阴冷。阴湿的天气注定要使所有的人受潮受惊，四肢沉重而不断蜷缩。

小四踮起脚尖来到床前，看了一眼熟睡中的祖宾，很快又踮起脚走开了。陌生使他害怕，使这个十二岁的孩子突然收敛起自己的一贯的本性，变得像大人一样心事重重，坐卧不宁。他搬了一只凳子，坐在门口，看着外面的雨水。银灰色的雨线织出一种极为繁复的声音和景象，从始至终笼罩在他的眼前。小四从来没有像现在这么安静过。

他不断地挪着凳子，越坐离雨越近。

祖宾从床上醒来的时候，天已经完全黑了，外面的雨还在下着，受潮的红色木床发出一阵吱吱扭扭的响声。

屋里亮起了灯。

祖宾从床上坐起来，几根青藤在冥晦的雨里飘扬着。

我将铜盆端过去，让他洗手。父亲把一只青花瓷坛的盖子揭开，伸进一只手去，从里面往外掏着茶叶，之后又合上盖子。

我们坐在灯影里，一盆疏松的黄水仙在靠墙的桌子上开着。

“我还能算这个家里的人吗？”祖宾忽然这样说道。

他慢慢地喝着茶，向外面眺望，他的脸上泛着一种水汽。下午以来的睡眠使他的眼神里增加了某些新的东西，他闻到了屋里的檀香味。一阵冷风吹动了门前的一道纸符和一串苦瓜条。

“怎么不算？当然算。”父亲说。

“我说算就算，”父亲接着说，“即使你成了一个外国人，也仍然还是这个家里的人，不管你的眼界多高，看得多远，你的根总是埋在这个镇上。这么多年你一直没回来，我们也从没有把你当外人看……你问问这几个小的，他们可是什么都知道。”

父亲把贮茶叶的青花瓷坛放好，又把滴着水的蓑衣挂到门后的一个钩子上。不久前他刚刚从外面回来。

小四把盐和姜送进灶房里。

天擦黑的那时候，父亲淋着雨从街上回来了，那时候祖宾还没有睡醒。父亲的手里拎着一束芦草，草上系着两条精湿的白鲢。另一只手上提着细细的两寸宽的一条腊肉。我接过他手里的东西，小心地放到桌上。父亲脱下蓑衣，回头看了一眼睡在床上的祖宾。祖宾睡得很死。

晚些时候，为了驱除潮湿的寒气，我们从外面起出了那坛三年前酿制的米酒。坛子深埋在一丛树藤的下面，潮湿的地气使它的表面冰凉如水，酒液则温良如初。那时候，门口的那盏灯尚未被风雨吹灭，光亮照着一堆盘根错节的紫藤，部分上漆的家具呈现在昏暗的微光里。

晚间的阴风穿堂而过

各家的灯都亮了。雨里的晚上，街上没有几个人。前街的低洼处在流水，后街的米店里飘来了隐约的胡琴声。

蒸好腊肉，又煎鱼。我们坐在灯下，开始为祖宾接风。

二

金针穿着皮鞋、裙子，说话的时候，手臂上的镯子叮当摇晃。

祖宾患病的消息就是她告诉我的。我们站在学校外面的那道阴湿年久的高墙下。她说，人哪有不得病的？她一定看到了呈现在我脸上的那种惶惶不安的神色。是的，我知道祖宾心事满腹，整天沉浸在悒郁之中，只是没想到他这么快就病倒了。

我们都想错了，包括我们那位自以为眼光很毒，自以为能够洞悉一切的父亲。祖宾不是回来休假，而是永远回来了。这倒正好验证了父亲说过的那句话。父亲说，祖宾，不管你飘得多远，你的根总是埋在那个风雨斑驳的镇上。是的，这次让他说中了。

现在，祖宾常在河边一坐就是很久，看着来往的船只，水面上的大雾有时会将他完全吞没。故土上的风物散发出无可奈何的陈旧与老迈，失去了从前的那种灵性和神秘。记忆衰败，梦想枯竭，陌生的水流过他的身边。

街对面一处歪斜的旧宅，一个脑门发亮、穿缎子马甲的老头从旁边的那扇小黄门里面悄悄地走出来，站在那里，望着我们。金针也看到那个人了。她飞快地向那边瞥了一下，抬起一只手，她的镯子立即向袖口后滑去。学校里有几个女人也穿着这种袖子很短的衣服，柔滑、轻飘，绣花的折边。她们姐妹三人，如今能走能跳的只剩下她一个人了。从前，我的姐姐越秀没有出嫁时候，她有时会到我们家里去。

“五味，那个老头还在看咱们呢。”金针说，“他是谁?”

有一种人，过着一种非常悠闲舒适的生活，从没见有人来找过他们什么麻烦，每天出来散步，扩胸，呼吸新鲜空气，仰望天空，隔岸观火，浏览河里的那些来来往往的船只……他们的生活很有点儿不劳而获的意思。除了手中没有权力，身边缺少侍从，他们和那些大人物似乎没有什么两样。美妙而复杂的社会分工，事实上，从来不会有人分给你什么，你所想的一切都需要你自己去争取。真不知道那是怎么回事。

在金针的话里，祖宾的病似乎很重，我能听得出来。不过我觉得更重的是她的话，是她那婉转起伏、忽高忽低的叙述。女人都喜欢夸张，喜欢放大和膨胀。盈满与鼓荡对她们来说似乎很重要。我们说话的时候，金针弯下腰，分开两条腿，想把不久前溅到她裙子上的几个泥点去掉。我朝对面的小黄门那边看了一下，半圆的门楣，下面的门虚掩着，那个老头正在那里向我们这边伸他的脖子呢，越伸越长。

我看看金针，她的腿闪着亮光。

“有人在看你。”我对弯着腰的金针说，“你往对面的小黄门那边看。”

金针放下裙摆，直起腰，脸涨得通红，她有些不解而又生气地看着那扇又矮又窄的小黄门……那个老头发现我们也正在看他，他的头忽然改变了方向，像葵花一样扭到那边去了，将一个肥厚的背影留给了我们。

金针不明白现在的人怎么会变得这样，事实上，那个老头不属于现在，他的一切都属于过去，属于从前的另一个时代。由此可见，人们从来就是一样的，一代人与另一代人并没有太多的改变和明显的区别。时光转来转去，人很可能还是那些人，事也很可能还是那些事，昔日顽童，今朝老头……

天气越来越热了。教室里浮动着一种水蒙蒙的、树木般的绿色。

刚从外面进来那会儿，薛隐只顾擦拭自己的眼镜，似乎还没有意识到这是一个天色阴沉的上午。直到打开书以后，她才发现教室里的光线有些晦暗、模糊，男女学生的脸似乎都浮现在水中。我们拿出的是一册黄颜色的历史，而她带来的却是一册绿色封面的地理，是她自己搞错了。我们没错，不可能全班五十个人都出了差错。她在上面停顿了一阵，我们一齐望着她。后来，她做了一个手势，示意我把窗户上的那张红纸揭下来……她叫了我的名字，她说，王家陵……

于是，我从座位上站起来。她指的那张红纸就蒙在我座位旁边的一扇窗户上，是上一个星期六诗歌朗诵的时候张贴上去的，当时是为了热烈，为了烘托一种气氛。红色仿佛是为了我们的激情……现在，为了明亮，必须得把它揭下来。几天前的热情与欢乐之色，今天成了传播晦暗、遮挡光线的障碍物。浪漫只是一种虚幻的瞬间，只能在我们的生活中作短暂的停留——哪能总浪漫呢，哪能天天浪漫呢。

浪漫只能代表浪漫，不能代替其他任何的意思。

于是，我取下那张纸，将它在手里拿了一会儿。红色的有光纸，发出几声清晰的脆响。透过窗户，我看到外面的石榴树下站着一个人，轻纱似的白雾一会儿将他裹住，一会儿又将他放开。

远处，山色阴晦，水气弥漫。

我回到座位上。我旁边的那个座位一直空着。那是一位名叫韩话梅的女生的，两天前，她的一位表姐来找她了，还替她请了假，不久，她们就非常神秘地走了，有一辆红色的汽车在学校外面的马路上等着她们呢。她们一离开学校，就立即钻了进去，汽车很快便开走了。同学们都说，韩话梅修行多年，如今恐怕要出道了。她的那位表姐是一个结过婚的女人，胸前有一对令我们惊骇不已的非常少见的大乳房。韩话梅随她走了以后，我们议论了很久。主要是议论那位表姐，不是议论韩话梅，韩话梅有什么好议论的。今天已是第三天了，但那个令人惊骇的情景仿佛还在我们的眼前晃动……

薛隐手里拿着书，在我们中间走来走去，眼镜后面的目光向这边的空位上扫了一下，很快又飘走了。她的脸，她的手，非常白皙。图书馆里有一位曾经做过修女的妇女，每次借书还书的时候，我们都认为她是全世界皮肤最白的女人。自从薛隐来了以后，我们很快就发现图书馆里的那位不够白了。是的，与薛隐相比，她很不白。薛隐比她更像修女。

我想起了学校东面池塘边的那些校舍，那是一连串带有天井和雨廊的院子，上下两层木楼。薛隐住在下面，一里一外两间房子就她一个人住。窗户里面绿云如帐，窗外栽着木兰和石楠。他们都说，一到晚上，那里幽香袭人。……那花开得很艳，看上去竟同假的一样，叶片和花瓣上任何时候都能看到水珠。

晚上，天井里没有灯光，只有住人的房里亮着灯。有时，楼下有光，楼上一片漆黑，夜色阴晦，着不见有人上楼，只听见楼梯上松动的木板吱嘎作响。风从荷塘那边吹过来，雨点落在青砖的地上……砖地发出一种水漂似的清音，如从前的那种可以敲击的瓦。

三

我从城里回到镇上，我去找那个女人。祖宾的病似乎与她有着密切的关系，祖宾从她那里回来后就立即病倒了。有些时候，一个人垮掉或躺倒，不完全是由于心碎。

沿着那些布满苔痕的石阶，一座粉墙的院子出现在我的眼前。黑瓦盖着白墙，瓦楞上的青草棵棵直立。墙里长着青藤，墙外长着幽篁，黑色的院门半掩着，开在墙的一边。

青草簇拥着苍白霉湿的山墙，一位读书的少女坐在墙外的一块白色的石头上，又黑又长的头发披泻下来。我看到她的白凉鞋了，瘦削，玲珑，一尘不染。我从她的旁边经过，向那个院里张望。我看到一个葡萄架、两扇绿纱窗。

“你找谁？”

她忽然抬起头问我。那本打开后的书摊在她的腿上。她的年龄大约与我相仿，十五六岁，十六七岁？纤弱、白皙，娴静如水……我看着她，突然转身沿着来时的路向下面跑去。长满青苔的石级，滑湿、陡峭，一级一级地消失在我的身后……她不是我要找的人，她也许像我一样，也是刚刚从学校里回来，或者……我沿着河边的松软的草地跑着，在经过茶叶收购站的时候，里面的那只又高又大的看门狗突然狂吠起来，漆黑的铁锁链哗哗作响。

……

第二次又去那里的时候，墙外已经没有那个穿白凉鞋的女孩了。在攀登那些滑湿的台阶时，我认定她那纤弱、文静的身影还在那里。白墙，白石头，紫藤，嵌在白墙上的乌木门框，一本打开的书，又黑又长的头发……上那些台阶时，我走得十分卖力，我想我很快又能见到她了。这一次一定要问清她的年龄，她肯定比我小一岁。放在她腿上的那本书也许是《呼兰河传》。一定是《呼兰河传》。

……站在那苍白霉湿的山墙外面，我看到一个很有姿色的女人正倚在那道乌木的木楣下面梳头。我忽然想起我是来干什么的了。于是，我朝她走过去。我站在她面前。

她拿着梳子的手停住了。

“小兄弟。”她说。

我的头向一边扭去，她的那只手落空了。柔滑、飘逸的丝绸像水一样在她的身上波动着、流荡着，芳香馥郁……我想起了病在床上的祖宾……眼前的这个女人，眼含秋水，如烟似雾，她站在那里笑着。

四

收麻的季节快到了。

池塘里不断地有黑影出现，不断地伸缩，蠕动，隐没……那是一些韧性很好的草绳，它们将在不久以后的一段时间内被打捞上来，一一地派上用场。阴湿是它们的本性，捆扎是它们的热情，它们就是那样用阴湿的热情去拥抱一切，使许多原本莫名其妙，毫无共同之处的东西连在一起，令人难以置信地抱成一团，亲密无间。

镇上的菜园子互相错落着，沿街的一些石板都翘起来了。

祖宾戴着眼罩，我挟着雨伞，我们坐在河边的大堤上。几行青柳垂挂在我们的身后。河里这会儿有一只船。

祖宾的病有些不可思议。先是下身，胸腔和腰，如今又添了一项眼疾。说是眼疾，事实上差不多完全失明了，已经什么都看不见了。

眼罩是一种标志和希望，使见过他的人都相信他还有恢复光明的可能，眼罩很好。

“油菜花已经开了，是吗?”祖宾问我。黑眼罩望着对岸。

“是的。”我说。有的地方已经开过了，金黄的油菜花是雨季里最温暖、最鲜亮的风物标志。你去有雾的江边或那些阴晦的村落里走走就会明白，没有比它们更热烈更明亮的东西了，遍地的热情簇拥着你，让你的梦想渐渐升起。

“我去过上面那个院子了。”

我一边对祖宾说，一边看着他。祖宾好像没什么反应，脸朝着河水的方向，抬起一只手，小心翼翼地抚摸那黑色的眼罩，也许他根本没听清我在说什么。他的那种动作使我感到迷惑不解，他似乎要将那蒙着他双眼的黑罩子扯下来。又好像在担心眼罩是否牢固，不断地轻轻按一下，手势完全是试探性的……我不知道他在干什么。

“河里现在有一只船。”我对他说道。我把我看到的都告诉他。

“是一只大船。”他说。

“对了。还有呢?”

“一只白色的大船。”

“又对了。还有呢?”

“船舱的前面刷着一层……苹果绿的颜色。绿的，对不对?”

“又对了。”我说。

事实上不对，那里的颜色是天蓝的，还夹杂着一些星光似的白点儿。不过，前面的那些他都说对了。有一段时间，我觉得他应该多少能看到一点什么，现在看来，他依靠的全是从前的一些经验，似曾相识的气息、声音。

“你觉得我现在胖了还是瘦了？”

“学生嘛，总是又黑又瘦的。”祖宾说道，他的脸仍然朝着河水的方向。他的下颌和两个脸颊看上去非常透明，闪着亮光，仿佛涂了油。透明和光亮使我感到吃惊而不安，那上面……似乎写着他所有的心事，所有的不眠之夜……

“你刚才说什么来？”祖宾忽然转过头，不祥的黑眼罩望着我。

刚才？“船。”我说，“那只白色的大船，从昨天下午到今天，一直停在那里，一动不动，看上去好像坏了。”

“不是船。”祖宾说，“我是说，在说那条船以前——”

“我去找过那个女人了。”

“什么女人？”

“住在紫藤院里的那个女人。”

“怎么了？出什么事？”

……昼里的水气化作潮湿的河风向大堤上吹来，我看见祖宾忽然打了一个冷战。黑眼罩。白手。黑瓦。白墙。

我扶着祖宾从浅绿的河堤上站起来，我想起了那些滑湿而陡峭的石级，顺着斜坡，拾级而上。上面有什么呢？

我们沿着河堤走了一段。就是这条河，初春的时候，镇上的一位富人被杀死后扔进了水里，尸体大约是黎明的时候扔进去的，到太阳出来的时候就已经从下面浮上来了，肥胖的尸体在闪着晨光的河面上漂来漂去。死者的银灰色的皮领子使最初望见他的那个人以为是一只正在泅渡的狐狸。

“行了，”祖宾对我说道，“你该回学校去了。”

石桥上没有人。

附近一带的几处房舍歪歪斜斜地映在水里。我们刚一出现在那窄窄的桥头上，一个女人的哭声就从河对面的那片小桑树林子里传了过来，我们停住了。祖宾抬起一只手慌乱地摸摸自己的眼罩。他的衣服很潮湿。

我告诉他，没事。

真的没什么事。河水、田畴、房舍、树林，一切看上去都非常平静，甚至充满了死寂的意味。我们如同行走在一幅备受冷落的画里，画面蒙着烟尘，滴着雨水，霉湿，卷曲，光线不足，晦暗无比，不断地有人和其他事物从那画面上湮灭、消逝……那个女人的哭声显得很平常，我们仿佛没有听见。在过去的那些如烟的岁月里，一个人——尤其是一个女人的哭声，很能真正代表、标志一些东西，倾诉、传达、飘移、泄露，街坊邻里被她的哭诉惊醒以后，纷纷披衣下床，闻讯而来……现在，没有什么人的哭声能够影响他人了，哪怕你从三更哭到黄昏，从五月哭到年底，哪怕你音色如琴。

五

半夜里，我听到有人叫我的名字，我从床上爬起来。外面下着冷雨，除了雨声，周围非常寂静。睁着眼睛坐了一会儿，疑心是一个梦，不久就又躺下了。刚闭上眼睛，又看到曙色大明，一片青光，说话声、笑声隐约传来，越来越近，最先露出的是一角石榴红裙……又坐起来时，天光仍然黑暗，外面还是方才那冗长的冷雨，缓慢而均匀地下着，永无止境。

摸着黑重新躺下，正要入睡，忽然又听到了那急切而压低了的声音，如在窗外，又像在雨里。刚要再起来，外间的木床发出了响声，里间我的床也扭动了几下。

“没你的事。”祖宾在外间说道，“是在叫我……”

听声音，祖宾仿佛又睡着了，却又像是披着衣服走到漆黑的雨里去了。雨里有什么呢？傍晚之前，只有鹅在雨里来回走动。鹅是一种呆头呆脑的东西，常把狭窄的天井认作故乡，将水中的倒影看成是终生的配偶。

……近来，我常在想一些幼稚而黑暗的问题。

并不是所有的眺望都注定要失败，白云千载空悠悠，也不是所有的触摸都注定要落空，当水中升起明月，当窗户现出花影——

暮春的一个晚上，我又看见了那轮金黄的明月，虽然那个时候雨雾中的灯光红得有些眩晕而夸张，可她还是在隔墙的丁香的映照下出现了。我先看见了她的脸，随后她的明亮盈满了我的视线。不久，我又看见了她的脸。

还有她其中的山，山形的树影。

我闻着那明亮的月色——从第一眼看见她的时候，我就注意到她的脸上不断地有光在出现，有时隐藏到云里，又有时被雨淋得多少有些苍白。她是带着那种东西从远处走来的，一来了，就把整座房子都装满了。那么多东西，都不知该往哪里放。多余出来的那些粼粼的折光将天井里阴湿沉重的青藤照得幽幽发亮。到了七月里的夜间，它们会出落得更绿更亮，那时候它们可以喜气洋洋了。

我被缩小到一把椅子上，原指望我会膨胀。十指肿胀，如从前的回忆。

我坐在她的无边无际的清辉里，我的手里有她的古老悠久的传说和最近的最新鲜的光晕。她轻轻地说，我静静地听。我想起了我的身世，祖宾的病，我身后的那一大家子人……她说，哪个是你的左手？我把左手伸给她。她说，哪个是你的右手？于是，我又把右手给了她。她说，你的眼睛和舌头呢？我把我的目光和舌头也给了她。

她说，还有一种东西至关重要，你一直没有拿出来，你为什么不拿出来？我摸遍全身，我什么也没有了。我把我的一只手放在衣服上的一个口袋里，许久没有勇气拿出来，羞于出手。我知道我的五个手指上闪烁着某种羞涩的微光，与她那洒满大地的清辉比起来何等的渺小和微不足道。我等待她嘲笑。

她又说，还有一种东西至关重要，你一直没有拿出来，你为什么不拿出来？于是，我把那只手从口袋里拿出来，我看到掌心通红、五指肿胀，先前的那种闪烁不定的弱光这时候已经不见了。我的银色月光下的手指。

我抓住她的飘动的清辉，如同按住了一张飘动的书页。经过无数次反复以后，她说，你可以回去了。乌云要来了，雨也要来了。

于是，我站起来，我的影子在天井里阴湿的墙上蠕动，天井的墙上传来阵阵霉味，周围的一切都又湿又滑。我回去的时候，它已经在那里了——人世间罕见的安慰之光。

天光云影，群星暗淡……我穿过寂静的旧街，紫藤在风中飘扬。

"王家陵……王家陵……"

"是五味吧?"雨中传来那个声音，"五味你长高了。"

我开始在雨里奔跑——我听到身后的丁香树在不断地滴水……

我看见祖宾一个人站在空寂的堤岸上，提着他的箱子，他的身上也正在滴水。

我说，父亲，把咱们的雨伞拿出来给他用用。

原载于《山西文学》一九九五年第十二期

中　暑

李狸在河边洗手的时候，忽然看见那个人浑身上下湿漉漉地出现在对面的浅滩上，李狸吃了一惊，怀疑自己认错了人。他用力揉了一下眼睛后，看得更清楚了，就是刚才的那个人。不久前，他骑着一辆自行车，从李狸身后的一条小路上摇摇晃晃地经过，周美瑶坐在他的车后，一路上花枝招展地笑个不停。那时，正值上午，那条赭红色的泥路在雨过天晴后的一段时间里，变得十分缠人，拖泥带水。路两旁的庄稼像一些柔软的树丛棵子。李狸的鞋不时地被胶质的红泥粘住，冒冒失失地赤脚踩到泥路上。一只山羊跟在他的身边，踩出一个又一个的梅花状的蹄印。李狸用绳子牵着山羊，穿过了耕地。李狸来到路上的时候，那个人骑着一辆自行车正好从他的面前经过，那个人面无表情，苍白着一张脸。李狸忽然看见周美瑶坐在那个人的车后，周美瑶穿着一身薄薄的衣服，头上插着一朵红色的假花。李狸觉得周美瑶很好看，于是，抬起一只手向她喊了一声，但周美瑶似乎根本没有听见，周美瑶只顾笑，有时还把一张脸贴在那个人的背后，两条腿晃来晃去。

李狸沮丧地放下了那只手。

那个人穿着一件白色的衣服，或者是一件灰白色的衣服，东边刺眼的阳光使李狸难以区辨那种模糊的颜色。李狸看到周美瑶的脸此刻仍然贴在那个人的背上时，李狸忽然流出了眼泪。山羊在拱他的腿，但他毫无察觉。那个人现在带着周美瑶正在朝东边的方向走去，迎着阳光。山上有一座旧庙，他们的去向正朝着那两扇红色的山门，他们的自行车在赭红色的泥路上左右摇晃，东倒西歪。

两边的庄稼投下阴影。

李狸把牵着山羊的绳子绕到手臂上，以防山羊突然逃走，之后，望着那辆泥痕斑驳的自行车。李狸的面前出现了一个假想的惨不忍睹的场面，李狸感到他们很快就要摔倒在路边的水沟里了，他不间歇地在心里默念着一串异常急促的数字，八四、八五、八六……李狸的面孔因激动不安而微微发红，预想中的画面正在层层展开，渐渐显露出其中的峥嵘与错误。李狸在考虑一种真正的结局。与此同时，他还考虑他们的身体倒下以后，他应该跑到他们的身边去看个仔细，还是继续留在这里进行一种远远的观望。对行将发生的事情的反复推敲取舍，使李狸感到疲倦而伤心。周美瑶的目光空洞而轻松。周美瑶是一个喜欢裸露自己的女人，许多人都曾不同程度地看见过她的某一处局部，把许多人所见到的局部黏合在一起，在李狸的心中形成了一个完整而一丝不挂的周美瑶。李狸听到自己的头正在嗡嗡作响，不久，周美瑶的幻影在李狸的视线里戛然而断，李狸被迫中断了心中默念着的那一串急促的数字。那辆自行车在泥路上行走的速度与结局远远地超出了李狸的期盼与想象，竟然一直没有摔倒，而是摇摇晃晃地越走越远了。

天上的云彩像一群群移动的羔羊，在它们之间的空隙处，露出了蓝色的天。

李狸仰着头望一会儿，感到眼前一片发黑。之后，他牵着羊，穿过那条赭红色的泥路向河边走去。

一扇黄色的窗户从上游地段漂下来。

那只未满半岁的山羊不敢下水，李狸在它的身后推了几次，山羊只是无奈地抵抗着，一直没有下到水里。它站在河边的草地上，把头伸出去喝水，并在水中看到了它的影子，四蹄上裹满了红泥，雪白的茸毛倒向一边。

河流下游的景色使李狸回想起一个似曾相识的空旷画面，水边的灌木模糊异常，灰绿两种颜色的距离忽隐忽现，天上的云彩倒映在水里，周围倒立着茂密的青草。明亮的水铺展在草木之间，望不到石头和土。远处有一座木桥。现在，那座桥上站着一个人，李狸不知道那个人是谁。他的身体伏在桥上，一动不动地俯看着下面的流水。河水有什么好看的呢，李狸想。说不定他把身上的什么东西掉到水里去了，也可能是在看他的那张浮在水面上的脸，潮湿而肿胀的脸，像鱼一样浸在水里。

山羊喝足了水，胡须上挂着一串明亮的水珠，正在撕扯地上的一蓬柔软的绿草。李狸看着面前的河流，水中突然出现了一些灰白的泡沫，但很快就漂走了。李狸朝河的上游望了一下，上游什么也没有，河道绕着一个又一个的弯子，上午的阳光使河流的上游看上去像一层镀金的水面。一匹马拖着一只笼头，一动不动地站在河边。李狸脱掉自己脚上的那双泥泞潮湿的鞋，浸到水里。鞋帮上的红泥一点一点地顺水流走了，河里出现了一缕一缕的细长的红水，像是条条血丝。初秋时节的河水一片温凉，李狸把鞋洗干净，晾在河边的草地上。山羊过来嗅了一下。

“想干什么?”

李狸对山羊说，山羊立即朝一边走开了。

李狸第二次眺望下游的那座木桥时，桥上已经没有人了，空荡荡的，那个人不知什么时候离去了，只有一根长长的青藤在迎风飘舞。短小而破旧的木桥，毫无生气地停留在李狸的视线里，狭窄的河流仿佛发源于李狸的目光之内，它在某种程度上清澈得像李狸的眼泪。

李狸在河边洗手的时候，一抬头，忽然看见那个人浑身湿漉漉地出现在对面的浅滩上，李狸吃了一惊。就是刚才骑自行车的那个人，他的样子像是刚从水里爬出来的。李狸不知道那个人把自行车藏到了哪里。在李狸看来，那辆粘满红泥的自行车至少有八九成新。另外，周美瑶也不见了，只剩下那人一个人了。这个家伙，丢下周美瑶和自行车不管，把自己弄得浑身上下湿漉漉的，他在干什么呢?他要去哪里?李狸迷惑不解地朝对面望着，那边没有脚印。与附近的一棵杨树相比，那个人的身体显得有些过于矮小。此刻他正在东张西望，明亮的河水从他的身后汩汩流过。

李狸感到河对面出现了一些毛病。这个想法刚一闪现，李狸忽然感到害怕起来，仿佛四周站满了密密麻麻的人，每个人都在不同的距离注视着他。山羊在他的背后发出阵阵嚓嚓的咀嚼声，它正在对付一丛青翠欲滴的嫩草。

现在，那个人突然离开浅滩，纵身钻进了河对面的一片灰绿色的矮树丛里。李狸目不转睛地盯着那人钻进去的那个地方，它的外表毛茸茸的，杂乱无比，像一个挂满蛛网与尘埃的洞口。那个人进去以后，四周一直没有什么动静，所有的枝桠都一如既往地无声地垂挂着，李狸预想中的那种沙沙作响的声音迟迟没有出现。现在，李狸感到自己的伸向对面的目光如同一条漫长而柔软的绳子，在风中凭空颤抖起来。——很久以后，一条黄色的凌绢状的东西突然从树丛中飘扬起来。紧接着，那个人的矮小的身体又一次出现了。李狸看得清清楚楚，那个人正在努力追逐那条飞起来的黄色凌绢，凌绢最后挂到了一棵树的枝桠上，那个人站在树下，跳了几次，都没能把树上的凌绢摘下来。悬殊的距离令人难以置信。李狸开心无比地观望着对面的情景，在他看来，挂在树上的不是一条会飞的黄色凌绢，而更像是某种鲜艳的水果，或一幅指示方向的路标，那个人如同一个年幼的孩子，眼巴巴地仰头站在树下。李狸把一只湿漉漉的鞋穿到脚上，但随即又脱了下来。残留在鞋里的水发出了某种声音。李狸现在很想知道周美瑶哪里去了，但对面的树丛中一直没有周美瑶的身体出现。

在李狸十二岁的记忆里，最为突出的是一个炎热的夏天，到处是卷曲的树叶和无精打采的草木，许多长毛的小动物都伏在河流的中上游地段打盹，红红的小眼睛里面流动着昏昏欲睡的单一念头。周美瑶在河边洗刷几件并不很脏的衣服，两条雪白的腿浸在水里。李狸站在河的另一端，周美瑶的一双赤脚在清澈的水里看上去又红又白，绯薄异常。一只黄牛的倒影出现在夏日的河里，周美瑶将一件衣服从水中拎起，黄牛消失不见了，剩下圆滑的卵石在她的脚下咯咯作响。一朵蘑菇状的云彩离开北部的山巅，罩在她的头顶上方，伞状的阴影促使她举起一只潮湿的手……

……搁置在记忆的另一端的是一个大雪纷飞的冬天，滴水成冰的山区，灰色的树枝像支离破碎的废旧金属一样，充斥着所有的视野。在如砖似瓦的天空下面，周美瑶穿着一件没有棉花的灰色短大衣，一条红色的围巾长长地垂下来。李狸看见稀稀落落的街坊邻居如同一截截灰色的树桩一样分布在周美瑶的身后。大多数人在冬天到来之前，提前穿上了厚重的棉衣，装置了棉花的衣服使他们的身体看上去又肥又笨，松懈而负重。周美瑶却在迈动两条修长灵巧的腿。站在街对面的一个人突然抱紧一根柱子，慢慢地出溜下去，最后瘫倒在地上，他的手上共有十几根木刺。那是一个西北风呼啸的日子，大部分的屋檐上栖落着排列有序的麻雀。从风中传来的一阵呜呜咽咽的唢呐声使正在行走中的周美瑶停下了脚步，面对那个方向，她从鲜红的围巾里面，微微地扬起了她的雪白的面孔。一部分年久失修的老房子在风中发出阵阵支支吾吾的怪声怪气，枯黄的落叶遍地旋舞……

现在，那个人失望地从树下走开。那条凌绢一样的东西仍然高高地挂在一根棕色的枝桠上面，飘飘欲飞，远远望去，如同一只躁动不安的黄色的翅膀。

那个人在李狸紧张而兴奋的视线里，重新走进树丛中。

李狸看不见他的身体了。

河流下游的木桥上，有一个失魂落魄的人正在奔跑。

远处的一片耕地里，晃动着一个穿黑衣服的老人，在几件井然有序的农具附近慢慢徘徊。耕地里矮小的绿色植物开着紫色和白色两种颜色的花瓣。老人站在地垄的一侧，呼吸着那些花瓣散发出来的气息。在那些空隙处，裸露出一片片灰黑色的土壤，有细细的胡须般的杂草。老人站在那里一动不动，像一个影子。

李狸的目光从老人漆黑的身上移开，继续注视着对面的那片树丛，他的脸前涌动着一种花粉的清香气息。他侧目望去，那位老人仍像不久前那样悄无声息地站在那里，几只黄绿色的蝴蝶在他的周围飞来飞去。

一个亮闪闪的东西突然从树丛中被扔出来，李狸的眼前跳了一下，是那个人扔出来的。李狸没看清那是什么，黑衣老人的存在分散了他的心思，李狸感到懊悔。那个亮闪闪的东西从对面的树丛中飞出来，掉进河里后很快便不见了。李狸不知道那是什么，一把刀子，一枚硬币，一张轻飘飘的锡箔纸？假如那是一个很重的东西，它会迅速落进水里，被泥沙紧紧吸住。假如那真的只是一张轻飘飘的毫无重量可言的锡箔纸，这会儿它早已顺水漂走了。李狸坐在河边想着，描着金线的河水从他的面前轻轻流过，上午的阳光使他的鼻尖上渗出了细小的汗粒。一只红色的瓢虫在不知不觉中，沿着李狸的赤脚和裤管，爬上了他的手臂。李狸看了一会儿，鼓起嘴，一口气将虫子吹得无影无踪了。雪白的山羊在李狸的眼前和身边跑来跑去，从某种意义上来说，它扰乱了李狸的视线。李狸站起身，将山羊脖子上的绳子系到后面的一截树桩上，山羊不再到处跑动了。李狸站在草地上，看到了隐现在树丛后面的村落的局部和几处白色的山墙。之后，一缕一缕的炊烟从那些地方慢慢地升到了空中。

天近正午，早先站在耕地里的那位穿黑衣服的老人不见了。

河对面的树丛里此刻毫无动静，但李狸知道那个人现在仍在那里隐藏着，他坐在树丛中吸烟，或者躺在潮湿的地上，两眼望着正午的天空。草木之间织满了整齐而透明的蛛网。李狸没有胆量涉水而过，去对面看个明白。他感到那个人平淡无奇的外表下隐藏着一副很凶的真实嘴脸。李狸知道那个人是周美瑶的对象，在军队里当兵，或者在一个很远的地方做事，他的样子似乎很有钱。几年前有一个比李狸大不了多少的女孩子，就在对面的那片矮矮的丛林里，被一个过路的行人活活地掐死了。小女孩以为那个过路人是她的舅舅，从老远的地方来看她，但那个人不是。小女孩直到走到那个人面前，才猛然发现那个人不是她的舅舅。她感到很怪。那个人看着她目光像蛇一样……那个潮湿的树丛里，经常出现白色的蛇和灰头灰脸的水老鼠。

现在，李狸在恍惚中看见那个名叫珍珠的小女孩独自站在对面的浅滩上，夏天的河水隔断了她回家的路途。一个一丝不挂的人像鱼一样从明亮的河水中冒出来，长期的浸泡使他的面孔和四肢看上去肿胀如鼓，泛出灰白的虚浮的颜色。出没在流水上面的蝉声遮掩了小女孩的哭声，空气中流淌着水一样的波纹。远远望去，小女孩如一只被罩在玻璃里的蝴蝶，粉红色的衣服飘飘欲飞。正午的阳光照在那双潮湿的鞋上，冒起了丝丝缕缕的热气，山羊在李狸的身后发出一阵软弱无力的叫声。

那个一丝不挂的人弄乱了平静的水面，水面上如同刮起了风，他的脑袋在水里像一只随波逐流的葫芦。小女孩渐渐向后一步步退缩着，河水洇湿了她的鞋子。陌生而空旷的故土，在这个炎热的夏天里，更加令人难以亲近。远处是一片又一片的房顶和霉湿而发红的旧日的草垛。那个人在水面上抬起一只胳膊，他的茂密而森严的腋毛在阳光下看上去像一片黑暗的森林。小女孩哭着，但没有眼泪。明亮清澈的河水，在她看来是一个充满鬼怪狐仙的阴森故事。房屋和树木在水中的倒影，被那个人轻而易举地全部摧毁，一一的都不复存在了。水下的泥沙泛涌上来，河水开始趋于混浊。

仿佛也是那样的一位穿黑衣服的老人，当时站在一片倾斜的绿豆地里，一动不动地望着那道缓缓向东流去的河水。小女孩的哭声看来并没有惊扰他平静的心情，他无动于衷，安详地想着自己的心事，回忆遥远的过去。上午的阳光为他的一身黑衣服镶上了迷人的金边，但他仿佛毫无察觉。由清至浊的河水的变化，并没有引起他的注意。老人像睡熟了一样，长久地站在那里。那时候，李狸以为他是一位双目失明的老人，或是一位耳聋的丧失了记忆的老人，红色的昆虫在他的脸前飞来飞去。

水中的那个人渐渐接近了岸边。小女孩在逃跑过程中遇到了一些不起眼的树桩。她坐在树桩前，放声大哭起来。

那个穿黑衣服的老人，这时突然转过脸来。在阳光的照耀下，李狸吃惊地看到了老人的麻脸和附在手臂上的重重斑点。

李狸离开那条风景如画的河流，大声哭着，向家里跑去。

那天晚上，李狸无比惊愕地看到了周美瑶的尸体，四周水渍斑驳。

一些人三五成群地站在周围。天边红色的晚霞刚刚消失，周美瑶躺在一张旧门板上，光着两条胳膊，周美瑶迷惑的面容和白皙的胳膊引来了众多无所事事的目光。几只狗在傍晚的闲散的人群中钻来钻去，这儿嗅嗅，那儿闻闻。袒露着上身的男人，睡眼蒙眬的女人，都出现在即将到来的夜色中。周美瑶上衣的所有纽扣已在太阳落山之前全部被人解开，她的胸前裹着一条质地柔软的丝绸一样的黑布，很多人不知道那是什么，很多人都以为是周美瑶的两只乳房出了什么毛病，她用那条柔软的黑丝做掩护。在众多迷惑不解的目光的注视之下，周美瑶的姐姐，一个身材松松垮垮的，生过七个孩子的女人，用力撕开了那条柔软的黑色丝带。周美瑶的两只光洁而饱满的乳房立即暴露在众目睽睽之下，洁白无瑕的乳房，并没有什么毛病。那条柔软的黑色丝带使在场的所有的人都感到异常费解。一个云鬓蓬松的女人在旁边说，要是没毛病，她裹那条黑布干什么用呢，我从来不用那种东西。

她的话也许不无道理。傍晚的微风吹过来，周美瑶敞开的衣服像一堆秋日的落叶一样，在地上旋舞。有人端着饭碗，一边吃饭，一边打量着周美瑶赤裸的身体。晚炊的气息随意渗漏，到处弥漫。暮归的牛羊聚集在河边，到处是呼儿唤女的声音和开门关门的声音。

李狸那天晚上异常兴奋，顾不上吃饭，四处乱窜。他几乎逢人便说："我知道是谁杀死了她，我知道。"但没有一个人注意到他。混乱中，李狸感到自己的腰部被一个人狠狠地踢了一脚。他蹲在地上，感到一阵痛楚。他的上面，有一个人的饭碗越来越倾斜，几滴菜汤流到了李狸的头上。

周美瑶的母亲，一个六十多岁的老太太，在经过几次昏迷之后，已被几个人抬回家里，现在，周美瑶的父亲正坐在那张陈旧的门板前，他伸出一双颤抖不止的手为周美瑶将敞开的衣服慢慢抻平，将所有的纽扣一粒一粒地扣好。女儿的袒露在众目之下的雪白的身体刺痛了他的眼睛，他的苍老的头颅毫无规律地摇晃着，但没有发出丝毫的声音。他的一双枯枝般的手放在冰凉的门板上，竭力想使自己平静下来，但门板却随着他的手一起抖动起来。

李狸走过去，对他说：

“六伯伯，我知道是谁杀死了美瑶姐姐。”

周美瑶的父亲仿佛睡着了一样，低垂的头一直没有抬起来。李狸蹲在他的身边，又一次对他重复说道：

“六伯伯，我知道是谁杀死了美瑶姐姐。”

周美瑶的大哥对李狸说：“走开，走开，这有什么好看的，一个小孩子。”说着，将李狸往人群外推去。

李狸抓紧他的衣袖，仰起一张充满期待的脸，对他说道：

“我知道是谁杀死了她。”

周美瑶的大哥不耐烦地说：

“走开吧你，你知道个啥。”

李狸沮丧地走到一边，被夹在人们的中间。前后左右，到处都是硬邦邦的腿和充满汗酸的身体，李狸忽然感到恶心起来，他想吐。他看到躺在门板上的周美瑶没穿鞋袜，两只绯薄的脚被水浸得又红又白。

眼前的情景生动地再现了李狸许久以前的那种炎热而难忘的记忆。无风的天气……明亮的河水……蝉在高处鸣叫不止。周美瑶坐在河边，顾盼流连地观望着自己水中的美丽倒影。她身边的几件并不很脏的衣服看上去只是一堆徒然的道具或毫无意义的掩体。夏天的背景，使他更加渴望传奇，一种女人的传奇。

那时候，李狸感到周美瑶像一个美丽的传说中的水鬼。

灰色的月光笼罩了山区的时候，李狸回到家里。在门前，几张去年的纸符使他突然呕吐起来。几只鸡向他奔来。

呕吐过后，李狸浑身滚烫，陷于一种昏昏沉沉的似睡非睡的状态之中。父亲出去请来了医生，院子里传来了他们的脚步声。他们正在边走边谈论一件什么事，医生的声音冰冷而没有人性，像是一个死人的声音。

李狸在暮色中听到了父亲的咳嗽声，他们关上了街门，穿过院子，向屋里走去。墙头上的一只罐子被沉重的关门声震落下去，在街上摔成了碎片。

李狸睁开眼睛，对父亲说：

“我知道是谁杀死了美瑶姐姐。”

父亲说：“你知道什么？我还不知道呢，你管得倒宽。”

医生打开药箱，取出一支粗大的针管。屋里昏暗的光线使他将针管贴近在脸前，充满狐疑地观察着某种遗留在针管里的东西。李狸的母亲像一个毕恭毕敬的小学生一样站在医生的一侧，李狸的高烧使她在一番慌乱之后，突然感到无所事事，空泛而不安。医生不断地对父亲和母亲发号施令，母亲终于找到了事做，一度僵直的身体这时变得迅速起来，轻捷起来。李狸的父亲则不时碰响一些东西，他怒气冲冲的，像喝醉了酒一样。

李狸对父亲说：“她的那个对象杀死了她。”

李狸的母亲不安地望了父亲一眼说：“几天前人家已经走了，是请假回来的，假期到了。要是杀了人，还敢回去？”

父亲说：“别听他胡说，快找棉花去。”

母亲出去找棉花去了。

父亲是在说李狸。

李狸闭上了眼睛。

李狸看到周美瑶坐在水边，笑着对李狸说：

“我是一个水鬼。”

李狸看到周美瑶柔情似水。李狸感到她真是一个美丽的传说中的水鬼。大凡水鬼，全都是美丽无比的，柔情似水，长长的黑发在水边飘扬。

医生走过来，对李狸说：

“起来，把裤子脱了。”

夜晚的山区里传来几声稀稀落落的哭声，窗外繁星满天。

医生打完针，伸手在李狸的头上摸了一下，然后对李狸的父亲说：

“他中暑了。”

在这个星光遍地的夏天的夜晚，李狸听见父亲和母亲在屋里来回走动，父亲正在翻找一件什么东西，一种物证或一个凭据？一连串生硬的动作伴随着他的不耐烦的声音，一只空洞的坛子被他滚出老远。李狸的母亲走过去，把滚到门口的坛子重新捡回来。他们弄破了一个袋子，有沙子一样的东西窸窸窣窣地流到地上。李狸猜想从那个窟窿里流出来的很有可能是新鲜带泥的粮食颗粒。父亲的头碰在门框上，母亲突然发出一声尖叫。李狸听到了麻纸的声音和某种含糊不清的数目，他们仿佛正在仔细清点菜籽，或者在数钱，难以确定的数目使他们忽然低声争执起来。父亲的声音消失了，他的身体靠在某一个地方发出一声长长的叹息。母亲开门出去倒水，在对那种数目的争执中，她显然胜了父亲，父亲愚蠢地说出了一个极其错误的数字，之后又立即幡然悔悟，但他千方百计要找的那种东西却始终没有结果。

接下去的一段时光里，有运草的马车萧萧辚辚地从外面驶过，潮湿而发红的草垛，擦着人家的屋檐徐徐而过，在夜色中渐渐隐去。一只狗越过河流，在很远的地方叫着，听上去异常苍凉而充满了距离和伸缩不定的回声。一度沉寂下来的那种稀稀落落的哭声，在经过一餐晚饭的补充之后，又一次在灰白色的月光下回响起来，哭声中少了几许缠绵，多了几分力量，此种显而易见的变化直接来源于不久前的那次晚饭。但强烈的睡意已开始到处弥漫。

有人正在街对面的一些房屋外面叩打门环，声音急促如水。

当一切的声音全部消逝以后，李狸轻轻地来到河边。

雪白的山羊小心翼翼地出没在他的身体四周。李狸一个人站在河边，河水如画。从寒冷的上游一带吹来了阵阵潮湿的风，李狸的衣袖在风中像古代神仙的一样缓缓地飘拂着，沿河一带柔软的青草迎风起舞。

在李狸清澈的视线里，天上的阳光使对面的那片矮矮的树丛看上去透明而疏朗。周围一片寂静，那些树上都落满了鸟。

有一个人此时出现在河流下游的那座狭窄而短暂的木桥上，那人把上身伏在桥栏上，俯看着下面的流水。

流水有什么好看的呢？李狸想。

在李狸的注视之下，那个人突然离开桥身，落水而死。

李狸在沿河一带的青草地上奔跑起来，他无比惊愕地发现自己的年幼的目光像一种致命的来自古代的毒药或武器。

原载于《上海文学》一九九三年第十一期

大雪·栅栏

大　雪

写作一部具有无限意义的小说，需要世上的一切东西都能够在时间上面或浓或淡地浮现出来，标明各自的位置和状态。时间静止不动地无限往返或伸缩，许多的正面和侧面都会留下令人难忘的风姿和印象，这是避免残缺和苍白的一种有效的途径。

去年冬天在山区里，一辆马车坏在一片庄稼地的旁边，车轮陷进一条沟里。灰褐色的田野上面，冬季狭窄的天空向南边一带低低地倾斜着，起伏着。

尽头是一片红色的沙子。

在我最寂寞的时候，我记忆中的那场大雪涌现在天上。

暮色苍茫时分的最后一个印象，是爹一个人蹲在河边洗刷一个废弃的车轮。

那些南来的穿着黑大褂的乌鸦成群结队地哇哇地叫着，从冬日的河面上和爹的头顶上面飞过，在枯草般的暮色里渐渐地远去，身后的空白无限地绵延着。

爹那时候一点儿也不知道豆豆的眼睛闯了祸，他只顾一心一意地对付那个黑锈的车轮，还把一根紫红色的弯弯曲曲的胶皮里带一次次地按进水里，然后再捞出来，那中间，他不断地用手搓，不断地举起来看，上面总有许多洗不净也去不掉的东西。

有人在河的上游地段洗刷一大堆支离破碎的猪下水，河水时而黑蓝，忽然又猩红，一种冬天的气息飘荡在寂静的河面上，摇摇晃晃地往前走着，又来来回回地往返着。

走又不走，退也不退，这是要做甚哩？爹一边洗着，一边想道。

爹那时无意中停顿了一下，他闻到了一种多年以前的雨水的气味，恍惚中看见了一种昔日的山区风光，大雪纷飞的傍晚和赤日炎炎的午后，人的叫声忽明忽暗地闪现在其中。太阳烤熟了山梁上的土，又把山区的禽类和畜类染得斑驳迷离，像一些等待备用的供品。干草和柳条筐子有的堆积在公路两边，有的堆积在远离公路的地方，成为小动物们的藏身之处。

冬日黄昏的墙下空无一人。

有类似于人命般的东西从河的上游地段漂下来了，爹把手伸进水里，捞到了一截颜色灰白的肠子，眼前的情形使他顿时忘记了那只黑锈的车轮。在他仔细翻看那一小截肠子的时候，他听到身后的村里传来了一阵女人的哭声，中间似乎还夹杂着有东西被摔碎的声音。

他的手在寒风中抖动了一下。

从肠子上分离出来的颜色灰白的水滴滴答答地越过他的指缝，融进了黄昏之中。

猩红的河水在暮色中缓缓地向南流去。

女老师桂贞站在讲台上，用手里的粉笔在黑板上画出了三大平原和四条著名的河流。然后她开始讲解，告诉大家说，最上面的那一片风声呜咽，麦浪滚滚，漫山遍野的大豆和高粱，还有森林和煤矿。而右下方的那一片则人口密集，阡陌纵横，那即是熙熙攘攘的长江中下游平原，到处都是水网河汊，有一些瓷器城和竹器城生长在其间。

豆豆想，平原都是白的和粉红色的么？正这么想，有人忽然问了出来，原来还有人像他一样想，豆豆回头看见是坐在他后面的赵小四。

赵小四问，平原都是白的粉红色的么？

桂贞老师对大家说，应该是绿的黑的。又专门对赵小四说，先把你那两股鼻涕擦干净再说。但是赵小四没有擦，而是用力吸溜了一下，两股鼻涕就很快不见了，又重新回去了。

班长站起来维持局面，主要是对赵小四说，不是没有绿粉笔和黑粉笔么。

但是赵小四却像一块茅坑里的石头一样，继续说，有蓝粉笔就应该也有绿的。

班长说，你见过绿粉笔么？拿出来让我们看看。又转身对大家说，你们谁见过绿粉笔？谁见过黑粉笔？

豆豆想，确实从来都没有见过，尤其是黑粉笔，估计也没有，有也没用，没法在黑板上表现出来。

班长对赵小四说，学习扯球淡，还就喜欢挑别人个毛病，和你爹一模一样。

赵小四一着急，先前那两股消失了的鼻涕忽然又出来了。

豆豆在桂贞老师说话的过程中，一直都目不转睛地盯着桂贞老师的左手，豆豆在那只又白又瘦的手上好像看到了一种血迹，那种血迹好像还恍恍惚惚地出现在桂贞老师的袖口上，虽然桂贞老师的袖口上一直被一层稀薄的粉笔灰盖着，但那种时有时无的暗红色却一直都顽强地出现在豆豆的眼里。

桂贞老师穿着一身看上去显然很新的衣裳，虽然她的手里没有绿粉笔，但是她的上衣领子里面却很显眼地露出一角苹果绿的衬衫的领子。她的柔软修长的手臂轻轻地挥动着，一种深深的脂粉的香气弥漫在教室里，弥漫在每一个人的脸前，大家看见她的一只手在那些白色的和粉红色的平原上踽踽独行，有时忽然停住，像是在风声鹤唳的原野上迷了路。

后来她的一个手指又停留在一条蓝色的河流上，他们看见了河两岸的树木和芦苇，还有几只发黑的船。

前面凳子折断了，有人忽然坐到了地上。豆豆看见邻桌的细眉毛的美玲正在用一支小蜡笔将右下方的那一片人口密集的地方涂成绿色。

时间进入深秋以后，学校后面的那片树便被人砍光了，如今只剩下一片十分冷清的空地，只剩下了一个又一个高低不齐的树桩，树桩的断面还泛着一种原始的黄白色，清苦而纯净。一圈一圈的年轮如乡村上空袅袅的炊烟，树桩与树桩之间是丛生的荒草和灰白的瓦片。

那时候，学校里的一些老师们经常在一起喝酒，夜里喝，有时中午也喝，喝一元钱一斤的散白酒，偶尔会吃一听五香鱼罐头。有时候在没有酒的夜晚里，几个单身的老师也会猜拳行令，猜空拳，放一碗冷水在桌子上，谁输了就大大地喝一口，必须要咽到肚子里去才算数。每逢有人喝醉了，别的没醉的或微醉的老师便搀扶着他去学校后面的那片空地上去吐。竖起招兵旗，自有吃粮人。经常有村子里的一些狗在那些黄白的树桩之间跑来跑去。老师们吐的时候，那些狗们便乖乖地静静地守在旁边，目不转睛地看着他们吐，也不叫，也不咬。老师们刚一吐完，一只或者几只狗便一拥而上，不一会儿就把那片空地打扫得干干净净，就像此前什么都没有发生过一样。这时候，便会有一两只贪吃的狗也在树林子里一同醉倒了，就在树桩之间就地卧倒，直到酒醒之后才离去。有时候，一个醉酒的老师和一只醉酒的狗能在那里相伴一夜，厮守到天亮。

以前，在房后的那些树木还没有被砍伐以前，学校里的一些老师们常在那浅浅的稀疏的林中散步或者独坐。校长常端着一杯水坐在某一个树桩上抽烟，写总结。桂贞老师也有时候会在那浅浅的林中出现，看远处的苍茫的山和倾斜的天空，手里时常握着一块白手帕或者花手帕，头发是辫子，各用一根绿带子扎着。

豆豆告诉爹说，桂贞老师宿舍的门背后经常贴着一些纸条子。桂贞老师一没事的时候，就闭了门，一个人悄悄地趴在桌子上写那些字条，写完了就贴在门背后。那些字条上的字长短不一，多少不等，有的两三行，有的只有寥寥几个字，有的则是密密麻麻的一大片，还有的则只画一些画儿，并不写字。桂贞老师写那些字条的时候，字迹变得十分难认，就像医院里医生给病人开处方时所写的那种字，一点儿不像平日里上课时写在黑板上的字那样美丽、动人。豆豆虽然经常去桂贞老师的宿舍里送作业本，也常能看见那些字，但就是一个字也不认识。至于那些七拐八弯的奇形怪状的画儿，就更不认识了。豆豆不知道那上面都写了些什么，又画了些什么，写给谁看的，谁又能看懂。

不过他想，一定有人能看懂。

有一次，爹到学校里找桂贞老师给豆豆请假，让豆豆和他一起到镇上去卖猪。一开始桂贞老师并不同意，还说一个小孩子能干什么。爹说，也顶用呢，就缺那么一个帮手呢。猪要是不小心跑了，旁边有一个人和没一个人会大不一样呢。有一个人在那里站着，不管大小，对猪来说就是一堵墙。爹请完假临出门的时候也看见了门后面的那些纸条，并记住了其中的一张。那上面没有字，画着一个红色的符号，是用红墨水画成的。那个红色的符号既圆又缺，像是天上的半个月亮。要光说形状，还像是一张嘴，也像是河里的一块卵石。不过，爹却觉得无论如何也不大可能是一块卵石，一个女老师，画那么一块不起眼的石头干什么呢。爹是一个不识字的人，他只能看看那些符号或者画，他不看那些字，因为看也是白看，他觉得那些字一个比一个麻烦、难看，就像面对着一群从来都没见过的生人一样。

爹那天出来后对豆豆说，他好像看出一些名堂了。爹说，唉，这回我算是看清楚了。豆豆问看出了什么名堂，爹却不说。爹说，小孩子们，能吃饱穿暖就行了，操那些心干什么，那不是你们这个年龄的人应该知道的。爹越这样说，豆豆就觉得越是好奇，越是想问，可不管他怎么问，爹就是不说。爹只是说识字的人和不识字的人大不一样呢。豆豆就问，那到底是识字好还是不识字好？爹说，应该是各有各的好和不好。识字的人细吧，细到让你不知道他是一个怎样的人，更不会知道他在想什么。不识字的女人粗吧，不懂好多道理，可好处就是从来不会闹那些让人看不懂的弯弯绕绕的东西，一就是一，二就是二，直来直去。

豆豆说，爹。

爹说，嗯。

豆豆说，你说说，桂贞老师为啥要在门背后贴那些东西？又为啥不往别处贴，非要贴到门后？

爹听了，就说不知道。

爹说，不知道哇，不知道人家心里是咋想的。

又说，要是你妈那么干，我就大概能确定她已经疯啦。

豆豆说，桂贞老师没疯？

爹说，人家是识字的人呀，识字的人那么做就不奇怪了。这话问的，当然没疯，疯了还能给你们教书吗？

时光晃晃悠悠地一天一天地都流过去了，那中间穿插着许多无声无息的事情，一些人死了，一些人病了好久以后忽然又能重新下地走路了，尽管脸上还依旧挂着昔日的那种病容，可已经算是一个从鬼门关上脱险回来的人了，谁见了都会问候一声。一些先前曾经还很是热闹过的房子忽然间挂上了锁子，里面再没有人住了。没人住的房子比有人住的房子败落颓废得更快，风化得也更厉害，不长的时间里，院子里就长满了一人高的荒草和半人高的野花。乌鸦来了，喜鹊也来了，野猫嗖嗖地在乱草里走来走去。

后来的一些日子里，豆豆总是梦见树木，经常有一些曲曲弯弯的老树散布在他的梦里。那些老树的枝干坚硬、苍劲，都没有叶子，像是一些老得没牙的人。当然也有年轻的，直挺挺地生长着，却大都模糊、虚晃，更有的远得没边。

太阳灰灰的，懒懒地照耀着几十家低矮破旧的房屋。泥草的屋顶，长满黑色绿色苔藓的土墙和石头墙，屋顶上铺白灰的是极少数人家。但是屋顶上冒起来的烟却是差不多一样的，有的像往高处去的一股一股的水，还有的闪烁飘忽，刚一离开屋顶就散了。

豆豆和爹看着天空，爹的肩膀贴着一堵土墙。

豆豆说，爹。

爹说，嗯。

豆豆告诉爹说，智明老师今天又喝醉了，先是趴在一个树桩上吐，吐完了就开始哭，他们去看的时候，智明老师还在呜呜地哭。校长把去看智明老师的人都骂走了。校长的脸有些绿，很像是象棋里绿棋子的那种颜色。校长对他们说，滚，都给我滚回去，都滚得远远的。

爹对豆豆说，上完五年级以后就别再上了，后山有一个姓金的木匠，和爹很熟，年轻时曾经有过一段交情。你去跟着他学手艺去吧。有了这门手艺，一辈子吃穿就不用愁了，无论遇上多不好的年景，别人能活下去，你这样的人就一定也能活下去。

然而豆豆却说他不想去学木匠，他说他还要念书。

爹听了，叹了一口气。

爹说，豆豆你这孩子真是不懂事，这全是为你好呢。就算是念完一百本书以后又有啥用呢，一点点用也没有，就和念完一本一样。

豆豆说，那哪能一样，就不一样。

爹说，金木匠还欠着他们三十斤麦子呢，他已经决定不要了。

豆豆说，我不想学木匠，推刨子不如念书好。

爹说，你听谁说的？

豆豆说，老师。

爹听了，就又叹了一口气。

爹说，这些人，自己完了，还要把别人教坏，让别人也跟着他一块完了。一辈子活得像他们一样？

豆豆说，你这说的肯定不对，要是对，自古以来也就不会有学校和老师了。

爹说，都像吴智明那样人不人鬼不鬼的？

豆豆说，他那是特殊情况。你看除了他那样，谁还和他一样？

爹像是忽然被噎住了，好半天再没有说什么。

豆豆说他想娘，爹更显得没办法，都已经死了好几年了，去哪给他再变出一个来。

爹说，不是还有爹么。

豆豆说，爹。

那天夜里，豆豆梦见自己冒着蒙蒙细雨，穿过一片稀疏的树林，其中有一些，比他高不了多少。那些树，不知为什么，有的像一支支蜡烛一样，光秃秃的，上面一片叶子也没有。后来，就有鸟飞来了。

鸟飞进那片彩色的树林子里以后，豆豆的身上忽然落满了无数白色的鸟粪。那以后，他就开始在那片彩色的树林子里奔跑，身后的鸟发出阵阵咻咻的声音。远远地看见有一架孤零零的周围没有人的水车，他认出那是二小队的水车，便朝着水车的方向奔跑，终于跑出了那片彩色的树林子。

回头再看身后的那些鸟，一只也没有了。

豆豆从那场梦里逃出来哭醒的时候，正是半夜时分，爹还没有睡。

一根银白色的艾叶编成的辫子一样的艾条，正在无声无息地燃烧着，冒着青烟。

爹听见豆豆的哭声，就知道他睡觉又做噩梦了。

豆豆说，爹。

爹说，不怕。

爹看见豆豆的脸上滚动着一些亮晶晶的东西，就问豆豆又梦见啥了。豆豆就告诉爹说，梦见身上落了好多白色的鸟粪。

爹举着那根辫子一样的艾条想了一会儿。

爹说，像是个好梦，也应该是个好梦。为什么呢，人们常说黄金如粪土，要是梦见真的金子反倒不太好了。梦是反的，越梦见那些脏的、坏的、丑的就越好，越吉祥，越值钱。说到后来，还举了两个例子，其中有一个人掉到了猪圈里，身上滚得已没有人样，似已再无颜在世上混，谁见了谁嫌弃。不料，不到一年，忽然就发达了，谁见了都笑得像花一样。

听见爹这样说，豆豆就不再哭了。

爹瓮声瓮气地对豆豆说，睡吧，天还早呢。

豆豆永远地记住了那些白色的鸟粪，按照爹说的，那也许是他们的丰年或者是运气。以后，他再也不会躲着那些东西走了。

豆豆学着爹的样子，也把头趴在枕头上，眼睛望着爹的枯瘦的脊梁和清晰的肋骨。豆豆数了一下，爹好像有七根肋骨。

爹说，睡觉不能想事情，啥东西都不能想，越想就会越睡不着，一旦睡着了以后就要做梦。而到了梦里以后，一切也就全不由自己控制了。

外面没有月亮，天黑得无边无际。有一段时间，豆豆觉得他们像是掉进了一个漆黑无边的万丈深渊里。

那根白色的辫子一样的艾条已经燃去一半了，时间明显地把它剪短了，雪白的烟还在冒着，睡得黑暗清冷的屋子里多了一种温情和依托。

西山上的麻黄都被人们割完了，山间露出了一些红红的石头。有的石头上依稀画着一些形状模糊的鱼和农具，树叶和奔跑着的人，还有太阳和不认识的植物。

一些从远处来又要到远处去的人，背着包袱或者口袋，常从西山下走过。也有的赶着骡子或驴，丁零零的铃铛声只能在附近一带听得见，再远一些就不行了。他们单调地噗噗地走着，常在暗红的落日下歇息，又在天不亮连路都看不清的时候上路，谁也不知道他们从哪里来，又要到哪里去。

山间的路一条比一条白，一条比一条瘦，一条比一条长。

豆豆看见智明老师的一个孩子穿着一身白布的孝服，两条小辫上扎着两根白布条，一蹦一跳地在房后踢毽子的时候，就知道智明老师已经死了。

多少年来，智明老师一直都在课余时间，每天傍晚和黎明的时候，背着一个比他本人还要大的筐子去山区北部的煤窑上偷炭。那么多年都平安无事地过来了，但就是在最近一次却被看场守夜的人给抓住了。那是一个寒风怒号的冬日的黎明时分，天地间的颜色又黑又蓝，树木和房屋都灰沉沉的。智明老师被两个守夜的人抓到一个小房子里狠狠地打了一顿，连那个筐子也被没收了。智明老师那天是爬了一路后才回到家里的，他翻穿着一件又破又旧的蓝色的绒衣，那时候，大部分的人们还都在睡觉。从那以后，智明老师就病了，卧床不起，病了一个多月后就死了，留下一个常年有病的黄脸的女人和三四个孩子，以及几百块钱的外债。几个孩子中，最大的才十来岁，最小的三四岁。

一个复员军人接替智明老师当了代教，坐在智明老师生前常坐着的那张椅子上慢慢地熟悉各种事情，备课、刻蜡版、批改作业。

冬至前的一天，一片稀稀落落的哭声无可奈何地出现在山区阴沉沉的天底下，白色的六角形的纸钱在风里飘来飘去，最后与别的一些东西一起都随风飘走了。豆豆他们总觉得，那些白花花的六角形的纸钱很像是智明老师的魂魄呢，在整个山区里，几乎没有他不熟悉的地方和路，越偏僻没人的地方他越熟悉。

四个本家的兄弟抬着一口薄薄的杨木棺材，将智明老师送到西北方向那个灰蒙蒙的山梁上，埋在了一片冰冷的黄土里。棺材本来应该由他的几个孩子们来抬，但是他们都太小，四个孩子加在一起也抬不起来，所以只能由兄弟们抬着。

孩子们也不是完全没有用处，那个最大的孩子就能派上用场了，他扛着一根高高的引魂幡吃力地往山上走着。其实，引魂幡也不应该由他来扛着，而应该是智明老师的孙子，可是，智明老师哪有孙子，最大的孩子才十来岁。

总之，那是一个最简陋和最马虎的出殡仪式，一切都不合乎惯常的习俗和规定，好在也并没有人在意，就那么马马虎虎地过去了。

豆豆那天站在河边，一直目送着智明老师被抬到那个灰蒙蒙的山梁上。

后来，渐渐地就看不见了，山梁上丛生的荒草遮挡住了他的视线，也遮挡住了许多不为人知的东西。

一只雪白的山羊在那些寒冷的绵延起伏的山地之间轻轻地跑着。

冬天的一场纷纷扬扬的大雪涌现在天上的时候，有人梦见了一望无际的麦子，醒来后才发现整个山区全白了。

雪过天晴之后，桂贞老师出嫁了。

那是一个阳光橙黄的又有白雪映衬的上午，到处都站着看热闹的人们。豆豆看见桂贞老师修长的身上穿着一身红艳艳的衣裳，好像是绸缎的，上面还一朵一朵的花。据说桂贞老师嫁给了一个很有钱的工人，从婆家来的四辆娶亲的马车上装满了各种各样的东西，箱子、被褥、镜子和家具。马车的铃铛声丁零丁零地响着，铃铛上也挂满了彩色的绸缎。

有人说，两个人有那么多被子，一辈子也盖不完。

还有人说，活人就要活成那样，那才叫活着。

先前的那个人说，听你这么说，咱们这都不叫活着，那咱们这算啥？

谁知道算啥。

看热闹的人们都戴着棉帽子，围着头巾，身上穿着黑袄红袄，高矮不齐的人群都抄着手，站在雪地里，像一种树林的形状或效果。冬日的空气中弥漫着爆竹的火药味和烟雾，飞散的红色碎屑，纷纷向人群中和雪地上落去。

披红挂绿的马车叮叮当当地走过山岗，走过沿途的河流和村庄。

桂贞老师像一片红色的云彩。

有人把花花绿绿的糖撒向人群，有的糖被人们伸手接住，有的掉到了雪地上，小孩子们纷纷去捡。豆豆没有接住，也没有捡到，但是豆豆忽然觉得手里有了糖。糖好像是桂贞老师亲自给他的，他正在人群里看着云彩一样的桂贞老师，却不料桂贞老师也看见他了。

桂贞老师说，豆豆。

豆豆听了，吓得藏在人群里不敢再出来。爹越往前拉他，豆豆就越往后退，藏得比先前更深了。爹的黑棉袄不断地摩擦着他的脸和鼻子，豆豆听见爹的肚子里饥寒交迫、水深火热，像是有什么东西发了芽，生了根。

爹说，就你这没出息的样子，将来咋去混世界？我真发愁。

豆豆后来想，事实上桂贞老师并没有看见他，也没有给他糖，她那时候看见的可能只是一个整体而又散乱的人群。

娶亲的马车走了，过去了，渐渐地看不见了，消失在茫茫的雪原上。雪地上的人群还在，还在嘈杂。

雪地上留下了一条条带着花纹的车轱辘的印辙，像是一些剪下来的辫子。

桂贞老师一个多月以后才回来，依旧每天上课，穿着一身鲜艳漂亮的衣服，围着一条长长的围巾，有时候是红的，有时候是白的。

豆豆有一次去她的房子里交作业的时候，看见桂贞老师以前常贴在门背后的那些纸条如今都不在了，没有了，一张也看不见了。那门背后如今钉了一个彩色的塑料钩子，上面挂着桂贞老师的大衣和围巾，还有一把红色的伞。

豆豆梦游似的恍恍惚惚地从里面走出来以后，还回想着以前的那些简洁的或密集的字，还有那些各种各样的没有文字的符号和图案。有两只鸡在校园里溜达，这儿刨刨，那儿翻翻，有时候像是忽然发现了什么，摇摇晃晃地朝一个地方跑去。

那场雪很久还没有化完。

旧的还没去，新的就又来了。

那些天，趁着下雪，经常有人在空寂而平坦的打谷场上捕鸟。村子里的雪都被人和车压成了冰和泥，打谷场上的雪却依然一片洁白。打谷场上很少有人的痕迹，也没有牲畜和车的痕迹，所以很干净，只有一片圆圆的天空安详地浮在上面。

豆豆也喜欢捕鸟，他把一些谷糠和旧米撒到雪地上后，又用一根系着绳子的小木棍把一个棕色的草筛子支了起来，罩在那些谷糠和旧米的上面。那根绳子长长的、细细的，他让它一直通到一个远离筛子的地方。别的孩子们也在那样做，有的不是用绳子，而用马尾，那就更高级。手里握着绳子或者马尾的一头，趴在远处的雪地上，眼睛盯着雪地和雪地上的筛子，盯着远处的天空和近处的动静，一动不动地等待着鸟的消息。

冬天的太阳忽阴忽晴，有时候白得倒像是夜晚里的月亮。

田野里、山岗上，很少能望见人影了，到处都铺着白雪，到处都空寂而清冽，西山上皑皑的白雪像无数的面粉一样长久地堆积在那里，没有人去动一下。很多的日子过去了，那些地方还是原来的样子，那像是一个空寂得没有人烟的世界，那里只有一些传说。

当天上出现了第一行黑色的徐徐滑动着的符号时，那就是鸟来了。

那棕色的筛子半开半合，静静地像一架破旧的风车一样侧立在雪地里，一天一天地等待着鸟的消息。

栅　栏

葵花熟了。

葵花对天存说，把我收回去吧，我能吃了，吃我吧。

见天存愣着，就又说，不吃卖了也行。

仿佛漫山遍野都悬挂起了一张张热情洋溢的脸，日日夜夜在寂寥的天空下慢慢地转着，看着，看着农业的年轮和庄稼的舞姿。

成精了。天存想。

都说女大不中留，看来什么大了也不中留。

天存这样想着，就又抬起头愣愣地看着它们。他的这一小块自留地，说长不长，说宽也不宽，说不上是一种什么形状，几垄葵花就长在这上面。

这会儿，他忽然站起来，没有用镰刀，就用手，三拧两拧，掰下了一个葵花头，感觉却像是活生生地拧下了一个人的头。

这以后，他就坐在地头边一粒一粒地吃着葵花子。事情确实就像它们自己说的那样，都已经成熟了，里面很饱满，确已到了该收获的时候了。

嘴里吃着，眼睛却看着别处，有些心不在焉的样子。临近的田七虎家的葵花早已收割回去了，也都是光拧走了头，地里这会儿只剩下了一片没有了头脸的孤苦直立的葵花杆，那情景就像是一群光不郎当的人一样站在一片地里，各人冥想着各人的心事，互不理睬，谁也不和谁搭腔，人人都满腹心事，大家全都徒手而立。

天存望着望着便一个人笑了。天存觉得自己可能有些毛病，每逢看见一些东西或者人以后，就会忍不住想笑。

一辆满载着庄稼的牛车吱吱呀呀地从地头边走过，天存看见一个人裤带松开，仰面朝天地躺在高高的庄稼垛上睡着，甚至好像还打着呼噜。天上低垂的云彩仿佛就在他胸脯上面缭绕、游荡，牛慢腾腾地走着，比上面的有些云彩还要慢。

天存的身边放着一个黑色的瓦罐，里面盛着半罐子清水，天存渴了的时候就端起罐子喝一点儿。现在，水中清晰地映出了蓝色的天空和附近的一些山脉，当然还有他自己的一张粗糙如五谷或土地的脸。

太阳很亮，很热，四周虽然也有一点风，却还是觉得身上很热，后来又觉得有些痒。他把上身的一件衣服脱下来，先是胡乱地堆在一起，后来想了想，又拿起来，平铺在腿上。

捉几个坏分子吧。他想。

这以后，他就把衣服翻开，开始一个一个地捉虱子。

说实在的，身上痒多半是它们造成的。

那时候他只顾着一心一意地把精力都用在衣服的缝隙里，那时候他一点儿也没有想到他在不知不觉中调戏了一个叫田换兰的女人，更没有想到那个叫田换兰的女人还会亲自找上门来。

他挑着一前一后的两筐葵花头回到家里以后，女人不在，家里冷冷清清的，像是一个长期没人烟的家。那个贼婆娘既没有做饭，也没有生火，又不知道野到哪去了，满院子的柴草和鸡毛。他骂了女人一句以后，就感到肚子里有些不对劲。他屋里屋外地转了几圈后，从一个麻袋里掏出了一个胡萝卜，在裤子上蹭了几下，擦去了萝卜表面上的泥土以后，就开始咔嚓咔嚓地一阵大嚼，就像一匹马一样。

确切地说，像马在吃草。

临从地里回来的时候，他曾经看见街上来了一个卖棉花的小个子男人。这里不种棉花，棉花是从南边的地方贩来的。他看见一群女人围着那个卖棉花的小个子男人吵得乱哄哄的，他那时就觉得他的女人十有八九也在那里围着。这些女人们，平时没事的时候还就喜欢扎堆，扎到一起却又谁也不说实话，都在那里互相装，把自己埋得深深的，议论别人才是她们的拿手好戏。这会儿，好不容易出现了一个生人，很快就围成了一个好几层的圈子。

天存坐在屋檐下，在他撩起衣襟准备擦第二个萝卜的时候，他听见自己的门外传来一片乱纷纷的声音，那时候他还什么都不知道，更不知道他自己什么时候调戏了邻居田七虎的女人。用他后来的话说就是梦也没梦到过。

直到田七虎的女人田换兰气势汹汹地走进院子里以后，他才听说自己对这个婆娘有意思，想对她动手动脚，占她的便宜。

所以，天存当时就愣了，愣了好一会儿，然后就开始笑。

他边笑边觉得人真是有意思，想起啥就是啥，怎么会凭空又跑出这么一个事？

那女人站在他家的院子里，一边说话，一边用力地跺着脚，身体往高处直跳，嘴里的白沫子溢到了两个嘴角的外面。

天存，你出来。

他听见她这样说他，便忍不住又想笑。他想我本来就没有进去，一直都在外面蹲着吃萝卜，怎么在她眼里竟是另一番光景，更像是躲着不敢出来？再说，她也分明看见他正在院子里的屋檐下坐着，却还是一个劲地跳着、叫着，让他出来。

于是，他不得已咳嗽了一声，又把一条腿往前伸了一下，以表示自己的存在，表示他哪儿也没去，就在她的面前坐着呢。

她说，你还笑？

分明是看见他了，不然咋能说出这种话？他想，我怎么就不能笑，这是在我自己的家里，不要说笑，想哭都行。

他把一个萝卜放到衣襟下，用手拧着衣襟擦了几下后就拿出来了。萝卜被擦得金黄灿烂，他拿在眼前看着，又看了那个女人一眼。

她说，你还笑？

他说，你的意思是不要笑？

她说，你不要脸。

他说，你才不要脸。

她说，你给我说清楚，我咋就不要脸了？

他说，我不知道你咋不要脸，你骂我，我才骂你的。

她说，我就是要骂你。

他说，你凭啥骂我？

她说，因为你不要脸。

他说，你才不要脸呢。

萝卜拿在他的手里，完全忘了吃。这会儿他在想，他在什么地方招惹了这个女人？想了半天，却什么也没有想起来。

她又骂他不要脸。

他说，谁不要脸？

她说，你。

他说，你说了不算。

她说，就算。

他咬了一口萝卜，慢慢地嚼着，又看着眼前的这个女人。

你说我对你有意思？你说的？

是我说的。

好，那我告诉你，我对你没意思。

你想不认账？

账在哪？你拿出来我看看。

院子里有一棵树，那女人就站在树荫里，树荫把她的身上和脸上弄得花一片黑一片。作为这个院子的主人的天存却一直都坐在屋檐下，这会儿太阳晒得他头上直冒汗，他不得不取了一只草帽在脸前扇着风。

街门口和墙头上已经围了一些人在看，那女人跳得更欢了。那些人都是她的叫声引来的，她要是不那么又跳又叫的，没有人会注意到的，从门外走过去也就走过去了，根本不会想到里面会有事。现在，他们停下来围观，这个叫田换兰的女人却不认为他们是在围观，看热闹，而是在做她的后盾，是来帮助她撑腰出气的。

你是一个最没意思的女人，我咋会对你有意思。天存说。

呸。那女人站在树荫下朝天存啐了一口。

天存吃着萝卜，眼睛看着这个女人，想了好半天了，却一点点也没有想起来自己在哪里冒犯了这个田换兰，像是一阵风，突然就来了，像是一把火，突然就着了。田换兰说他不认账，可是他不知道她要让他认什么账。

前天，我在前面走，谁在背后偷看我，不是你？

前天？前天他在干什么？他想不起来了，应该是在地里。除了地里，还能去哪儿？可是他却不记得曾经看见过这个叫田换兰的女人，又怎么可能会从背后偷看她？

你回去照照镜子，你真的就以为自己那么好看么？

好看不好看也轮不着你看。

好，那我告诉你，我没有看过你，更不用说偷看，我连你的鬼影子都没见过。

你才是鬼，你才是鬼影子。

好，我是鬼。

你就是个鬼。

她跳着跳着忽然不再跳了，看样子可能是跳不动了。

这以后，她又一次弄乱了她的头发，刚进来的那时候已经弄乱过一回了，披散着，无论谁看见了都会以为她遭受了什么。当时就把天存看愣了，也吓了一跳，这女人，一进来就不管不顾地拼命作践自己，这像是要讹人呢，所以他才一直坐在那里不敢动，生怕一站起来，事情不知会发展成什么样呢。

接着，又看见她弯腰脱下一只鞋，然后把鞋朝着天存的方向扔过来。有几只鸡正在那里刨食一些旧谷子，当那只突然飞来的鞋落到它们的中间时，几只受了惊的鸡便一齐咯咯地大声地叫了起来，奓着惊慌的翅膀跑散了，有的飞到了猪圈上，还有的上了墙头，有一只小一些的竟然跑到了天存的背后。

望着满院子飘零的颜色杂乱的鸡毛，天存忽然觉得嘴里的萝卜已经很不甜了。

你这个女人，你打我的鸡？它们招你了么，它们又没招你。他说。

又没招你，又没吃你家的东西，你凭啥打它们？它们都正在下蛋，先不说打死了你赔不起，就是把它们惊着了，你也得负责，因为谁也算不出它们一辈子能下多少蛋。他说。

我赔你？你死去哇！你得赔我。那女人说。

他渐渐地听出了一些门道。首先，他看了她，这是他最大的罪恶，也是他最没理的地方。别人的女人，你能随便看么？就像一朵花，被一只脏手摸过了，摸过了以后那就等于完了，再也不新鲜了，再也不值钱了。

于是，他对她说，你不会真的以为你是一朵花吧？

哪知道，那女人却说，就是，牡丹花。

听见她这么说，他顿时就笑得岔了气，脸上也憋得又红又紫。他看着她，却咳嗽得半天说不出话来。

就你？还……还牡丹花？

他的身体往旁边一歪，那只鸡差点被他压住。那女人就是在那个时候开始动手解裤子的，他一下就被吓住了，连先前止不住的咳嗽也突然止住了，感觉嗓子里干干净净，像一条没有人的路，甚至别的杂七杂八的东西也没有。

他说，七虎家的，你可不能这样。

那女人说，你要是不赔我我就要这样。

你说出来，你想要我咋赔你？

说你不该偷看我。

我没有偷看过你，从来都没有。

你还是不认账。

女人说着，又伸手去解裤子。

我真的没有偷看过你，我发誓，我要是偷看过你，我就是你生出来的。

呸！你想让我生，我还不想生你呢。

不想生就算了，本来也不是你生的。

你还是不认账，是吧？

我认……我不该在背后偷看你——我在哪偷看的你？

你咋那么不要脸呢？

我……因为我也是个贱人。

你承认了？

承认了。

承认了就算了，我也不再和你计较了。

这就算赔完了？

那你还要咋？

这时，正好也有两个人走进了院子里，对天存和田换兰说，算了算了。

就真的算了。田换兰找到了自己的那只扔出去的鞋，穿上，出了天存家的院子。

田换兰的男人是一个又瘦又小的男人，身上无论哪儿看上去都是小的，说他像一个还没长大的孩子吧，却还有胡子，所以又不太像是一个孩子。他女人和天存吵架的时候，他就一直蹲在天存家的墙外，低着头，手里拿着一块小石头子儿，不停地在地上画着十字，画着圆圈儿，不知画了多少个，画了擦，擦了又画。后来又用那块小石头子开始在地上写字，一会儿写个万字，一会儿又写个主字，一会儿又把先前的万字和主字一起擦掉，写一个玉字。旁边有人让他进去看看他的正在和天存吵架的女人，或者帮忙，或者把他们劝开，他却一直都蹲着没有动一下，也没吭气。人们其实都知道，他是谁也惹不起，所以才就那么一动不动地坐着。几年前，他一个人干活儿回来时，在南边的公路上意外地捡到了一口袋麦子，高兴得险些晕过去。可是很快，他就又愁容满面了，因为他试了好几次都搬不动那一口袋麦子，不用说往家里扛，就是往前挪一步都异常的吃力和困难。那公路离村里很远，他想不出一点儿办法，只能坐在那个口袋旁等，他也不知道是在等谁，他希望能碰到一个熟人，帮他把麦子弄回去。后来，终于等来了一个骑自行车的人，却是一个陌生人，上去说了一大堆好话，那人才答应帮他捎一程。就这样，陌生人骑着车子驮着一口袋麦子在前面慢慢地走，他在后面紧紧地跟着。后来，陌生人终于越骑越快，转眼之间便带着那一口袋麦子跑得无影无踪了。

女人从天存家的院子里出来，看见他还蹲在墙外，狠狠地说了一句"死人"，就自己走了。他站起来，远远地跟在后面。

这时，原先趴在墙头上的、围在大门口的那些人，也都渐渐地散了。有人一边跑，一边大声地说要去看打架，又有人在打架了。

天存也从院子里出来，却并没有看见有谁在打架，田换兰也早就走得看不见了。一些人稀稀落落地蹲在墙头下、井台边，有的在看天，有的低着头看着自己的手，满街上好像也没有一个说话的人，都像是睡着了。

一个人告诉天存说，他的女人刚回去，抱了一堆棉花，高兴得叽叽喳喳。天存这时才发现街上和空中好些地方都飘散着雪白的棉絮，好多女人的手里都拿着或大或小的一包棉花，都是趁刚才混乱的时候得来的。据说那个卖棉花的人走的时候也像是一股白毛风。

只有那个叫田换兰的女人因为只顾着和他吵架，错过了这件事，他觉得她真是活该。

土黄色的炊烟在村子的上空飘散起来，盘旋着，上升着。炊烟下面，很多人家的房顶上都晾晒着金光闪闪的葵花。

葵花问天存，你真的偷看过她么？

天存说，天打五雷轰，从来也没有。

没有你为啥要承认？

你又不是没看见，不承认就没完。

问题是你从来都没看过。

问题是她还要脱裤子，我不想让她在我的院子里脱裤子，我怕了她了。

怕就承认了？

那你说咋办？你要是能给我指出一条路来，我就听你的。

我金光闪闪。

那是你，不是我。

不过很快也就要干了。

原来你也没办法。

原来都扯淡。这事要是轮到它们的头上，它们也会承认的，说不定承认得比我还快呢，我还坚持了一会儿呢。

天存这样想着，一个人在街上走了一会儿。后来，走着走着，他就忽然想起了李老五。

先是，一个亮晶晶的东西在他的脑子里闪烁了一会儿。

很快，李老五的那个红彤彤的鼻子就出来了，接着又听见他的嘴里咝咝地吸溜着，说出一些走风漏气的话。正月里在东营镇上赶庙会的时候，天存碰巧和李老五在一起吃饭，李老五那时候身上的钱好像不够，于是就向天存借了钱。李老五吃饱饭以后拍着胸脯对天存说，等回去以后，第二天就还。天存当时也头昏脑涨地说算了。天存说，算了，老五，我不要了。说是那么说，不过这事到如今已经半年多时间过去了，李老五却好像真的没事了一样，一次也没有提过还钱的事，见了面也像没事人似的，就好像根本没有过那回事。天存曾经想了几天，越想越气，感觉就像让人从背后捅了一家伙似的。不过，慢慢的，有一段时间他也忘了。今天，不知怎么忽然就又想起来了。他感到有一种类似火焰一样的东西正在他的胸腔里上蹿下跳，好像要从一些地方喷射出来，对啦，那情景就像那个叫田换兰的女人不久前在他的院子里上蹿下跳时的样子。

天存回到家里，看见女人正在生火做饭，天存就又从那个麻袋里掏出一个红萝卜，擦了擦，一边吃着，一边出了大门朝李老五的家里走去。女人好像在背后喊他，让他看棉花，他也没看。棉花有什么好看的。

南塬上有三孔窑洞，李老五一家就住在那三孔窑洞里。院子里时常打扫得很干净，连一根草棍也很少见，不是那种眉毛胡子都分不清的凌乱人家。墙上的黄泥抹得平实光滑，好像连一条裂缝也没有，一个坑洼也没有。

天存走进李老五的院子里以后，见院墙下有两辆自行车，一阵油炸的香气正从其中的一孔窑洞里溢出来，里面烟雾腾腾。天存伸长脖子往里面看时，才知道李老五家里今天有客人。李老五的儿子要定亲了，媒人带着女方和女方的爹一起来了。

天存站在院子里朝窑里喊道：

老五，你出来。

老五，日你祖宗，你出来不出来？

一个老头忽然从烟雾腾腾的窑洞里钻了出来。老头戴着一顶皱皱巴巴的新帽子，穿着一件黑衣服，天存发现不认识，就猜他要不是媒人，就一定是李老五即将的亲家。老头当然也不认得站在院子里的这个人。

谁？你叫谁？老头问道。

天存说，我叫老五有事，你叫他出来，我就在这儿等着他。

天存满以为老头听了他的话以后，就会立即回去把李老五叫出来，却不料那老头竟像个滚刀肉似的站着没动，只是看着天存。

他两口子正在做饭，忙得火烧眉毛，你有事就说吧。老头说道。

天存说，你能代替他？咱们又不认得，是不是？你叫李老五出来，冤有头债有主，我要问问他，正月里在东营吃饭的钱，他还记得不记得？早就忘了吧？这都半年多过去了，他还不还了？他不出来，把你打发出来和我拼命？

这咋说话呢，谁说要和你拼命呢？老头说。

不拼命也行，你去问问他，到底还不还了。还，是啥时候还？给我一个日期。要是说彻底不还了，我也有不还的办法。天存说。

他借你钱了？

看你这老汉问的，没借我来干啥。

他一直没还你？

你回去问他去，你问问他啥时候还我了？他要是能准确地说出时间、地点和在场的人，我就服了他。

你也用不着服他，关键是还得看到底还了没有。

我从不冤枉一个好人，也决不放过一个坏人，他老五别想在我的头上动土。

言重了，我看这事也上升不到那上面去……老头讪讪地说着，看着天存，后来一转身就回去了，走进那个烟雾腾腾的窑洞里。在天存看来，像是要回去接受油炸。

天存站在院子里，伸长鼻子闻着窑洞里飘出来的香。

狗日的李老五，有钱大吃二喝，没钱还账，不是个东西。他想。

他是个X。

不一会儿，李老五满头大汗地从窑里的烟雾中出来了，他的女人也出来了，方才的那个老头和他的女儿也出来站在门口看着。

李老五正在窑里炒菜，袖子挽起老高，手和胳膊像是刚从什么地方捞出来的一样，湿淋淋的、油污污的、滑腻腻的。李老五看见是天存，先是愣了一下，随后便堆砌出一片笑容。

天存，有事？李老五问道。

天存看见李老五见面后就这样问他，便很想伸手给他一家伙。

我有客人，我正忙着呢。李老五浮皮潦草地说着，就想转身回窑里去。

天存见李老五这样，便猛地往前跨了一大步，伸手抓住了李老五的肩。

老五，你忘了？你真的忘了，就忘得那么厉害，一点点也想不起来了？

李老五眨眨眼睛，说，啥事？

天存说，老五我日你祖宗，你不是人！

我咋啦？你才不是人呢。

正月里在东营吃饭，你忘了？你欠我的钱，你不记得了？

我是想知道你打算啥时候还，牛年还是马年，你告诉我一个大概的日期。我这辈子要是等不住，就让我的儿子接着等，儿子要是也还等不住，还有孙子，子子孙孙……

他的话还没有说完，李老五就赶快打断他的话，说，我还，我这就还，我还你不行么？你还想给我一家伙？

你以为我不敢给你一家伙？你要是不还，你就试试看，你看我敢不敢给你一家伙？

我还你还不行？

行。

李老五于是就让他的女人回窑里去把他的那件褂子拿出来，他伸着一双油手，一个口袋一个口袋地找钱。

李老五从一个口袋里掏出一张两元的票子，要递给天存。

天存看着，没接。

天存说，我没零钱，我找不开。

李老五说，不会去找人换开？

天存说，要换你去换，我不去。

天存说，我要的是我那四角六分钱，不要你这两块钱。

李老五见天存不去找人兑换，自己又走不开，就又伸着那只油手一个口袋一个口袋地到处翻找。又问站在他旁边的女人，你身上也没有？女人朝他翻着白眼说，我哪有？钱都让你控制得死死的，我哪有？我倒是想有。听见女人这样说，李老五也就有些不高兴，对女人说，我不过是问了你一句，你就倒出这么一大堆。

女人转身走到一边，也不回窑里去，抬起头看着天。

找啊找，最后还真的让他在一个以为啥也没有的口袋里找到一小卷儿卷得细细的钱，点过以后才发现是四角五分钱。

就差一分。李老五说。

咋就差一分呢？他说着，开始在地上来回找，像是掉到了地上，事实上没有任何东西掉到地上。

他妈的。李老五说。

这时候，那个老头和他的女儿都回到窑里去了，他们两个人似乎都有点脸红。天存见状，心里不禁一阵暗喜。狗日的李老五，搬起石头砸自己的脚，这一回可给了他个好看。

行了，不用找了。天存忽然说。

还差你一分呢，就差一分，我再找找看。李老五铁青着脸说。

天存接过那滑腻腻的一小卷儿钱和一个五分的硬币后，瞅了一下，便揣进了衣服的口袋里，并扣好了扣子。

我不要了，老五，那一分钱我不要了，我说话算数。天存说。

不行，一分也是一分，我不想欠你的。李老五说。

就又没头的苍蝇一样到处去找，脚底下，窗台上，从他们站着的地方一直通向窑洞的门口，甚至那两辆自行车的旁边，甚至还弯下腰把地上的一个筛子也拿了起来。天存想，筛子下面会有钱？他们家的零钱就放在筛子下面？

终于还是没有找到，李老五的脸上一时就有些灰灰的。后来他一抬头，猛然看见屋檐下挂着一串干辣椒，就走上前去扯下一个递给天存。

我没有一分钱了，补你一个辣椒行不行？李老五说。

你这辣椒可不便宜呀。天存说。

听见天存这样说，李老五气呼呼地重新走到窗户下，一伸手又扯下几个。

够了吧？他说。

算了，老五，我说过我不要了，你就是不听。那一分钱我真的不要了，我说话算数，保证以后再不跟你要了，再要，我是你儿子。

我没说，这可是你说的。

是我说的，我说话算数，那一分钱算了，不要了，永远不要了。

咱们两清了。

两清了。

从今以后，谁也不欠谁的了。

两清了，都不欠了。

天存那时候一点儿也没想到他闯了祸，他为自己战胜了李老五而一连高兴了好几天。他不知道事情其实并没有完，可能只是才刚刚开始，他把故事的开头当成是结尾了。

那个老头和他的女儿起初说好了要在李老五家里住两天，可是自从看见了那天晌午发生的那件事情以后，忽然就不住了，当天后晌就走了。临走时老头留下一句话，说再看看哇。李老五不知道是什么意思，更不知道还要看什么，就问媒人。媒人说，完了，不愿意了。

那老头的意思是，没想到他爹是那么一个人，原以为能将就就将就一下算了，现在看来还不能将就。

除了这个，更让李老五麻烦的是，他的儿子几乎每天都要和他闹，弄得家里经常鸡犬不宁，有时候又乌云密布，像是死了人。

李老五觉得，所有这一切，都是由天存一手造成的，他那天要是不出现，一切就都还好好的，什么也不会发生。

羊圈的门松了。半前晌，他往门上钉钉子，心里蓄着满满的根，几乎每一个钉子都砸得不见了踪影，消失在了木头里。

直到有一天回家时，天存猛然看见自己家的大门上挂着一只僵硬的死猫，心里才犯了疑惑，他把村子里的每一个人都推磨似的想了一遍，过滤到最后，就剩下李老五还在其中晃荡，就认定了这事一定是李老五干的，是李老五把一个死猫挂到了他家的大门上。天存知道这不是一件好事，他看见那只死猫时，觉得比看见一个死人还要吃惊，还要晦气。这以后，他就从门上解下那只浑身恶臭的死猫，拎在手里，直接去了李老五家。

路上，有人问天存去哪儿，天存说是去送礼。

李老五那时正坐在自家的窑洞前无精打采地搓麻绳，院子里的阳光把他洗刷得很斑驳，像一只上了年纪的泥猴。

天存手一扬，把那只僵硬的死猫扔到他的面前时，李老五以为是从天上掉下来一个什么东西。李老五的头仰得很高，脖颈里的皱纹全都在那一瞬间被绷直了，变成了一条条的直线和横线。李老五那时候没顾上看落下来的是一个什么东西，他还在朝天上看，他只顾朝天上看，用他浑浊的目光在空荡荡的天空里仔细地搜寻着，辨别着，他不知道天存此时就站在他的面前，不怀好意地盯着他的脖子。

天存看见李老五的喉头一动一动的，滑上滑下，天存就想，我要是走上去用手把他的那个圆圆的小东西按住，不让它再滑再动，狗日的老五说不定就完了，就再也不能看天了，这一辈子啥也别想再看了。那个圆圆的小东西滑得很快，我得用多大的力气才能把它摁住不动呢？做完那些，又得消耗多少粮食和水呢？啊，一碰上事，一碰上和李老五有关的事，就总是亏，老五他总是欠我的。

天存这样想的时候，尽管身上哪儿也不痛，可忽然觉得有些难受。

老五，你看看。

天存指着李老五脚边的那只死猫对李老五说。天存听见自己说话时嗓子有些哑，声音沙啦沙啦的，像是在拉锯。

李老五抬头看天的时候，被那种沙啦沙啦的声音吓了一跳，当看见天存斜着一只眼睛站在他的对面时，李老五便放下了手里的麻绳，他感到脚下有些滑。

天存，你不是人。

李老五说话时，并没有看天存的脸，却一直注意着天存的一双手。

老五，你看你，你把你们家的这个东西吊到我的大门上了。天存说。

天存，你拆散姻缘，当心天打雷劈。

李老五说话的时候，看见天存的几个手指头都直挺挺的，又粗又硬，天存怎么弯曲也弯不回去。

天存说，你从哪儿弄到的这个东西，你们家留着吧，我不要，我来就是还给你。

天存说，你忘了么，咱们早就两清了，谁也不欠谁的了，我不要你的这个东西，你留着吧，你们也一大家子呢，肯定用得着。

天存把那只死猫在李老五的脚边踢了几个来回，死猫的身上很快就滚满了土。

李老五家的房顶上晾满了葵花，一眼望上去，黄灿灿的。天存早就发现了，无论啥时候看，它们都会晃得人睁不开眼。

夜里，村里静下来以后，天存悄悄地摸到了那片房顶上。

院子里静悄悄的，李老五一家人都睡着了，睡得昏天黑地。

天存对那些葵花说，我再叫你们晃。

就在那时，听见大门忽然轻轻一响，一个人的影子从外面进来了。天存看见竟然是李老五，原来他并没有睡着，手里还拿着一把铁锹。

天存吃惊地看到李老五的脸上好像有笑容。

一个葵花忽然用稚嫩的声音对天存说，救救我，我被人下了毒了。

天存吃惊得差一点从房顶上出溜下去。

后来他就真的到了房后，连他也说不清是滑下来的还是跌下来的。看到地上有一个黑乎乎的影子，一开始还以为是别人，慢慢地才看出那是他自己。

空荡荡静悄悄的街上，他开始往自己的家里走。先前在房顶上的那个声音忽然拉住了他的手，对他说，我不行了。

别跟着我！

他直挺挺地往前走着，那声音又上来拉他，拽他，央求他，他就又烦躁又有些害怕地伸出手挥舞着，拍打着。

迎面忽然有一个人，仔细地看了一下后说，是天存？我还以为是谁呢。疯了么，自己打自己？

月亮弯弯的，像一把用了好多年的镰刀。

原载于《山西文学》一九九一年第六期

晕黄的欢乐

一

从这个暗香浮动的夜晚再上溯几年，可以看到一片疏朗安静的树林，在七月的水雾里，周围一带的空旷的地势看上去显得虚浮而堆集。轻柔曼卷的假象使人误以为可以将眼中见到的一切轻而易举地撞开，使其间的东西不倾自泻。树林里弯曲的沙土小路仿佛也早已离开地面飘起来了，像雾一样纷纷缠在附近的树上。

马车行驶在旧日的路上，无声地穿行在烟笼似的绿树之间。黑马，白马，像豹子一样的有斑点的马。雨伞不时地被打开，不久又迅速收拢，听不到伞布启合、扩大的声音，只看见它如季节中的花朵一样不断枯荣。

风中能隐隐地听到鼓声，看见白色的山羊散落在远处。

从水里捞出来的一块手帕，有一张普通的床单那么大，天空一样的底色上陈列着令人难以置信的矛盾：既有拱起的彩虹，又有浮动的乌云，明明白白的相克使一些匆匆赶路的人们渐渐放慢了脚步。

有人展开一封火急的家书在路上读着，在他的疲倦的眼里，在一阵急促而惊讶的默诵之后，手中的家书逐渐显重，变得像一张平常的皮褥子那么大，上面飘满了故乡的气息。

……

在第一个梦里渐显清晰的，几乎全部是白日里乡间景物的再现：一方面，树林里晦暗而发白的小路上不住地滴着阴冷的水；另一方面，在明媚晴朗的阳光下，葵花金色的脸盘一边缓慢地转动，一边发出似真似幻的嗡嗡声，湿润的花茎在激烈的颤抖之后无力地斜垂向一边……月光、河水、蝴蝶，以及另外一些阴湿幽静的事物，在不经意间成为一个孩子成长的营养和主要的背景。

二

那个十二岁的少年叫孙井，熟悉他的人都叫他井。

随着天气的转暖，一向体弱多疾的井终于摆脱了病魔的依附与羁绊。在平静的治愈与康复之后，在和煦的春光里，别人耳边的一声鸟鸣，在他听来已不只是一种单纯的啼叫。

四月的一个夜里，在一场蒙蒙的小雨中，他梦见了自己的病，灾难像树上的花朵一样，繁花似锦。在病中，他看到自己不厌其烦地接受着喂养，之后坐在屋外的阳光里一天一天地过着，几乎很少想到什么。

有一天早晨，他十五岁了。这个在平静中到来的开端，在某些方面显得有些过于猛烈而突然，表现得异乎寻常：

早上一起来，他就开始呕吐，发烧，将昨夜临睡前以及几天前的一些事情忘得一干二净。

正在灶间准备早饭的母亲，从烟雾中听到了儿子的呕吐的声音。不过，起初她以为自己听到的是一阵剧烈的咳嗽，她皱了一下眉头，她不明白一个十三四岁（她根本没有意识到他已经十五岁了）的孩子，怎么会发出那样的一种无法不让人担忧的声音。不久以后，她想到了灶间的烟雾……烟雾虽说是由她一手制造出来的，可那全是为了一家人能按时吃上早饭。

十五岁的井挣扎着站起来，在摇摇晃晃地走向窗户的过程中，他看到早晨的天上紊乱无序地罗列着众多令人眩晕的太阳，强烈的光线从外面照进来，使他闭上了眼睛……很快，他又躺下了。

窗外传来一阵急促的脚步声，早起去井边挑水的父亲，带着沮丧而懊恼的心情回来了。他在汲水的时候，一只水桶突然不慎掉入井里，他回来寻找铁钩和一根更长一些的绳子。

在早晨的橘色的光线里，做母亲的匆匆离开火热的灶间，来到水盆前。在用毛巾擦脸的时候，她突然惊愕地注意到儿子的一张苍白的脸和一些昨日的食物。

从窗户里望出去，墙头上的一只喜鹊的叫声，勾起了她的一些记忆。

父亲没有回来，经过一番接近于窒息和没头没脑的翻寻之后，他找到了一种较为得力顺手的工具，此刻又重返井边，一边与人搭讪，一边认真地打捞水桶。他一点儿也没有注意到，前来挑水的人们已在他的身后排起了一条烦躁不安的长队。

消失在井底的水桶仿佛一条平滑而诡计多端的鱼，井的父亲很难一下子将它钓到手。渐渐地，他的头上冒出了汗，有劲使不上，他急躁得不得了。他的脸不断地出现在井中的水面上，他不断地用无比愤怒的动作将它搅乱、赶跑。起初，他以为那是桶的一个侧面，认真地钓了一会儿后，才发现那原来是自己的脸。

井的母亲焦急地站在门口，像一个倚门卖笑的女人。她十分清晰地听到有人在高声地骂人，有人说着一些非常露骨的下流话。有一个反复出现的字眼，像一只顽强的蚊子一样，嗡嗡地叫着，不断地撞击着她的耳膜，使她下意识地夹紧了自己的双腿。

……

上午，一位名叫王鼎的乡村医生，怀着一腔甜蜜而喜悦的心情，笑容可掬地出现在窗外的一棵树下。井的母亲迎了上去。王鼎对她说，自己人上门，何必客气呢，我这不是已经进来了么。说着，从树荫下离开，来到院子的中央。明媚灿烂的光线照耀着王鼎的充满喜庆的脸庞和身体，使他的实际年龄自然而然地被打了许多折扣。

三

王鼎属于真正意义上的国家干部，除了行医所得，还有一份固定的工资收入。井闭着眼睛，听到王鼎对母亲说，他本人的技术职称又蹭地一下上去了，因为很忙，因为记性有些不大好，他已经连续五六个月没有领工资了，昨天来了个门前清，一下子都拿回来了。

“总放在那里不去拿，也不是回事。”王鼎对井的母亲说，“还得让人家会计老为你操心，替你担惊受怕。”

“你说是不是?”王鼎看着井的母亲的眼睛，追问道。

“是。”井的母亲回答说，“我就从来不喜欢替别人保管钱财。”

“啊，是的，说是那么说，难道说不管就真的一点也不管吗？该管的时候还是得有人管一管，这样才好。”王鼎斜睨着眼睛说道，“说真的，我也常常在想，一个人活在世界上，不管别人，自己也没人管，没人惦记，也真不是个事。”

井的母亲用一种无声的手势打断了王鼎的话，从此以后，他变得默不作声。过了一会儿，他方想起了此行的目的，于是，将一只很热的手放到井的额头上，然后眨着眼睛。

“孩子这是怎么啦？”

他看着孩子的母亲，亲切而不解地问道。他的谦和的充满温良的询问使闭着眼睛的井疑心自己此时正躺在外祖父或舅父的家里，古旧的木制家具闪射着从前的幽晕，玫瑰和芍药开放在窗外，有人在金色的铜盆里仔细地盥洗。

“你是医生，我正要问你呢。”井的母亲对他说道。

于是，他再次将那只很热的近乎灼烫的手放到井的额头上，目光却游移不定，化作一种软性的东西，到处流着，缓慢地拐着弯，有节制地伸屈着，遇到力所不能及的高度时便迅速地退下来，重新选择其他的方向，远远地避开危险，平静而满怀激情地一路流淌过去。几乎没有遇到什么阻力，这使他的呼吸一直处在平稳之中。手感告诉他那孩子不至于很烧，不至于让人害怕。

窗户在渐渐地洇绿，如烟似雾的浓绿使人萌生着强烈的渴饮的欲念。十五岁的少年井闭着眼睛，他在恍惚间听到一个异常滑润的、水一样的声音在缓缓地浮起，迅速而无限地洇绿。

四

四月里的一个天气晴朗的上午，在满天纷飞的柳絮中，在丁香花醉人的芬芳里，井坐在屋外向阳处的一张木凳子上，出神地注视着雨后的乡间。一些东西不断地跑出他的视线之外，有的过了没多久，很快又回来了，有些却一直再没有出现。

井病了已有很长一段日子了，他独自一个人坐在门前的木凳子上，身体下面铺着一张很旧的皮褥子，眼前和远处都有丁香花开着。在更远一些的地方，许多初绿的柳丝像烟一样无声地在那里涌动着，忽浓忽淡地调和着。

千头万绪的丁香花使他显得更加瘦削、孱弱、不堪重负。他望着远处，耳边忽然听到一阵奇怪的窃窃私语。

……

过了不久以后，他看到自己的注意力像一只飞累了的蝴蝶，停留在半掩着的窗户上。蒸腾的湿气，网络般的湿气，绕着附近一带的房子轻轻地跑着。

五

四月里的一个天气晴朗的上午，在满天纷飞的柳絮中，在丁香花醉人的芳香里，井坐在屋外向阳处的一张木凳子上，出神地凝望着雨后的乡间。一些东西不断地跑出他的视线以外，有的过了没多久，很快又回来了，有些却一直再没有出现。

井病了已有很长一段日子了，他独自一个人坐在门前的一张木凳子上，身体下面铺着一张很旧的皮褥子，眼前和远处都有丁香花开着。在更远一些的地方，许多初绿的柳丝像烟一样无声地在那里涌动着，忽浓忽淡地调和着。

千头万绪的丁香花使他显得更加瘦削、文弱、不堪重负。

蒸腾的湿气，网络般的湿气，绕着附近一带的房子轻轻地跑着。

这天上午，一位教书先生利用闲暇来看视多日生病在家的井，他几乎是无声地从茂密的丁香树下面钻出来，接着又出现在一条晴朗而多泥的小路上。他的手里拿着一根柔软的柳枝，一路走一路轻轻地挥舞着。这个像一个陌生人一样的人，怀着某种同样陌生的心情，在雨后的乡间谨慎而多疑地走着。

当来到井的家门附近的时候，他手里的那根柔软的青绿的柳条已经不见了。太阳下的逆光使他的脸上布满了均匀不等的阴影与黑暗，因而他的面目看上去显得高深莫测、不近情理，这在很大程度上掩盖了他喜欢说笑、诙谐的本来性情。他自己万万没有料到。

坐在木凳子上的井被吓了一跳，他以为又是一个似真似幻的人影，像以往任何时候一样，虚晃一下就会轻轻过去……当看到已近在眼前的教书先生正在用手翻看、抚摸自己的身体下面的那张皮褥子的时候，年少而饱受病魔侵害的井不知该如何表达自己的惊讶与更深的局促不安。

落在窗户上的那只蝴蝶现在已经不见了。井低着头，将垂落到凳子下的皮褥子的一角慢慢地卷起来，握在手里。他听到老师在对他说话，嗡嗡作响的声音仿佛村后的一只鼓。

“更麻烦的事情终于也来了。”

井低垂着头，这样想道。

他能看到的范围十分有限，除了眼前地上被风吹落的几片花瓣外，他仅能看到老师的一双鞋，老师的膝盖以上的部分，他没有去想。丁香花的芳香包围着他们，笼罩着他们。不一会儿，井便又感到头有些疼痛。就在这时，他忽然听到老师叹息了一声。

“无孔不入的丁香花呀!”

井抬起头，用一双因消瘦苍白而显得很大的眼睛看着老师。他为什么要突然提起丁香花？有很多事情他都似懂非懂，甚至根本不明白。透过近处的树篱，教书先生在呆呆地看着一个地方。这个多少显得有些阴阳怪气的人，当得知自己的学生再用不了多久，便可以重返学校的消息时，并没有表现出有多么高兴，而只是很茫然很心不在焉地点了点头。他好像不欢迎我去？井偷偷地向老师瞥了一眼，暗自想道。这情形使年少无知的井隐隐觉得一个人养好了病，能去上学，是一件无关紧要的小事，甚至是否活着，也都没有多大的意义了。

教书先生的目光从乡间的树木深处收回来，看着井说道，你的名字很重要，认真一想便更觉得有用，假如没有你，大多数的人，甚至所有的人，他们的贴身的内衣都将无法维系，可以想见，那后果……井仔细地听着老师的话，一开始他什么都不明白，不知道老师在说什么，后来，他的脸忽然红了。

“我不是那个松紧，我是这个孙井。”井一边说明，一边用一根手指在凳子上画出自己的名字。

教书先生看着井，脸上浮起一些浅澈的笑容。他又对井说道：

“有一个叫小沙的女孩，你还记得吗?”

井愣了一会儿。越过老师的肩膀，墙外的杏花历历在目。

在不久以前的一个梦里，他一个人在河边哭泣，借着青色的天光，透过一层稀薄的泪水，他看到河对面的一座房子里不时地有人出来，依稀的人影如同生长在那一带的植物……不久以后，河水演变为一望无际的麦田，几只蝴蝶像稀有的珍禽一样远远地飞着……

“我记得她的名字叫蝴蝶。”井说。

“谁说她叫蝴蝶？她不叫蝴蝶，她叫小沙。”教书先生不高兴地说道，“你知道吗，在你生病期间，她已经死了。”

“她怎么了？”井说，“也和我一样生病了吗？我的病已经快好了，她怎么会死去呢？”

“在她的书里，发现了你的一些字迹。”老师嘴里说着话，眼睛却不住地望着那边的一些葱郁的树木。井顺着他的视线也向那里看去，但很快就注意到老师的心思并不在他想象的那里。他迷惑不解地看着他。

“我没有写过……那些话。”井说。

“有没有写过，你说了不算。”老师说，“谁说她叫蝴蝶？谁说她叫蝴蝶？她不叫蝴蝶。我听王鼎先生说，你生病期间，一直都是他给你开药、扎针，可是你竟然说从来没见过他？你怎么能这样？他很伤心，说起这事的时候，眼睛都湿了。”

井坐在木凳子上，轻轻地呼吸着飘在脸前的丁香花的香气和药香。昨天下午，他像往常一样来到凳子上养神。刚刚在被阳光照得温热的皮褥子上坐下，忽然看到一张十分熟悉的脸在眼前飞快地闪了一下。他不由自主地从凳子上滑了下去。那张脸距离他的脸是那么的近，上面浸透了丁香花的香气和药香。

“你——还认识我吗？”停了一会儿，老师又对井说道。

老师的视线被一种暗光般的心事驱使着，流离漂泊，居无定所。他偶尔做出一种袭击的姿势，使身体尚未完全恢复的井感到无比惊讶。井非常模糊地发现他不完全是冲着自己来的。老师开口说话的时候，井便开始徒劳地留意他的眼神。有几次，井相信自己已经捕捉到了一些什么，但完全不懂，一切仍然模糊不清。井想，我要是比现在再大十岁，或者二十岁，我就能知道他是为什么事来的了，也会知道外面最近出了什么事。

教书先生停止了张望，转身对井说：

“谁说她叫蝴蝶？谁说她叫蝴蝶？她不叫蝴蝶。你是不是希望她是一个蝴蝶，好让你捉住，拿在手里，玩弄、炫耀？”

六

三年前的一个天气晴朗的上午，在满天纷飞的柳絮中，在丁香花醉人的芬芳里，井坐在屋外向阳处的一张木凳子上，出神地凝望着雨后的乡间。一些东西不断地跑出他的视线以外，有的过了没多久，很快又回来了，有些却一直再没有出现。

井病了已有很长一段日子了，他独自一个人坐在门前的一张木凳子上，身体下面铺着一张很旧的皮褥子，眼前和远处都有丁香花开着。在更远一些的地方，许多初绿的柳丝像烟一样无声地在那里涌动着，忽浓忽淡地调和着。

千头万绪的丁香花使他显得更加瘦削、文弱，不堪重负。

蒸腾的湿气，网络般的湿气，绕着附近的一带的房屋轻轻地跑着。

午后刚过不久，外面很快就黑了。

又过了不久，月亮也出来了，天地间被照得一片青白。在无边无际的寂静里，井被自己的那种沙沙作响的脚步声搅得兴奋不已。一开始他以为路上只有自己一个人在走，后来一转脸才发现小沙也走在他的旁边。

沿途有许多巨大的圆形的黑影耸立在那里，既像废弃了的车轮，又像一些歇下来的火车。远处的山脉沉沉地睡着。

又走了一会儿后，借着青白的月光，井看到小沙还在旁边走着，两条小辫不停地甩来甩去，而井自己却被一个人背着走。井用力地呼吸着，很快就闻到了那个人身上的气息，他惊奇地发现背着自己走路的人是他的一位敦厚善良的舅父。

我怎么一直没发现呢？井想。

舅父是什么时候来的？

舅父为什么要背着他走路？而他又是什么时候到了舅父的背上？这些，他都不知道，也不再记得，连最小的一点点影儿都想不起来。

从他们的身边，从这里望过去，他们距离月亮似乎已很近了。

井伸出一只手，摸了摸舅父的脸，很硬的胡楂和耳朵，舅父的喉结仍然像一颗核桃，这和井记忆中的印象完全一样。于是，井放心地将自己的身体紧紧地贴在那个宽厚温热的背上，有时闭一会儿眼睛，有时又睁开眼，越过舅父的肩膀，看着月光下的那些一动不动的房屋和远处的黑压压的树木。

沿途总是能够看到那些巨大的车轮般的东西，一直没有中断过。

夜晚里的路上只有他们三个人，他们慢慢地走着。一些孤单地独立着的树，总是让井和小沙以为是路上站着一个什么人，从而将他们吓一跳。只有井的舅父知道那不过是一些树。他们走着走着，井的舅父忽然脚下一滑，打了一个趔趄……井睁开眼睛，看到他们正走上一个缓缓的斜坡。

舅父说自己老了。

“舅舅，”井说，“你去年不是已经死了吗？我还给你烧过一张纸呢。”

“谁说我死了？”舅父一边躬着身爬坡，一边喘着气说，“我死了，还能背着你到处逛吗？真是一条喂不熟的狗。”

井听到一阵细细的笑声，是走在旁边的小沙在笑他。井的脸从舅父的背上离开，看到小沙的两条小辫在月光下的小路上来回摆动着，小沙穿着单衫和布鞋。

上了坡以后，在青白的月光下，他们看到前面的路十分平坦，路上铺着微微发红的沙子，人走上去以后，发出一种很好听的声音。

两边的树木既像深色的帷幔，又像密不透风的人群。

小沙走在舅父的旁边。过了一会儿，她仰起脸对井说：

“井，你下来走一会儿好吗？”

“我不下去。”井说。

过了一会儿，小沙又仰起脸对井说：

“井，让你舅舅也背背我好吗？我快走不动了。”

这时，舅父也开了口。他说：

“小沙也想让我背着她走一会儿，你看行不行？”

舅父似乎想转过脸来对井说，但不知由于什么原因始终没有转过来。又向前走了一会儿，见井还没有说话，舅父就又说：

“你不想让我背着小沙走，是不是？”

他们不像是在赶路，但分明又没有多余的闲暇可在路上停留，哪怕是短暂的一刻。在稀薄而冷清的月色里，路上的微微发红的沙子静悄悄地响着。这是要往哪里去呢？井趴在舅父的背上昏昏沉沉地想道，也许是要到月亮上面去吧？没有人当面对他说过，也没有什么明显的预兆或暗示。一路上不断地有花出现。

舅父和小沙在青白的月光里低声说着话，慢慢地朝前面走着。

七

那期间，有人死了，在黯淡的天色中，红色的不祥的棺木在河边的树林子里飘来飘去，缓慢地穿行着。不幸的消息不像是梦中所见，它就是一种真实的图景，有距离地撞击着人们的视线。有人怀着极度厌恶的心情，头也不回地走了，有人不耐烦地挥了挥手。那种只挥手而不说话的情形，看上去更像是在梦里。

有人凋谢多年，某一天忽然重新长出了婴儿般的柔软的头发，于是便带着值得庆贺的无异于新生的喜悦与自信，到处主动与人讲话，轻松自如，谈笑风生。

在接下去的另一个梦里，有人死灰复燃，令人难以置信地从多年的梦魇般的病中走出来，激动不安，大步流星地出现在乡间晴朗的大道上，到了吃饭的时候也不回家。

也许，那个顾盼流连，总想不起回家吃饭的人，并不知道自己是谁。

把那位心不在焉的教书先生放在那样的一个位置上，也许再恰当不过了。井吃力地想道。一个时期以来，他总是在无形中做着一些没有实际指向的连缀、嫁接的事情，一切都是在空气中开始，又在空气中结束，从无形到透明，不敢说天衣无缝，但极少有人能够察觉。

他害怕某些头头是道的精明人。

天近黄昏的时候，从树荫后面传来了一阵琅琅的书声。读书声将井吵醒了。太阳正在坠落。他坐在门前的凳子上，仔细回味刚才的昏睡，仿佛一次疲惫至极的长途旅行。疲倦还在其次，更有一些意想不到的情形使他一度变得冰冷而惊恐不已，不祥的声音与图影时远时近……梦醒之后，周围的熟悉的环境给了他极大的安慰。温热的凳子和皮褥子是家里的，房子还岿然不动地坐落在院子里，并未有丝毫的走样，墙里墙外的树木依然一如既往的葱郁而清香，鸟的啼叫更是一种最真实的铁一样的凭证——如果你对自己是否活着，忽然产生了怀疑，因疑问而变得忐忑、恍惚、极不放心，应该说，涌到脸前的青草或耳边的一阵鸟鸣能让你相信你还活着，仍在烟熏火燎的日常生活中行走、思索，仍能得意、生气、惊讶、沮丧。如果你坚信自己已经死去，离开了人世，不仅幻觉毫无结果，无论多么清脆悦耳的啼叫也不再起什么作用了。旺盛而茂密的阳气都难以将你挽留，使你得救，这个时候，你可能真的就不在了。幻觉终于成了事实。

井穿好衣服，给自己洗了脸。他捂了捂自己的脸，手上的温度要比脸上高出许多。门前的一根油漆剥落的横杆被他轻而易举地夺了下来，他惊讶地感到自己的身体并未因病的缠绵而丢掉什么。他的力气丝毫没有减少。望着远处和近处的那些金黄芬芳的向日葵，他想，如果我是一个横行乡里的恶人，无疑会把那些生机勃勃的头全都拧下来，留下满山遍野的枯枝败叶……我不是一个恶人。他的脸上浮起了笑容，像那些金黄芬芳的叶片。

他找出几本书夹在腋下。不知从什么时候起，像他这样的年龄已不再需要什么书包了，只有那些还不会照顾自己的小学生才需要书包。快走到树下时，他忽然停住了。不久，他又返回来，站在门口朝里面说：

“我已经好了。我要听课去了。”

正要转身走时，母亲从里面出来，惊讶而忧伤地看着他，说：

“天都这么黑了，你到哪里听课去？”

“谁说你好了？你还差得很远呢。”医生王鼎忽然站在母亲的身后说道，“你要是好了，我还在这里干什么？磨牙？”

井没有看王鼎，而只对自己的母亲说：

“天黑了怕什么，我读的就是夜校。”

“夜校？”

神秘的夜校？如果不是有人在场，他的母亲可能已经哭出来了。

“夜校只是一种手段，觉悟才是目的。”望着远处的起伏绵延的山脉，井轻声说道，“目前，有无数这样的灯火通明的夜校、讲习所和俱乐部，遍布于中国的南方和北方，各地基本都行动起来了。上海、广州、长沙、武汉、安源、长辛店，人头攒动，乱极了。在北京、在绥蒙、在塞外重镇……”

母亲惊异地看着井，她对身后的王鼎说：

“他在说什么？”

王鼎捡起门前的那根油漆剥落的横木看了一阵，然后对井说：

“有一位王姓的神医，早年曾长期奔波于湘赣、赣粤、闽浙赣、湘鄂西、鄂豫皖、川陕、陕甘宁、晋绥、晋察冀、北满、南满一带，先后不知救活了多少人的性命。你听说过这个人吗?”

（井的母亲插话：是白求恩大夫吗?）

（王鼎对她摇了摇头）

不等井回答，王鼎又对井的母亲说：“他妈的，病得不轻哪！天要留人，看来我不得不留下来。——准备热水吧，先给这小子消消毒。”

越过低矮的街门，能看到外面的黄绿两种颜色的树木和纷乱而忽隐忽现的小路。井慢慢地走到门口，然后回过头来。他咽下了一句本想说给王鼎听的话。

井发现自己的注意力已很难再集中到哪一件事情上了。他想起了不久前的那场疲惫至极的长途旅行般的昏睡，在梦中，他看见几个穿蓝衣服的人在暝晦苍茫的暮色里抬着一口棺材，远远地向他的家里走来……快到树下时，他清晰地听到了他们的喘息声……

八

小沙拉着他的手，在午后潮湿的空气和树木的清香里，他们沿着河上的小桥向河东一带走去。（走到树下时，那几个本身就像影子一样的人喘息得更厉害了，他们在抱怨棺木太湿，路途太长，与微薄的酬谢不成比例）有人正在路边的菜园子里修整栅栏，他们看到了一些隔夜的藤条和新鲜的土。土被挖出来，散发着酒一样的气息。很多地方都能看到一种被翻的痕迹。石鸡在山上低矮浅显的灌木之中欢腾不已地跑着、跳着。与滚动的石头相差无几。一个身体矮小的人蹲在地里嫁接南瓜，他们停下来看了一阵，发现做法其实也并不太麻烦。只要将南瓜下面的藤条划开一些口子，再将黄瓜秧上的某些细枝插进去就行了，仅此一下，便为日后的丰收注入了异常的活力，埋下了重要的一笔。另一种方法则更为简易，乡间的傻瓜也能无师自通：你只需将双方的两朵小黄花对接在一起就可以了，其余的一切由它们自己去做。

小沙对井说，上午的时候，她从井边路过，看见一位老师正在那里帮井的父亲打架，很多人的身上都湿漉漉的，看上去像一些早晨才上岸来的水鬼。尤其是那位戴眼镜的教书先生，他和井的父亲一样都浑身精湿，从头上和脸上不断地分泌出越来越多的水珠。他们站在那里，如同几株多汁的植物。

小沙的话使井感到惊讶而不可信，井看着小沙，一边走一边想，女人们真善于说假话呀！差不多所有的女人都喜欢说假话，都有过说谎的经历……她们为什么要那样做呢？

也许只有在各方面都变得与她们完全一样了，才能明白那其中的奥妙和道理。小沙的两条小辫在潮湿的路上摆来摆去，井走在她的后面，走着走着，眼前忽然浮现出那个有月亮的晚上，路两边那些巨大的带着稀疏的辐条的像车轮一样的黑影让他终生难忘。那样的一种情景，井在白日里的时候从未见过！附近一带，甚至更远一些都没有那样的地方，从哪里来的那么多车轮和象征着车轮的影子？

月光下的河东寂静得让人有些心惊。白色的杏树上仿佛开满了纸花，许多的房子都没有声音，路上的湿气在脸前飘散不去。

小沙拉着井的手，站在她的表姐的面前。在晕黄的灯光里，在夜来香与杏树的气息里，小沙的表姐对小沙说：

“这是我三年来见到的第一个男人。”

“他还是个孩子，比我还小两岁呢，”小沙不高兴地对她的表姐说道，“哪里就成了什么男人。”

他们在凳子上坐下，小沙的头发上流泻着一层似有似无的幽湿的夜露。墙上有一扇窗户半开着，井起初以为杏树的气息就是从那里飘进来的，后来才知道即使几天不打开窗户，房里的杏花的香气也仍然缕缕不绝。

他们呼吸着树木和月光的气息。过了一会儿，小沙的表姐又说：

“这是我三年来见到的第一个男人。”

“你说过几遍了。”小沙说。

表姐吃惊地看着小沙，又看看那个脸色苍白的男孩。她的嘴角动了动……外面的月光照在她的一面菱形的镜子上，使镜子变得很大很亮，像一汪幽深的水，又像一道可以随意进出的门。那种似有似无的幽湿的东西在小沙的头发上不住地闪着、跳跃着。

井是一个拘谨不安的孩子。来时的路上，他差一点儿又看到那种巨大的车轮般的东西，那样的一些让人无法参照的标志，要是再一次无限地绵延起来……路上很少看到有人。小沙边走边断断续续地告诉了他一些事情，有许多他闻所未闻……后来，小沙问他：

“听到这些，你害怕吗？”

“怕什么，高兴还来不及呢。”井对小沙说。

他需要有那么一个地方，既有雪白的杏花，又有月光、河水、菱花的镜子，有了那些，他才永远不会疯掉。

可是，在眼前的晕黄的灯光里，在夜来香与杏树的气息里，在月光照着的半掩着的窗户里，竟然看不到他的丝毫痕迹。一个人，一个活着的人，在地上生活，哪能不留下一点儿痕迹呢？一只雁从某一个地方悄悄飞过，还会落下一两根羽毛呢……小沙的表姐不断地重复说着同一句话。

井几乎不敢正眼看她。林中漏下的月光照耀着他的某些想法：在她的眼里，那个人从什么时候开始变得像一棵死去的杏树一样无足轻重？

九

小沙拉着他的手，在午后潮湿的空气和树木的清香里，他们沿着河边的小路向河东一带走去。午后刚过去不久，天很快就黑了。又过了一会儿，月亮也出来了，天地间被照得一片青白。在无边无际的寂静里，井被自己的那种沙沙作响的脚步声搅得兴奋不已。一开始，他以为路上只有自己一个人在走，后来一转脸才发现小沙也走在他的旁边。

沿途有许多巨大的圆形的黑影耸立在那里，既像废弃了的水车，又像一些歇下来的水车。远处的山脉沉沉地睡着。

又走了一会儿后，借着青白的月光，井看到小沙还在旁边走前，两条小辫不停地甩来甩去，而井自己却被一个人背着走。井用力地呼吸着，很快就闻到了那个人身上的气息，他惊喜地发现背着自己走路的人是他的一位敦厚善良的舅父。

我怎么一直没发现呢？他想。

舅父是什么时候来的？

舅父为什么要背着他？而他又是什么时候到了舅父的背上？这些，他都不知道，也不再记得，连最小的一点点影儿都想不起来。

从他们的身边，从这里望过去，他们距离月亮似乎已经很近了。

井伸出一只手，摸了摸舅父的脸，很硬的胡楂和耳朵，舅父的喉结仍然像一颗核桃，这和井记忆中的印象完全一样。于是，井放心地将自己的身体紧紧地贴在那个宽厚温热的背上，有时闭一会儿眼睛，有时又睁开眼，越过舅父的肩膀，看着月光下的那些一动不动的房屋和远处的黑压压的树木。

沿途总是能够看到那些巨大的车轮般的东西，一直没有间断过。

夜晚里的路上只有他们三个人，他们慢慢地走着。一些孤单的独立着的树，总是让井和小沙以为是路上站着一个什么人，从而将他们吓一跳。只有井的舅父知道那不过是一些树。他们走着走着，井的舅父忽然脚下一滑，打了一个趔趄……井睁开眼，看到他们正在上一个缓缓的斜坡。

舅父说自己老了。

“舅舅，”井说，“你去年不是已经死了吗？我还给你烧过一张纸呢，是从我的课本上撕下来的一张写着字的纸。”

“谁说我死了？”舅父一边躬着身爬坡，一边喘着气说，“我死了，还能背着你到处逛吗？真是一条喂不熟的狗。我倒要听听，那纸上写了什么，与我有关吗？”

井听到一阵细细的笑声，是走在旁边的小沙在笑他。井的脸从舅父的背上离开，看到小沙的两条小辫在月光下的小路上来回摆动着，小沙穿着单衫和布鞋。

上了坡以后，在青白的月光下，他们看到前面的路十分平坦，路上铺着微微发红的沙子，人走上去以后，发出一种很好听的声音。两边的树木既像深色的帷幔，又像密不透风的人群。

小沙走在舅父的旁边。过了一会儿，她仰起脸对井说：

“井，你下来走一会儿好吗？”

“我不下去。”井说。

过了一会儿，小沙又仰起脸对井说：

“井，让你舅舅也背背我好吗？我快走不动了。”

这时，舅父也开了口。他说：

“小沙也想让我背着她走一会儿，你看行不行？”

舅父似乎想转过脸来对井说，但不知由于什么原因始终没有转过来。又向前走了一会儿，见井还没有说话，舅父就又说：

“井，你不想让我背着小沙走，是不是？”

他们不像是在赶路，但分明又没有多余的闲暇于路上停留，哪怕是短暂的一刻。在稀薄而冷清的月色里，路上的微微发红的沙子静悄悄地响着。这是要往哪里去呢？井趴在舅父的背上昏昏沉沉地想着，也许是要到月亮上面去吧？没有人当面对他说过，也没有什么明显的预兆或暗示。一路上不断地有花出现。

舅父和小沙在青白的月光里低声说着话，慢慢地朝前面走着。

井听见一只夜鸟在附近一带叫着，清晰的啼叫酷似一种幸灾乐祸的笑声。在更远一些的山峦之间，回荡着一些圆润而短促的悲啼。组成山脉的许多东西都在夜色中湮灭了，只剩下一种模糊的轮廓，一种大致的走向和延续。

一些湿漉漉的小动物蹲伏在田野上，听到有人从旁边路过，便立即藏起来，像逃学的儿童一样喘着粗气。

屋前有一口井，许多茂密而幽湿的青草在周围疯长着。已经很晚了，还有人感受似的坐在那里。

小沙的表姐对井和小沙说：

“天不早了，都睡吧。”

从这个暗香浮动的夜晚再上溯几年，可以看到一片疏朗安静的树林，在七月的水雾里，周围一带的空旷的地势看上去显得虚浮而堆集。轻柔曼卷的假象使人误以为可以将眼中见到的一切轻而易举地撞开，使其间的东西不倾自泻。树林里弯曲的沙土小路仿佛也早已离开地面飘起来了，像雾一样纷纷缠绕在附近的树上。

十

有好长时间，甚至好几年，井一直在想，在有月亮的那个晚上，在那条铺着微微发红的沙子，排列着无数车轮般的圆形黑影的路上，背着自己一直往前走（一路上不断地有花出现）的那个人，难道不是自己的舅父？

十 一

四月里的一个天气晴朗的上午，在满天纷飞的柳絮中，在丁香花醉人的芬芳里，井坐在屋外向阳处的一张木凳子上，出神地凝望着雨后的乡间。一些东西不断地跑出他的视线以外，有的过了没多久，很快又回来了，有些却一直再没有出现。

蒸腾的湿气，网络般的湿气，绕着附近一带的房屋轻轻地跑着。

负责传播知识，灌输礼仪的教书先生已来过不止一次。有时他来得很巧，正遇上井在梦里挣扎，蜷缩成一团，与梦中所现的事物进行着殊死的搏斗；他则惊讶地站在一边，亲眼看着别人做梦。——这样的一种位置和视角让他感到心动。并不是每个人都有这样的经历，能够站在别人的梦边，看别人做梦。

睡梦中的井皮肤微微发红，脸上洋溢着某种幸福而羞怯的笑容……教书先生不无惊羡地看着，做出各种各样的猜测。一定是梦见什么有趣的事了，是那种让人心跳的大事，千丝万缕，绝对与幸福有关……在四月满天纷飞的柳絮中，在丁香花醉人的芬芳里，教书先生将历年来的辛酸与夙愿化作一声来自心底深处的呼喊：让我也来做一个！……他想，无论是什么，回去后也得想方设法梦一次。

现在，井焦急而甜蜜地徘徊在家门附近的一片柳树下面，等待一件事情的到来，视线中出现的每一个人都会引起他极大的关注。从发现，经过辨认以后，到最终的失望，这样一个不断反复的过程使他隐约感到自己的面目正在朝着憔悴而苍老的方向循序渐进。期待不仅仅是内心的喜悦与甜蜜，更是一种蚕食般的折磨，模糊不清的放大、紧缩……有一瞬间，他甚至将一只正在树荫下啃吃青草的山羊误认为是一名玩忽职守的信使，他怀着嗔怒而不失惊喜的心情跑过去，像几个世纪以来的任何一次接头一样，急于联络与沟通的念头又一次占了上风，并冲昏了他的头脑。他迅速地跑过去，匆匆环顾了一下周围的环境后，立即弯下腰，将一只手伸到山羊的腹下，粗暴而仔细地摸索起来……山羊叫了一声，很快又叫了一声……一种接近于败露的恐惧迅速地传遍了他的全身！他的手和与手相连的胳膊突然剧烈地抖动起来……他的目光落在白色的羊尾巴上不动了。

树枝之间忽然浮现出一张恼怒的脸。山羊的主人厉声问他，干什么？

井慢慢地向后面退着，他的脸涨得通红。那个人从树丛后面走出来，看着井说："没看见它怀着孩子吗？没看见它怀着小羊吗？好不容易才怀上的。"说着，弯下腰去察看。很快，又回过头对井说：

"你要是把它弄得小产了，把我的小羊没了，你看我饶不饶你？"

……

那消息多少有些模糊、飘忽，说不上多么确凿，但余音至今仍在缭绕。在看到那只山羊的时候，停留在唇齿之间的余香也还清晰可闻，没有理由怀疑一切都是不可靠的。

时光在树丛之外无声地流泻着。

井又等了一会儿后，终于失去了耐心，决定亲自前往。在白昼里的睡梦中，常有人在他的眼前来回晃动，不停地转动着身体，走着走着停下来，认真地打量他，俯身过来盯着他看，使他相信真正的滞留是一种美妙的时刻，而在某些时候，忘掉什么或将什么挂在心上，都已没有多大的意义。……不久前，当一个成熟女人的气息像丁香花一样朝他的脸前弥漫过来时，青翠的梦境突然摇晃起来，他看见自己的一只手远远地走着，如一只翅膀一样缓缓地扇动在一个有月亮的晚上。

来到河边以后，他迅速做好了过河的准备。这时，他忽然看到有几根女人的头发躺在他的手里。

原载于《漓江》一九九七年第四期

阴暗的春天

他们像几个等待新年降临的老人一样围坐在窗外的一棵树下，在梨花的热烈而纷繁的映衬与笼罩下，互相都惊讶地发现对方好像变了一副面孔，换了一种装束。同时，几乎每个人都能在窗户上看到自己的影子——与身体分离出去的那一部分影子，在玻璃上奇怪的变成了另外的一种模样。就在那种光线熹微的有点儿不可名状的气象里，他们低声说着话，有意地把声音压得很低。树上的梨花偶尔坠落到他们的头上或者耳朵上，也有时直接从他们的脸前落下，每逢那时候，他们就像驱赶蝇虫一样挥手把它们驱走。

街门就是在那个时候被突然推开的。

一个孩子，一个男孩，在街门发出的那种吱吱呀呀的声音里从外面走了进来，院子里的几个人同时停止了说话，一起转过头来看着这边。从外面进来的孩子一边向房子里走，一边看到树下坐着几个模糊不清的人，孩子看见其中有一个人是自己的父亲，尽管他看上去比别的那几个陌生的人还要模糊。

院子里有很多落下来的梨花，猛一看，像是无数撕碎了的白纸。

孩子走进他们的房子里，过了一会儿后，又悄悄地出来，看见他们又在树下小声地说话，几个人围成一个很小的圈子，头几乎碰到一起，好几个脊背倾斜成一种磨盘的样子，那棵白森森的梨树就像是从他们的中间长出来的。

孩子站在屋门口，手里拿着一个东西，不时地放进嘴里咬一下。那时候，有很多的炊烟在他们的院子上空缭绕、飘荡，不过，那却不是从他们家的烟囱里冒出来的，而是别人家的。有挑水的声音和狗叫的声音从外面传来。对面的一个屋顶上蹲伏着一个兽头一样的小东西，仔细看时，发现竟还有一些细小的动作，孩子便疑心是一只猫，而不是一块立着的被雕刻过的瓦。

在深蓝的天空下面，在像雪一样白的繁茂的梨花下面，那几个人的说话的声音一直都压得很低。孩子朝树下看了一眼，他听不清他们在说什么，只听见从他们的声音里忽然露出一个词：一根铁丝。那好像也是他们因为不小心才露出来的。孩子当时有一种感觉，那根铁丝扎破了他们中间某一个人的衣服，所以就露出来了。

忽然，树下变得一片寂静，他们很快又都不再开口说话了，他们都看到了正站在屋门口的这个孩子。

一个人抬起头看了看，然后对孩子的父亲说：

“这是你的孩子？”

孩子的父亲点了点头。那个人又问：

“叫个啥？”

“叫李狸。”孩子的父亲说。

“李狸？李离？……”

那个人在树下嘟囔了几句，忽然又抬起头，大声地问道：

“狐狸的狸？鲤鱼的鲤？”

“就是这两个字，你是怎么知道的？”

孩子的父亲几乎就要站起来了，但是一根树枝在上面碰了一下他的头，似乎还在他的脸上生疼地划了一下，就使他很快又惊讶地原封不动地坐了回去。重新坐下去以后，他的身上忽然有了一种被打中的感觉，明显地感觉有伤在身上，却又找不到一个确切的痛点，摸哪哪都不像，却又觉得有一阵一阵的疼痛。这会儿，他有些烦躁地看看越来越黑暗的院落，又看看坐在他对面的那个人。那个人说，去年冬天的时候，他打到一只狐狸，一张皮子贴在墙上，至今还没有派上用场。郭副部长几次想张口，但都被他及时而又巧妙地用别的话岔过去了。孩子的父亲仿佛是在别人的家里做客一样，迷惑不解地听着，有些事情让他觉得难以理解，不可思议。他当然也想知道那张皮子做何用场，以及最终的下落，但不知由于什么原因，一直没有让自己开口。这时，坐在一片树枝后面的另一个人似乎早已看见了他的一番心思，对他说，将来谁娶了他的女儿，谁就能得到那张皮子。那个人说完这话以后，除了孩子的父亲，另外三个人都在黑暗中露出了无声的笑容。

又有几片撕碎了的白纸一样的东西悄悄地从树上掉下来了。

名叫李狸的孩子在附近一带自己一个人玩着，很多东西都已经看不清楚了。一些草垛像一个个虚浮无声的梦境。

有时候，玩着玩着，他也会很注意坐在树下的那几个包括自己的父亲在内的人。当他走到他们的后面，与他们之间的距离很近的时候，能够明显地听见他们现在说的话并不是对于不久以前的那场谈话的继续，而说的是另外的一件事情，一件临时想起的事情。果然，过了一会儿以后，他们很快又回到原来的那件事情上去了。他们提到了一条发白的小路和一片人迹罕至的麦地，两个地方仿佛又都不能使他们满意。

李狸的父亲对另外那三个人说：

“再好好想想。”

他们最后是什么时候走了的，李狸不知道。也许他们并没有走，只是在附近的某一个地方临时住了下来。

这些，李狸都不知道。

李狸知道的只是，第二天，当他从外面回来以后，又看见他们四个人在院子里的梨树下说话，说话时的那种声音还像昨天一样，还停留在只有他们几个人才能听见的那种高度。树上的梨花不时地被风吹下来，落在他们每个人的身上，使他们看上去成了几个有斑点的人。李狸一会儿觉得他们的样子很好看，有一种英雄在雪里行走的感觉，大雪纷飞，远走他乡，或者风雪夜归人；一会儿又觉得有一种看不见的丑恶的东西像一个火塘一样坐落在他们四个人的中间，深深地吸引着他们，又牢牢地控制着他们，使他们长久以来一直恋恋不舍地围绕着它，很少再去想别的事情。

就在这天，李狸知道了那个家里有一张美丽的狐皮的人名叫广才，他的年纪与李狸的父亲的年纪相仿。另外两个人，黄脸的那个明显要大一些，有五十多岁了。还有一个二十多岁的年轻人，长得眉清目秀，但是眉宇之间却有一种很难掩饰住的贫贱之气，说话的时候，开口笑的时候，尤其让人觉得可怜。

名叫广才的人，家里不仅有一张美丽珍贵的狐狸皮，还有一个漂亮的女儿，年龄与李狸相仿……黄脸的那个人告诉李狸这些的时候，李狸看见那个名叫广才的人正盯着自己看。广才的目光里有一种很特别的东西，李狸以前从未见过，李狸不知道那是什么，那样的一种东西，不是眼前纷繁雪白的梨花能够渲染和催生出来的，它牢牢地固定在广才的身上，如同他身上的本来就有的器官，或者某些局部的肢体，甚至比那些部分还要重要。梨花不开的时候，没有梨花的时候，它也仍然一直存在着。

李狸站在他们的附近，一边听他们说话，一边吃惊地注意到了父亲的那种烦躁不安的表情，他坐在一个小凳子上，身体忽上忽下地起伏着，好像暗中有针在刺他。从树上飘下来的梨花不时地落到他的肩膀上、鞋上，又让他看上去变得像是一个能够开花结果的人……过了一会儿，他忽然拿出几块钱，让李狸替他们去买烟。“买两包烟，剩下的钱都归你了。”他还特别指明让李狸到离家最远的吴世明的那个铺子里去买，理由是那里的价格不仅公道，而且是真烟。

有四个人抬着一口棺材，在河对面的一片小树林子里走着，遇到树丛比较密集的时候，李狸就看不见他们的身体和抬着的那口棺材了，只能看见他们每个人头上的帽子。两顶蒙着白布的戴着孝的帽子，一顶黑帽子，还有一顶没有帽徽的军帽——经过一番人为的努力后，帽子的棱角被捏得方方正正，虚虚地搁在头上。

沿着河边走了一阵后，李狸的眼前忽然出现了家里的那棵梨树，听见那个二十多岁的年轻人坐在树下说：

“他是前天晚上回来的。我记得我当时还看了一下表，还不到八点。”

“那时候已经看不见人了。”黄脸的那个人说，“能耐大得不得了，啥都能做，这世上就没有他不能做的。”

“他觉得他什么都能干，他也能像女人一样怀孕、生孩子么？”那个二十多岁的年轻人说，“难道他也长着和女人们一样的东西么？”

“别说这种没水平的废话，你这不是成心抬杠么？”名叫广才的人对那个年轻人说，“说最重要的，最关键的。”

“我看见他走路不像原来那么稳了。”李狸的父亲说，“我其实不担心别的，我就担心毛雅文到时候会出来瞎搅和。”

“不必再担心了。”名叫广才的人说，“实不相瞒，雅文现在已经是我的人了，无论我说什么，她都会听我的。他得到的只是她的一副身体，而我却收获了她的心。——顺便说一句，雅文其实不是一个爱搅和的女人。”

“我不信。”那个二十多岁的年轻人说，“不可能。”

“谁让你信了？”广才有些生气地说，“你怎么一个劲地唱反调？还想不想干了，不想干就再回你的苏家庄去。”

“谁不想干了？”二十多岁的年轻人说，“我像邱少云一样在露天里埋伏了那么多天，为了什么？我就是不相信毛雅文会和你是一条心，她连曹书记、郭部长都不尿，能尿你？你还说她不爱搅和，那么多的男人被她弄得团团转，头破血流、四分五裂，还不叫搅和？我说句公平的话，哪里有那个女人，哪里就有混乱和不太平。”

李狸的父亲伸出两只手，想做出一个表示安静的摆平的动作，却忽然看见李狸就站在他们的附近，也不知是什么时候回来的，手里拿着一根带着花蕾的树枝。那时候天已经黑了，远处出现了稀稀落落的星星。

一个人哼着一种很难听的曲调从外面的街上走过。

第三天，李狸知道了那个二十多岁的年轻人叫小聚，急于结婚，对于家庭的向往，几乎成了他的一桩心病。感情用事让他在从前的日子里吃过不少苦头。名叫广才的人告诉他，婚姻是一副枷锁，上面不仅有钉子，还布有各种机关，你越动，越挣扎，越急于摆脱，锁得也就越紧。小聚对广才说，既然这样，那你为什么还不把它砸烂，取下来？

广才说，真是个生瓜！

很快，他们又回到他们的正题上。他们不断地塑起一些虚拟的时间和地点，接着又一个一个地拆解、推翻，他们在考虑真正的周详和严密。河边的蒲草，居住着野猫的山洞，路边的长久没人住却又忽然亮起灯光的房子，阴沉沉的库房的后院，浅褐色的仿佛有人正在上面做活儿的缝纫机，灰尘至少有一寸厚的磨坊，昔日人喊马叫现今荒草丛生的车马店的遗址，拖拉机管理站，一红一绿的两只手套……所有这些东西都是死的，没有声音的，只有人才能把它们纷纷调动起来，发出与各自的功能不相称的有出入的声音和气息，成为某一件事情和某些人的有益或者有害的一部分。这又印证了那句老话，人，只有人才是决定性的因素。然而，最终，他们却又回到了一开始说到的麦田里。

想象中的大面积的起伏着的麦浪使他们感到激动，一种本能的冲动又带来了理想的上升。李狸的父亲、广才、黄脸的人，他们每个人都列举了麦田的种种好处，每个人至少都说出一种特别的作用和意义，而又尽量不重复别人的意思。广才说，一块几亩大的麦地，极有可能成为他们一生中最重要的转折点和生死场。而事实有可能又正是如此。这时候，在他们的眼里，城市里的广场不过是一块站满了行尸走肉的垃圾场，谁能肯定自己不是这个世界上的一袋垃圾？

鹅毛大雪一样的梨花落在他们的身上，这让他们看上去很像是刚刚才从一个很远的地方回来。望着在场的几个人，小聚忽然感到只有自己的头脑还算是冷静。他说：

“将来要出事就一定出在你们那些地方。”

他小心翼翼地指出了麦地的危险和一些无论怎样努力都不可掩饰的漏洞。麦地是能收获粮食，但也可以得到滚滚而来的麻烦，甚至出人意料的灾难。经常会有人不声不响地坐在垄上休息、抽烟、想心事，想各种麻烦事，当饥饿和不耐烦远远地袭来的时候，他会突然站起来，像麦地里冒出来的一棵树。而在这以前的时光里，他一直被蕴藏在其中，甚至还不如一株普通的麦苗高，你怎么能知道里面一个人也没有？起伏的麦浪远远地超出了你们的想象，蒙蔽了所有的视线。

没有人在麦地的后面再提出更严重更让人不安的东西来，但是他们却都隐隐地感到最近一段时间内似乎不宜再互相见面了，他们嗅到了一种既不像杀机但是也绝不是和风细雨的东西。有一阵子，谁也没再说话，就那么在树下坐着。

名叫小聚的年轻人是最先从树下离去的。

走出去没多远，墙上的一张蜘蛛网忽然像一副面纱一样罩到了他的脸上，仍然坐在树下的几个人同时都听到一阵痛苦不堪的叫声！这以后，又传来一阵扑通扑通的扑打声。再以后，那个叫小聚的年轻人就几乎是逃跑一样地消失在了茫茫的夜色里。

广才望着摇晃的街门，对另外两个人说，和这样的人不能长久共处，只能偶尔小聚一下。将来事成之后，他也是个麻烦。

雪白的花在他们的眼前无声地飘着，黄脸的人忽然不由自主地哆嗦了一下，把李狸的父亲吓得从凳子上掉了下来。

几天以后，李狸在回家的路上看到另一个人在青绿的麦田里奔走，起伏的麦浪一会儿把那个人湮没得干干净净，一会儿又把他重新浮出来，重新推出来，轻飘飘地托举在麦浪的上面。

午后的光线里回荡着一些没有出处没有源头的叫声。

回到家里，他遇到了父亲的黯淡的目光。父亲的话一天比一天少了，经常一个人在寂静的院子里走来走去。

夜里，做父亲的看见鹅毛大雪覆盖了周围的世界，树上纷纷结了冰，屋顶上的荒草如铜丝一样直立在风中。那时候，他的李狸穿着小羊皮袄，戴着兔皮帽子，很卖力地在雪里走着。他记得他的模样，他还想到也许该给他买一个能发出红光或者白光的小灯笼了。年幼的孩子不断地在没膝的雪里跌倒，睁着眼睛看着前面的白树，白树一会儿多，一会儿少，多的时候非常密集，少的时候则只有孤零零的一两棵。

孩子从雪里爬起来，继续走。

那时候，做父亲的忽然听见有人在附近一带说：

“打中了，这回可总算是打中了。”

看不见说话的人，不知道他躲在哪里，只听见那种尖厉的声音在闪着幽微的蓝光的雪地上回荡，不住地扇起一些薄薄的白色的雪尘，像一些立起来的门扇，或者类似的什么。做父亲的脸上渐渐地有了赤红的愠色，仿佛平日里酒后的一种微醺的心情。在一种极其松懈的毫无防备的情况下，他被突然告知——你从此以后没有儿子了，他另有任务，要去做某人的女婿。他说，开什么玩笑，说什么胡话……可是，还没等他把话说出来，他的嘴就被迎面而来的风雪塞满了。

接着，就又看见树枝上的白胖的冰正在纷纷往下掉，原先它们都紧紧地抱着一根一根的树枝，抱得那么紧，那么坚固。可是，这会儿，说松开，马上就松开了，谁也拦不住地往下掉。掉着掉着，树身上就露出了只有在初夏时节才能见到的那种浅绿的嫩色。没有事先的铺垫，没有必要的过度，也没有任何的准备，雪地上忽然就开出了许多红色的让人无法不起疑心的花，明显地带来了一种很重的不祥的东西。

做父亲的突然坐起来，亮了灯，才明白刚才的那一切是个梦。看见孩子睡得很好，呼吸均匀，鼻翼的两侧还挂着一些细碎的汗，这才放下了一大半的心。

又推开窗户，看见满树的梨花依旧雪一样地绽放着。地上是月色，月色里呈现出昨日以及前几日落下来的那些东西。

此后又有一天，一个孤身卖艺的人，扯住正要回家的孩子，硬是要让孩子用自己的一双小手去摸他的一条腿。孩子不摸，他的许多名堂因此便会无法开始，无法进行。孩子被逼得没有办法，失去了主意，不得已将一只手伸了出去。孩子也许至死也不明白自己摸到了什么，软软的、虚虚的一团，但是其中似乎还有铁丝，有螺钉和螺帽一类的东西，好像还汪着油。

卖艺的人用一双很毒的眼睛紧紧地盯住孩子，逼供似的问道：

“摸见什么了？告诉他们，是不是很硬？是不是像石头一样，是不是像铁一样？是不是比铁还要硬？”

孩子早已把自己的手缩了回去，隐约感到指甲下面的肉有些刺痛，可是再看指甲，还是粉白如初的，并没有血，也没有多余的痕迹出现。

卖艺的人忽然作敞开状，作豁达状，对众人说：

“我什么也不说，让这个系红布条的孩子先给你们说，免得你们说我事先穿针引线，有埋伏。”

一个早已看得不耐烦的人站出来，高声对卖艺人说：

“什么红布条！连孩子们的红领巾都不认识，你是从哪个朝代里溜出来的？”

这话一说完，卖艺的人坐在地上，整个人顿时显得比方才小了许多，还是成年人的手，还是那张诡异而有风霜的脸，身体的尺寸却已明显的不一样了。

这天夜里，做父亲的又看见一如既往的鹅毛大雪覆盖了周围的世界，树上又纷纷结了冰，屋顶上的荒草如铜丝一样直立在风中。那时候，他的李狸穿着小羊皮袄，戴着兔皮帽子，很卖力地在雪里走着。他记得他的模样，他还想到也许该给他买一个能发出红光或者白光的小灯笼了。年幼的孩子不断地在没膝的雪里跌倒，睁着眼睛看着前面的白树，白树一会儿多，一会儿少，多的时候非常密集，少的时候则只有孤零零的一两棵。

孩子从雪里爬起来，继续走。

那时候，做父亲的忽然听见有人在附近一带说：

“打中了，这回可算是打中了。”

看不见说话的人，不知道他躲在哪里，只听见那种尖利的声音在闪着幽微的蓝光的雪地上回荡，不住地扇起一些薄薄的白色的雪尘，像一些立起来的门扇，或者类似的什么。做父亲的脸上渐渐地有了赤红的愠色，仿佛平日里酒后的一种微醺的心情。在一种极其松懈的毫无防备的情况下，他被突然告知——你从此以后没有儿子了，他另有任务，要去做某人的女婿。他说，开什么玩笑，说什么胡话……可是，还没等他把话说出来，他的嘴就被迎面而来的风雪塞满了。

接着，就又看见树枝上白胖的冰正在纷纷往下掉，原先它们都紧紧地抱着一根一根的树枝，抱得那么紧，那么坚固。可是，这会儿，说松开，马上就松开了，谁也拦不住地往下掉。掉着掉着，树身上就露出了只有在初夏时节才能见到的那种浅绿的嫩色。没有事先的铺垫，没有必要的过度，也没有任何的准备，雪地上忽然就开出了许多红色的让人无法不起疑心的花，明显地带来了一种很重的不祥的东西。

做父亲的突然坐起来，亮了灯，才明白刚才的那一切是个梦。看见孩子睡得很好，呼吸均匀，鼻翼的两侧还挂着一些细碎的汗，这才放下了一大半的心。

又推开窗户，看见满树的梨花依旧雪一样地绽放着。地上是月色，月色里呈现出昨日以及前几日落下来的那些东西。

第二天，他早早地起来，早早地离开了家，按照几天前约定好的时间，去另一个地方与那几个人见面。一切都显得很慢，几乎感觉不到有什么变化，连一些细微的枝节也难以触摸到。他的心情在平静中不知为什么有些焦躁。

做父亲的在外面走了整整一天，他的眼前不时地浮现出家里的梨花。

傍晚时分回到家里，看到有很多人站在他的院子里，有的贴在窗户外面，他的头突然嗡嗡地响了起来，立即想起了那种奇怪的让他一整天都魂不守舍的重复闪现。他在心里反复地看见梨花，疼痛似的感到被风吹过的头发已变得如雪一样白。

他看见他的李狸躺在一个很高的地方，胸前有一种红花落尽后的残红的颜色。再看那些指甲时，竟都裂开了无数的细纹，有的赤红，有的乌黑。

做父亲的坐在一个能看见他孩子的位置上，慢慢地记起了一些有月色的夜晚。在其中的一个月色如霜的晚上，他曾经听到过一阵刀割似的哭声，持续了很长一段时间。后来他又推开窗户，不放心地看了看自己日里放在梨树下的一些水。

啪的一声，孩子的一只手突然从睡着的高处上僵直地垂了下来，仿佛握着一个上面满是破绽的石榴。一个帮忙的人在一旁看见了，立即又把孩子的那只手重新放了上去，并在孩子头边的一盏灯碗里添了新油。

做父亲的听见一阵叹息，忽然抬起头来，望着在夜晚与灯影里走来走去的一些人。此刻他很想见见那个打中他孩子的人，还想知道他为什么会在春天的时候想起去打猎，突然萌发出去打猎的念头？很多的事情他突然一下都看不懂了，也想不通了，只有那些碎纷纷的白纸般的梨花一遍一遍地在他的记忆里飞舞着。

人们告诉他，那个人是一个七十多岁的老头，早在他回来之前，在人们正要吃晌午饭的时候，已让人绑了自己，前去自首了。

又说，老头老眼昏花，平时吃饭还得戴上老花镜，不然就看不清碗里的东西。那么一个人，怎么会想起去打猎？他能看见什么？谁见过戴着老花镜的打猎的？

做父亲的听了，很慢地摇着头，接着又轻轻地点着头，人们看不出他的意思，他的莫衷一是的表情裸露在这个春天的夜晚里。

早上一起来，那个七十多岁的老头就惊讶无比地看到漫山遍野一片银白，鹅毛大雪覆盖了周围的世界，远处近处的树木都纷纷结了冰，一些紫茵茵的鸟先是扑棱扑棱地飞着，后来就都不飞了，蹲到那些又白又粗的树枝上。

老头子站在敞开的窗户前呼吸着雪里飘来的空气，认真地眺望了一会儿，继而很快对自己身上穿着的单衣产生了极大的疑惑。特别是当他低头看到自己竟然没有穿鞋，光着两只脚的时候，他惊讶得许久没有说出话来。

这以后，他怒气冲冲地叫来了正在为他准备早饭的老伴，像一个不能开口的哑巴一样，先是指指自己身上穿着的单衣和一双赤脚，然后又指指窗外的白雪皑皑的世界。那个时候，他确实感到自己在哆嗦，要人命的寒气从早起的大地上，从他的脚底直线上升，或者螺旋状地盘绕，使他战栗不已，痛彻心扉。眼前这个与他胡乱过了几乎一辈子的老女人让他感到伤心，严寒的冬天早已来临，雪已下过好几场，而她却还制造出一种暮春甚至初夏的假象来蒙蔽他，哄骗他，让他信以为真，他真的不知道她要干什么。

“好狗日的，五十多年了，害得我好苦！”

老头子大声地将一句话留在这个有些不寻常的好在他本人已经觉悟了的早晨，在她的混合着惊愕和不解的目送下，穿上昔日的毡靴和皮袄，摇摇晃晃地出了门。

一开始他并不敢大步流星，雪地上橙黄的光线晃得他睁不开眼睛，绵软的大地在他的脚下发出阵阵生灵般的尖音，又像隆隆的钟鼓一样回荡在远处。老头子一边走，一边朝四处张望，嘴里大声地嚷道：

“好天气呀！”

此后，大约又过去了一个多时辰，他忽然听到周围有人尖声叫道：

“打中了，打中了！这回可总算是打中了。”

他环顾一下四周，却并没有看见一个人。

是谁在说话呢？他想。

老头子的儿子也在前来帮忙的人群里，很悉心地前后照料着，不时地给孩子头边的灯盏里添一些油，又用一把剪子剪去烧乏了的灯捻。只要有谁说起自己的父亲，做儿子的顿时就会觉得无地自容、没脸见人，同时也还保留着一种恨铁不成钢的悲痛之情。他妈的，一点儿也不省心，七八十岁的人了，还敢去打猎，他真敢想！他自己就是一个老眼昏花的猎物呢。

夜晚里的墙上布满了人们困顿而又不安的影子，孩子躺在高处，手臂和脸上被映照得很亮，似有油涂在上面。

孩子的父亲来到外面，看到地上的梨花已被人们踩得很烂。

三更天的时候，人们陆续都走了。

孩子的父亲一个人坐在灯下，守着躺在高处的孩子。

过了一会儿，做父亲的起身推开了屋里的窗户，从窗户里望出去，能看到树上所剩不多的梨花。那些天，他们围成一圈，常在那下面说话。

那时候，满树的白花，大雪一样。

又过了一会儿，外面忽然传来一阵匆匆忙忙的脚步声。

“来迟了，来迟了！紧赶慢赶还是来迟了。”

“对不起。”

有两个人边说着话，边走进屋里。

那时候，放在孩子头边的那盏灯忽然暗了一下，像是很快就要灭了，后来才又慢慢亮起来，但是没有人注意到。

孩子的父亲迟迟疑疑地从灯下站起来，恍惚而又仔细地看了一阵，才认出来的是名叫广才的人和那个五十多岁的黄脸的人，他探头又看了一下他们的身后，却没看见那个常和他们在一起的叫小聚的年轻人。

“那件事情再缓缓。”名叫广才的人紧紧地握住了孩子父亲的手，声音低沉地说，“先把孩子们的事情办了再说。”

“孩子们？”

孩子的父亲愣愣地看着名叫广才的人。

“三年前，广才的女儿忽然没了。”黄脸的人说，“要是活到今天，也该和你的李狸一样大了。”

名叫广才的人并不多说，他打开随身带来的一个紫色的包袱，从里面抖出一件做工精良的狐皮坎肩，在灯下展开。

孩子的父亲惊异地看着，被吓了一跳。

“来，给他穿上吧。”广才对孩子的父亲说，“咱们一起来帮他穿。”

他们来到孩子一直躺着的高处前，需要踮起脚，伸出胳膊，才能够着孩子的身体。名叫广才的人站在最前面，他踮起脚，刚刚碰到孩子的身体，孩子的一条僵直的手臂突然又垂了下来，打在他的脸上。

“对他丈人有意见呢。”

那个五十多岁的黄脸的人笑着说。

原载于《作家》一九九八年第一期